观察者的幻象

耿占春 著

北京大学出版社
PEKING UNIVERSITY PRESS

图书在版编目（CIP）数据

观察者的幻象/耿占春著. —北京：北京大学出版社，2022.12
ISBN 978-7-301-33384-6

Ⅰ.①观⋯ Ⅱ.①耿⋯ Ⅲ.①诗集－中国－当代 Ⅳ.①I227

中国版本图书馆CIP数据核字（2022）第176905号

书　　　名	观察者的幻象 GUANCHAZHE DE HUANXIANG
著作责任者	耿占春　著
责 任 编 辑	周志刚
标 准 书 号	ISBN 978-7-301-33384-6
出 版 发 行	北京大学出版社
地　　　址	北京市海淀区成府路205号　100871
网　　　址	http://www.pup.cn　新浪微博：@北京大学出版社
微信公众号	通识书苑（微信号：sartspku）
电 子 信 箱	zpup@pup.cn
电　　　话	邮购部 010-62752015　发行部 010-62750672 编辑部 010-62753056
印 刷 者	大厂回族自治县彩虹印刷有限公司
经 销 者	新华书店 880毫米×1230毫米　A5　23.25印张　282千字 2022年12月第1版　2022年12月第1次印刷
定　　　价	75.00元

未经许可，不得以任何方式复制或抄袭本书之部分或全部内容。
版权所有，侵权必究
举报电话：010-62752024　电子信箱：fd@pup.pku.edu.cn
图书如有印装质量问题，请与出版部联系，电话：010-62756370

目录

前言：看、听与触摸 001

—— 1 ——

眼睛与空间 .... 002　　眼睛与观念 032

眼睛与光芒 .... 008　　眼睛与欲望 039

眼睛与事物 .... 017　　眼睛与无限 048

眼睛与心灵 023

—— 2 ——

无限的眼睛 .... 058　　事物的眼睛 086

欲望的眼睛 .... 065　　光芒的眼睛 093

观念的眼睛 .... 072　　空间的眼睛 097

心灵的眼睛 080

—— 3 ——

倾听与时间 .... 104　　倾听与沉默 133

倾听与声音 .... 112　　倾听与回忆 141

倾听与言语 .... 119　　倾听与永恒 148

倾听与心灵 126

4

永恒的倾听 156
回忆的倾听 163
沉默的倾听 169
心灵的倾听 174
言词的倾听 180
声音的倾听 187
时间的倾听 193

5

触摸与存在 202
触摸与躯体 209
触摸与物化 217
触摸与心灵 228
触摸与芳香 236
触摸与情欲 244
触摸与虚无 249

6

虚无的触摸 256
情欲的触摸 263
芳香的触摸 270
心灵的触摸 275
物化的触摸 281
躯体的触摸 289
存在的触摸 294

附录：观察者的诗生活 305
后记：写作或创立一种修辞学 355
再版后记 361

前言：看、听与触摸

看、听、嗅、触摸，这是我们拥有和亲历事物的方式，也是人相互欢爱、享受和受苦的方式。视与触，是人与事物的基本的接触。是人的及物的活动。

作为接触与感觉，它包含着对物的认识。看、听与摸：一种在行动的思考。尽管视与触总是接触到许多我们知名的事物，但对于眼、耳和手来说，事物总有其暧昧性，有其不等于语义的领域。视与触，接触着事物中陌生而无名的成分，在事物的广阔的匿名性中，眼光才一点一点地醒来。思考正是由这样一些令人惊异的"见"构成：洞见、发现、觉察、醒目，使眼睛醒来。

一个夏天里我时常凝视对面三楼阳台上的一丛紫色小花，在她的美丽中有令人暗暗吃惊的东西。从她的紫色上面仿佛有音乐声升起。我所知道的世界陷入停顿，进入她的无名。既像是威胁又像是福祉。另一家门前的一丛淡紫的花也是这样，每当我路过看到她开放时我的心就从俗念中惊醒过来，与之相比，连我的诗思也仍属俗念。因之我便在内心的喧哗中一下子安宁下来，随着扩展中的黄昏气氛而迷惘起来。日子久了，我才发现这丛花只在黄昏时开放。我没有询问她的名字，我知道事物是深深地无名的。

作为接触、接纳与感受，视与触是人对事物的享用、分有与领受，因而看与触摸又是一种欲望，以及欲望的形式。这是不会消解的，在欲望实现之时也仍然保持为欲望：看与摸。

但除了吞食，看、听、嗅、触摸的欲望又如此纯洁地保持在认识与占有之间，接近于认同。这甚至不能称为占有，看、听一个事物，就是听任事物存在于那里，并成为一个源泉。克洛代尔和雨果都描述过这一点。一个诗人对富翁说："一旦我走进你的果园、森林与牧场，我就比你更多地拥有了它。"吞食是完全的占有，但也毁坏了事物本身。而看、听、触摸是为着让事物本身存在。它们无损于物的一根毫毛。但是如果我们不朝它看，它就什么也不是。

然而事物不是总存在于那里吗？而看是给予关注。就这样，看与触摸上升为对事物之存在的一种肯定，一种首肯其存在的柔情。凝视、倾听与触摸是对存在之物的一种颂扬，是给予存在的空间。

看、听与触摸有灵之物时，这有灵之物会把相同的看回答于我们。这是李白说的"相看两不厌，只有敬亭山"的境界，人与物质世界之间达到的绝对的默契。也许这是在人成为物的一员之时才得以发现的回视。

在回顾不存在的地方，我们就孤单了。

在哥本哈根傍晚的街头，安徒生曾怀着满溢赞美与热爱的心注视着从他身边走过的一个个美丽的女子。他以目光迎送着她们,他的眼睛在歌唱。但当他深情凝视的姑娘们走过他身边犹如路过一根风中的电线杆一样漠然时,当他得不到回视的照耀时,他感到一种兜上心来的寒冷,他感到被抛弃了。被扔在一边的感觉,使他像一只寒鸦。

不看,蔑视或无视,就是否定。不朝你看,你就什么也不是,就是非存在。

而今人们也这样感受到物对人的冷漠,乃至整个宇宙对人的漠然置之。人看一眼石头,石头并不看人一眼。在人的凝视与物的无视、在人的祈求与上帝的隐遁、在人的热情询问与物质宇宙的永恒沉默之间,人发现了人与物的距离、隔绝、两元,人发现了世界的荒谬。

然而诗人仍"要经常重新开始那不能企及的赞扬"①。仿佛存在之物仍在期待着人去觉察她,并以一吻使她觉醒。尽管事物闭眼不看、闭口不谈我们,但诗人仍把这一点视为可能的希望:

因为似乎万物对我们都保持神秘。②

最难以到达的仍是我们身边的事物。我从未像一只鸟或一只蜻蜓到达一棵植物的茎那样栖身于事物之中。

而看是我的另一种抵达。以我的在这儿的身体为中心,看、听、触摸是我的身体向周围世界的探测。人通过看,确立他与事物的联

---

① 里尔克:《杜依诺哀歌》,李魁贤译,臧棣编:《里尔克诗选》,中国文学出版社,1996,第278页。
② 同上书,第282页。

系，建立起他的存在世界的周围性，他的存在空间。

我看到了倾斜的山坡，或路边的一棵树，由我所注目的那个焦点，聚集起一个"在周围的"世界。一个因中心事物之不同而随之不同或变幻的世界。

一棵树、一座山坡或一所房子也会把我的视线还给我。因为指向身体之物的感觉总是要归属到自身之内。一座山坡会把它自身的倾斜、空间和质地还给我的感觉着的身体。这就是我对它的拥有。仿佛我能看见的领域就成了我的存在的领域，成了我直接的、身体性的存在。我看见的事物及其空间成了我自身。犹如我的身体直接占有的空间是我的存在场所一样，视线所触及的空间也成了我自身的存在。这也同时是出让空间，我敞开我自身。

听是一种更纯洁的认识或者欲望。似乎总是在黑暗中，或于目光减弱熄灭之后。

在大多数场合，听似乎仍然是看的一种形式或比喻。我们说"听见"。事物有其纯粹的声音形象。我听见了车轮声、说话声、流水声、狗吠或鸟鸣。我听见了寂静无声。听是另一种视线和另一种目光，另一种关注。

我听见的声音或寂静也都同样返回到我的体内，使我感到幸福或痛苦。树上的风声、岩石间的水流声、鸽子的咕咕声或寂静仿佛都会从我的肚子里或更隐秘之处传出。我融入了我听见的事物之中。

纯粹的声音，是音乐或歌声。它是寂静之言，无物之声，那里的风景躲开了目光。它揭示了一个比可见的世界更加奥妙的世界，使听成了纯粹的福音。一生为死亡与永恒问题所困的作曲家马勒甚至对他已经置身其中的声音世界感到惊异。他感到奇怪的是：在听音乐的时候，我听到了我所有问题的相当确定的答案，清醒而有把握，或者说，事实上我似乎清楚地感到它们根本不再成为问题。

没有什么比音乐或歌包含着更多的肯定与赞扬了。只是它不是人的久留之地，但又已经包含在人的身上。

触摸，这是人与事物贴得最近的一种接触。因而其相互性就更加密切了。我触摸一只手、树叶、风或雨水，也为它们所触摸。柔滑、撩拂或冰凉，在浸入肌肤，包含着更多的欲望。

恋人们，这是仅仅在纯感觉层次上就已深深满足内心的人。是在相互的凝视、倾听、嗅、触摸中找到了生命意义的人。你们在互相紧握着、触摸着的时候，仿佛手中已有真理在握，仿佛已从彼此的怀抱的幸福触及中获得了永恒的证据，解决了存在的难题。

你们在彼此的手下

成为丰盈，有如丰年的葡萄。①

同凝视与倾听一样，手的触摸也是给予存在，是赞美与造就。仿佛在彼此的手中，肉体才纯洁无瑕地诞生，臻于完善，成为一个理想。

视与触摸的尖端之处，感觉的极限显得有点粗卑，它倾向于"吃""吞下"。连美景有时也令人感到"秀色可餐"。化为爱抚的视与

---

① 里尔克：《杜依诺哀歌》，李魁贤译，臧棣编：《里尔克诗选》，中国文学出版社，1996，第278页。

触，似乎要汲取干净、完全拥有的欲望在感觉的深处仍然遭到一种无可奈何的失败。看、听、嗅、触摸、汲取一个人，而眼前的这个人仍完好无损地、独立地存在于那儿。对人来说，最深的幸福里也包含了痛苦。

伴生的感觉可能是绝对地在视与触中成为对方，成为另一个人，或成为物的一员，如一阵风或一只蝴蝶。要求绝对地异化为他物。唯有这种绝对的异化，对自我感受的舍弃，人才能通往终极的存在。

感觉，既是人作为主体进入事物之内，也是被事物进入，含有受动性。一个人在感觉层次上有能力在事物与自我之间移位与跨越，以突破意识的自我限定，而采取物的观点（眼光）。生活的含义被还原为对瞬间状态的事物的把握，以及与飘浮不定的声音、光影和形式的变幻相对应的内心生命。物的世界的纷繁性吸引着他的视线，以致他这样了悟到自身的使命与目的："生来为观看"。

看、听与触摸之中，也包含有"我思"的成分。它是试着去思考。但感觉即使在惊异迷惑的提问中也包含有回答。因为视、听与触，总是提供出一个已经如此存在着的世界。在克洛代尔的诗剧《城市》中，一个执着于寻找人类生存答案的人仍在痛苦中无望地提问，一个诗人回答说："瞧，月亮已在上升了！她在巡视她的世界。"视与触说的是：世界存在着，而不是不存在。在身旁，在手边，在眼前，在耳畔，在脚下和头顶上空存在着一个如此纷繁、如此广阔的事物的世界。它展示了一个可以看、听与触摸的场所。存在的世界是我的欢悦。而愚蠢的人类是另一个问题。

眼睛与空间

空间是一个巨大的迷宫。人建造的迷宫只是对宇宙空间的一种模仿。迷宫的建造是人对空间感受的表达。征服迷宫的英雄也就是宇宙征服者的象征。

空间是巨大的、蛮荒的、无限的,犹如无法开垦的荒漠。任何适宜于观看的事物都无法作为参照,让人的眼睛去探测它。

宇宙间没有中心,没有方位,没有方向。这就是迷宫的特征。

但是人存在着,并且"在这里"。因为方位的确认,中心、前后、左右是以我的"在这里"为基点的,是以我的"转身"为开始或终结的。方位感是一个人用以确定自身在世界上的位置的方式。是由此建立我和世界的联系的首要之点。

眼睛首先开辟了空间。在足迹不及之处,目光在空中开辟了一条空中路。对空间方向的划分是以眼睛所见的太阳的运行所神圣化了的四种方向来展开的。我的在这里、我的转身对空间的定位是以太阳的在那里、太阳的运转为参照的。眼睛借助太阳在空中开辟了方向与道路，并且把中心位置留给了观看着的人。

于是空间不再蛮荒。

人以观察者的身份介入了空间的创造。不仅太阳的运转开辟了道路与方向，观察者的意识还给这些方向赋予了精神价值。东与西，南与北，它们在神圣的和世俗的领域内象征着生命与死亡，阴与阳，黑暗与光明，离开与返回，消逝与轮回，火与水，春与冬……并且因此，把时间这一人类的观念维度引入了空间。

生活空间则意味着人的居住。居住就是人的根，结束了他的漂泊。居住使他的生活有了一个中心，有了一个内部。

对于人来讲，非人的宇宙自然是外部；对于居处来说，别处即为外界；对于我自身来说，他者是外；对于心灵而言，身体即是外部。然而人的生存处境总是与一个外部相关，人总是处之于外。心灵处于身体之中，我处于他人之中，人处于世界之中。这个外部世界正是他的生存空间。

面对陌生而广阔的宇宙，人类产生过同样的无所适从的"空间恐惧"。原始部族的神秘的宗教活动，就是企图通过祭献和仪式把陌生的宇宙变为人的受保护、受祝福的栖居之地。人类建立庙宇、筑居房屋，把自身安顿在一个自己营造的、熟悉的、安全而有限的生活空间中。人把自身与无限深远的外部世界分隔开来，也就是从一个神秘莫测的原始空间中分离出一个内部空间。这个内部空间就成了他的庇护所，成了他停息的地方。但内部空间的建立并不只是为了停息，居住是人类的一种根本性的活动。

人，这个大地上的流浪者，在他获得了一个栖居之所时，他就获得了一个根。栖居的房屋或住宅就是这个扎在大地里的根。通过这个扎到大地里的根，他就建立了自身与大地万物的神圣联系。在建筑了住宅的地方，人就同时建立了庙宇。这差一点就是建立"宇宙"了。犹如鲍勒诺夫在《论空间》一文中所说，人类的住处具有某种不可改变的太古生活的要素，即使在我们这个不信神的时代，住宅也具有某种神圣的性质。"住宅和寺庙在本质上是同一个东西。"它们的设计和建立都是从神话发源的原理中产生出来的。本质地说来，每一幢房屋都是一个宗教的大穹窿。只有在这里，人才开始祭祀天地与诸神。

这个诸神隐遁的世纪里，一些寻求圣迹的哲学家如鲍勒诺夫、卡西尔、海德格尔仍然充满希望地讨论了筑居与栖居这一活动于人具有的真正神圣的性质。房屋对于人的意义，是一种天地人神共同存在的安宁的栖息之象征。人借此扎根于大地之中，并成为大地的守护者，成为宇宙这座庙宇的朝圣者和守护者。如同坚守在居高临下的塔楼里的看守人。就像植物一样，房屋和大地万物是协调一体的风景。奠定基石，筑起庙宇，树起社林，从而有了与大地相适应的文化社会。作为动物的人类在栖居中就获得了一种神圣的植物天性。他有了一个根柢，一个家，一个中心或原点，他就可以在无尽的漂泊中进入、返回。甚至他的漂泊本身也成了自由，失去了这个根，他的漂泊就成了流亡。

每一个内部空间的划分，都成了一种神圣的禁区。寺庙，房屋，宅院，以及围绕着人的家屋的那被亲切地称为"家乡"的空间，都获得了不同的神圣与亲密性质。它们像一个不断扩展的同心圆。寺庙是这个圆的一个中心。而在一个时期内，有着世界上最大的寺院式建筑的某个地方就成了宇宙的中心。

当然，这个中心在一次又一次的哥白尼式的革命中早已成了废墟。

现代生活空间又成了一种迷宫。这个迷宫是一个无差别的空间，无个性的事物，由整齐划一的规范领域构成。

人失去了地平线。

有了居住，人就有了他的墙。这是他脆弱而渺小的身躯的扩展。墙最初是作为保护他的屏障而存在的。在墙之内，他便从外界撤回以恢复他自身。他自身是软弱的，因此他需要一堵墙，就像一只虫子或寄居蟹需要一个硬甲壳。墙对于外部世界是一道界限，是他的抵御、后退和躲藏。

但是如果墙或界限成了对自身的界定，那么这种保护性就变成危险和监禁了。墙之内就不再是家，而是牢狱了。他必须既能划出这个界限又能超出这个界限。他必须在这堵墙上开辟门窗，开辟走向远方、通向外部世界的道路。回家的渴望与走向远方的渴望是同一种愿望，通向远方的道路也是回到被忘却的本原的道路。因此人的家门总是面对太阳，面对道路或河流。那对居住者是一种召唤，一种自然的诱惑。

他寻求超越于内与外的空间。就像人的眼睛，它既是内心或灵魂的窗口，又是外部世界的通道。

眼睛睁开，就产生了此地、近处与远方。产生了对目力不及之处的想象与欲望。产生了对不能看的深处或远处的欲望。这也是认识与拥有的欲望。是与事物或奥秘之物构成联系的欲望。去看，去生存，这欲望是美好的。

去看，去给予存在，用目光去照亮事物的空间，这欲望是美好的。

眼睛创造了生存空间这个"观念"。

生存空间的扩展，并不需要人们为之终生劳顿，并不需要拳头、弯弓与炮火。为了获得生存空间，人类早已学会使用爪和牙，有人无非就是些爪牙而已，但还没有学会使用眼睛。奸细有一双躲在暗处、不见天日的眼睛。告密者、审视者、窥伺者的眼睛不是放射光芒，而是生满了毒刺。他们玷污了"心灵的窗户"这个美称，他们玷污了自己的眼睛，玷污了自己的心灵。

如果我们只是为着剥夺、占有和控制权而走向外部世界，那么在那里，每个人都是他人的妨碍，那里就只有偏狭、摩擦和倾轧之苦。而眼睛的启示是，只有献出才能突破这种自我防御的甲胄。当人袒开自己的内心世界的时候，他是在拓宽别人的生活空间：给予注目。而谎言、偏狭与支配欲则是对生活空间的剥夺，如同窥伺、蔑视与审视的目光是对他人生活空间的粗暴的闯入与剥夺一样。

眼睛开辟了生存空间。眼睛给予了生存空间。无论是对一个人还是一棵树，你的内心感受到达哪里，你的生存空间就在那里。鲍勒诺夫说，这不是在使用空间，而是在创造空间，"让出空间"。芮克说，这是情人们的工作，情人们不断地互相产生出空间、宽容和自由。

眼睛也产生了视野和界限。人无法最终取消界限，但他可以移动界限，就像一个人在大路上朝天空走去。

眼睛移动着地平线。无数新生的事物作为形象出现在地平线之上。

事实上，外部世界作为自然事物的世界，它永远不是丑恶的、狭窄的。事物的世界恰恰是人的存在的诺言。没有这个外部世界，人就变为幽灵了。人对外部事物的经验是他的内心经验得以存在的前提。世界召呼着我们，为我们展示着生存的广阔的地平线。只有人才会使它变得丑恶、狭窄、拥挤。在这种意义上，生存空间也依赖于一个人内心的感受。如同对时间的感受也取决于一个人的内在世界。在已经逝去的20世纪里，没有人比卡夫卡更令人心惊地描述了自下而上的梦魇、失去了地平线的地下室里的人的感受。在他即将告别尘世的时候，在将近一个世纪前的一个黄昏，卡夫卡在走过雨后的田诺弗的时候对我们说：生命就像我们上空无际的苍天一样无限地伟大，一样无穷地深邃。我们只能通过"个人的存在"这细狭的锁眼谛视它；而从这锁眼中我们感受到的要比看到的更多。所以最重要的是：人必须保持锁眼的干净，不使它有所沾染。

眼睛与光芒

事物的存在作为一种现象，并不是恒常地存在于那里的。作为现象之物，作为瞬间的存在样态，事物倾向于将自身隐匿。漫长的诗歌史向我们透露了这一秘密。这是诗与事物的双重秘密。而诗人的努力即在于坚持不懈地着眼于使事物呈现自身，迫使事物进入在场。

在场之物便是诗人眼中的诗意之物。

迫使事物在场，这就是给予空间，给予使事物得以显现的场所。这意味着去除遮蔽，给予光芒。

眼睛即是光芒的给予者。在词语中它已被恰当地称为"眼光"或"目光"。

事物的存在，取决于我们以何种目光去看它，去迎接它。

但诗意之物并非是主体以一种浪漫情调附着上去的，诗意是生存世界本身的蕴含，正像它同时包藏着祸心，包藏着爱、疯狂、暴力、苦难与死亡一样。遗忘了诗意之物，我们甚至不能理解凡俗之物，不能理解世界。叙述语言的诗意化，也是生存世界的诗意呈现。

语言的诗意化即意味着语言的感觉化，或感觉化的语言。但归根结底，语言的知觉功能只是体现了人的某种敏锐的目光。正是清新的目光才使表达它的语言知觉化了。仿佛语言本身成了某种知觉器官，成了一种目光。因之，诗意并非什么缥缈之物，它就置身于纯朴的感性和清新如初的感觉经验中，置身于如雨后的晨曦一样的目光中。一部作品或一种生存状况之所以说没有诗意，就是因为它可体验的感受经验是匮乏的。

可体验的感觉经验在这里指的是某种原初的、清新的、永远作为第一次的感受，是语言对处于瞬间状态的事物的感性的呈现，而不是指对于恒常之物的指称、描述。

事物似乎是一直在那里的，这并不保证人们确实经验到了它，也不担保事物进入了在场。人们的感官确实终日受到许多来自外部世界的刺激，这也并不意味着他们真的拥有了经验。事物可能被认为是司空见惯的，可能是充耳不闻、视而不见的。感官经验的日常化与功利化也可以使它迟钝与麻木，以至感官只为我们提供一些生物性的经验，诸如冷热、痛痒、饥渴、危险……这些实用的指令。一般而言，日常感觉只为人们提供一些关于事物的效用性的观念。只有在某种瞬间，事物才作为存在的现象或在场之物被我们瞥见。

诗人总是相当敏感地将事物进入存在的瞬间感性地呈现出来。这不仅仅是一种氛围或背景的描述，而且是存在的现身情态，是事物汇入世界、世界进入事物的时刻，是存在的完满的时刻。因此作品对事物的描述不再只是介绍人物的环境，而具有了文学的根本功能，即使存在显现的努力：

> 树木的呼吸赶走了群山，山中的道路像一缕青烟在晃动。天暗了；橙子飘浮在空中；听得见最低弱的回声；一枚落叶或一只歌唱的小鸟能在沉睡的原野上激起十分深沉的回响；梦妖在灵魂中醒来。①

显而易见，这里的语言中包含着一种眼光，一种清新得令人眩晕的眼光。无论你说这是一种想象，或一种比喻也好，都没有掩住这种强烈的、新鲜的视听经验。完整的经验。没有把它从事物中剥离掉，没有隐去目光，也没有隐去目光之所见，事物的在场。尽管这些事物（比如山中的路）是永存的，可经过表达的事物却更像是瞬时即逝的。

从一般地描述、指称事物，到对事物的瞬间状态的感性呈现，有着遥远的距离。只有把握到了事物的瞬间状态，才可以说把握到了存在的瞬间或存在的现象，把握到了生存的时机。心灵才真正地经由事物并在事物中进入了世界。这也许是因为，心灵同样地只在某种瞬间才算是活着。事物的进入在场使人获得了一种面对面的在场。

事物的恒常状态并不能担保这一点。事物并不总是能够呈现出世

---

① 米·安·阿斯图里亚斯：《危地马拉》，朱光甫编：《诺贝尔文学奖获奖作家散文诗精品》，朱景冬译，百花洲文艺出版社，1996，第321页。

界。山上的一条道路总是在那里的，但"像一缕青烟在晃动"的山路只存在于某个瞬间。暮色渐浓，隐去或融解了那些树木上悬挂着果实的枝条，但是火焰一样的橙子却格外醒目，它们飘浮在空气中。这样的对事物的呈现与注目，既有蓬热意义上的事物即诗学的真义，也有普鲁斯特式的"重现的时光"或空间诗学。自从我读到这样难忘的话语，它就带动着它的景物在我的眼前晃动、飘浮，使我自己也曾看到过的事物最终被真实地看见了。难道真是这样？如帕斯所言——

> 我没用眼睛看见：话语
> 是我的眼睛。我们生活在名字中间；
> 那无名的事物
> 仍不存在……
> 看见世界就是拼写它。
> 话语之镜：我在何处？[①]

如果人们不能直觉到事物的瞬间状态，那么人们既不能找回事物世界，也无处寻觅已逝的时光。因为重现的时光并非一种对等的均匀的时间连续体，过去的时光是由一些瞬间的事物构成的疏密不等的空间。如果没有被心灵铭记和被眼睛直观的瞬息的事物，时间过去就是一片空白或黑暗。

[①] 奥克塔维奥·帕斯：《奥克塔维奥·帕斯诗选》，董继平译，北方文艺出版社，1991，第361页。

在诗人和艺术家那里，对事物的瞬间状态的呈现无非是，在捕捉到事物—世界的形象的同时，也总是同时呈现了事物的声音、光影、色彩和气息。这里还有一只清新的耳朵，仿佛在这话语中，听觉才被唤醒，并警觉起来，因为世上那些值得看、值得聆听的事物并不喧嚣，它需要我们的目光和听力敏锐。

我们总是在宁静和回忆的气氛中才重新看见或听见它们：使人心中充满孤寂之情的落叶的最后的划动，树叶或鸟鸣在田野中激起的深沉的回响，风吹过树木和夜空在身体深处唤起的颤动，以及娇弱的呻吟，光脚丫子拍打雨水的咕叽声，马车在泥水中滑动的声音……灯、烛光、星，蓝得让眼睛发花的天空，雨水中像蘑菇似的游动的雨伞，长了青苔的树荫地……麦穗儿的香味，豌豆的清香，阴雨天河边水草的腥气，女性身子散发的香味，从躯体内部放射出的光芒，仿佛不是被月光照亮，而是她们照亮了月亮和隐约的夜色中的一切……这一切存在着的形、色、声、味，形成了我们生活的氛围，它们是存在之光，温存、迷蒙而又广阔、坚实，使我们心底生出对存在的信赖和亲密。它们像无形的、无边的抚爱存在着，在我们身边，也在我们内部。

什么是我们的生活世界？正是这无法说出名堂的一切事物。无论怎么样，它们存在着，一会儿光亮一会儿变暗的大地、草场、村舍、果园或庄稼地，叶片上的光影与露水，尽管看起来是那么靠不住，可是它们存在着。这对于我们是宝贵的。由于它们瞬间的呈现，由于它们的永恒存在，我们分享到一种甜蜜、清新的生命感觉，它在我们身上激荡起神秘的欢乐之情。对我们来说，事物的瞬间状态的呈现就像是永恒的诺言。我们感到自己莫名其妙地受到了祝福，预感到拯救可能就来自豌豆的清香，一把黄雨伞，一朵花瓣上的露水或一个女人的颈背。我们整个无着落的世界，孤独、疏离的事物仿佛围绕着这个形象建立起来。这些事物犹如我们的感情在其中燃烧的火焰的形式，像凡·高的向日葵和丝柏那样，是情感的火焰的形式。

然而我们敢说自己真的会看吗？

在某种意义上我们不是盲人吗？

我们的目光早已丧失了其清新性，我们的目光总是被什么晦蔽着。事物总是在那里，因而看仿佛已是一个惯例式的行为。但是司空见惯就是一种"不见"，就是一种盲点。司空见惯就是一种不在场，一种事物和人的双重隐匿。

绘画（如同关于物的诗篇一样）的历史为我们保持着、创造着真正的"看"的传统。画家总是在观看中训练自己的眼力和目光。

可见的世界存在着的恰恰是"可见性之谜"，而绘画，恰如梅洛-庞蒂所说的，是对千古之谜的"可见性之谜"的颂扬，也是对可见性之谜的表达。

眼光，如同阳光那样是使事物显现出其轮廓与形态的一种力量。在可见物的世界上，影响着事物的瞬间性存在状态的是光芒。一方面，这种光来自太阳、天空和云层；另一方面，在人这里，影响着事物存在样态的就是目光。这样两种光造成了事物的难以捉摸的可见性。

可以说，画家对事物的研究、凝视、观察与呈现，既是对外部光谱的研究,也是对目光自身、对"看"的一种探索。在拉斐尔前派的画家那里,对光的探索成了对大自然的奥秘作出表现的焦点。天空与光芒在康斯太勃尔的作品中,就像光芒在但丁的《神曲·天堂》中的那种作用一样,具有无比的重要性。光芒就像是尘世事物的精神性,对光的呈现拯救了平板无奇的自然。地平线之上的天空与光芒是对地上的事物的一种召唤,并赋予其生命力。湖泊、水流、移动的云层和闪光的树叶在灵性之光的影响下发生着抑制不住的运动。光的存在带来了这么一种观念:他眼里所见的一切不一会儿就又会发生变化。可以说,这样的画家不是把一些事物搬上了画布,而是把一小会儿时间、把存在的一个瞬息移上了画布,移往了永存的可见性之中。他们在云影、光柱、虹、阵雨、草叶、湖面……上寻求着对光的表现。正像透纳在谈到鲁宾斯时所说:"我指的不仅仅是虹本身,还有那含着水滴的阳光,清新、消失的冻雨,以及雨后天晴时的灿烂辉煌。"[①] 在这里,云、水滴、叶片或空气的颤动,都是光的交响。

在印象派画家的另一种闪烁的目光中,物质的事物几乎消失了,它的坚硬的轮廓被同样闪烁的光点融化了。他们摆脱了光的流贯一体即化除了整块色彩,事物仿佛散发为闪烁的、流动的光点,事物悬浮在密集的光点的空白处。它使我们重新"看见了"事物。我们在这种"看见"中,已经经历了一种"看"的创造。这种目光取消了对深度的追求,而停留在反射的、漂浮的、流动的事物的表面。因此,皮埃

---

① 引自安德鲁·威尔顿:《英国水彩画(1750—1850)》,李正中、姚暨荣等译,中国文联出版公司,1988,第103页。

尔·理查说,印象派画家似乎终于使物质得以透出空气,这种闪烁的光点或目光实际上以某种方式切开了事物的昏暗,它是"一种横向的透明"①。

在此之后,在塞尚那里,物体不再被反射光覆盖,不再消失在它与空气的关系中,梅洛-庞蒂说,物体"好像从内部被暗中照亮了,光线从物体上面自己放射出来,由此造成了固体性与物质性的印象"②。

物就是光芒。从知识上说,色也就是光谱。

每一件物体,都是光,那是本源的光所生成的光。玛瑙、宝石和我们周围的自然之物都是光,它们从自身内部呈现出自己,即照亮自己。

在神秘的遐想者的眼光中,一切上升的、垂直的物体都是生长的光芒,树木都是流向天空的火,一朵向日葵即是烧焦的光芒,"在火苗的花园中"。

>光芒是在一条梦游之河边
>一块呼吸的石头,
>光芒,一个伸展的少女,

---

① 让-皮埃尔·理查:《文学与感觉》,顾嘉琛译,生活·读书·新知三联书店,1992,第258页。
② 梅洛-庞蒂:《眼与心》,刘韵涵译,中国社会科学出版社,1992,第38页。

一捆破晓的黑暗之麦束……①

光芒就是那使事物在黑暗中显现出来的东西,是视看的一种条件。而每一事物的形式就是它自身的光芒。

---

① 奥克塔维奥·帕斯:《奥克塔维奥·帕斯诗选》,董继平译,北方文艺出版社,1991,第433页。

眼睛与事物

首先理当赞美眼睛!

睁开眼睛,看,就产生了一种面对面。这是人与物的面对面的在场。无论现在他看到的是一片茅草,一只麻雀,或一条冰河,这种面对面都在默默颂扬:我在!她在!

面对面,美妙的可能性就在那里。

某种古老的经文上说,你只要对世间万物,对任何所见、所闻、所想不设防,卸下重负,你就不再属于时间。

任何一束投向事物的目光都中止了时间。犹如目光开辟了生存空间一样。

睁开眼睛,就像黎明时推开一扇窗户,打开了一个外部世界,一个自我之外的世界。在不设防的瞬间,他的内心被他所看见的事物进入,他也就以被占有的方式拥有了无限的空间与事物。犹如平静的河水以其清澈拥有了天空、树木、云。它也快乐地接受了地形与风给予的波纹与永恒的运动。在这接纳、受动与平静清澈的美妙平衡中,你可以说，它拥有的只是世界的表象。而世界不就是一个表象吗？

世界是人的一个表象。也许人只是世界的一面镜子，是世界进行自我观察的一双眼睛。通过这双眼睛，世界才对自己呈现出来。

使自身成为事物的一面镜子的人是这个世界所渴慕的。他映照了存在之物，也颂扬了存在之物。仿佛创造都在首肯自己的创造物。

人的感觉指向一个内在世界，一个感觉着并自我感觉着的主体，也指向一个外界，指向某物，某种正在被眼睛观看着的事物。可以肯定地说，这个感觉着的内心与某种事物是彼此联系着的。它们共同呈现或者隐匿于无名。

诗人把各种内心状态转变为可感的现象，把思想转变为眼睛的特权。寓于心中的感觉是无形的。也许事实上他是被迫把属于无形的东西转变为现象之物的。

但眼与心也呈现事物本身。

当他发现外部世界因其存在而呈现出重要性，当他发现存在的事物的多样性的圣质时，他宁愿把目光移向外部世界。这里有一个繁纷的、丰盈的物的花园，它的丰富性恰与内心对应。这些物的存在甚至就是内心世界的光，并据以照亮这大地上无以计数的生活财富展示在眼前的东西：

大地上许多事物可见可闻，活生生的事物就在我们中间！
为一些巨树的诞辰而举行的露天庆典……

> 还有许多事物值得我们目睹：郊外牲口的包扎，迎接剪毛工、掘井人和阉马匠的人潮；凭庄稼气息估的产量，用草叉顶住屋顶晾晒的牧草……①

这是二十世纪初圣琼-佩斯在战乱中的北京郊外的一座破庙里写下的诗章。他写下这些事物，仅仅列举出其名称并且说：它就是这样的！这已经给了诗人存在的欢乐。青石是赤裸的，黎明有一面铜镜，硝石是灼热的，风吹着女人们晾晒的衣衫……"一切都要重新述说。而目光的长柄镰刀被引向全部财物！"②诗人感到重要而神圣的，是存在的全部，而非一个人所检索的。对于世界来说，事物的存在具有不分轩轾的同等价值。瘦果、按蚊、茅屋、沙滩、寺院、公厕、闪电、树脂、马鞭草、泡碱……有时候，诗人就像在一本天文观测集、海图集、动物志或植物志里那样耐心地列举着事物。

在诗人那里，这样一种事物又一种事物地非浮夸地增加着，似乎暗示了一种尚未言及的更广阔的和谐，这是试图给世上一切事物以同等的价值。这里有一种对世界的全神贯注的、天真纯洁的目光，像孩子那般的新鲜、好奇，欢呼着这个仿佛是刚刚被创造出来的世界。他走向它们，贸易的集市，神圣的庆典日，大麦收获期……这里所讲的，是一切人和事物身上特有的东西。

对于人来说，诗人的"看"的图像性具有典范性。请稍稍想象一

---

① 圣-琼·佩斯：《蓝色恋歌》，管筱明译，漓江出版社，1991，第38页。
② 同上书，第69页。

下自古至今诗人在说些什么,它们是:

鸡声、茅店、月,或者是大漠、孤烟,佛庐、道院,或者是"山色有无中""草色遥看近却无"……

与其说这是诗人感情的抒写,不如说是对于事物的存在本身的颂扬。但是诗人并未"颂扬",他只是提供一种看。一种几乎没有沾染一点儿什么意识或定见的目光。与其说这是抒写内心的热情,不如说是呈现事物的热情。

诗人的到场几乎是隐匿的或匿名的,他只是一个客观的目击者。他的看只是对客体的唤出,他特有的只是一种目光,那使事物转向真正的光芒的目光,使客体世界到场。他的目光是清澈的、具体的、细微的,因而事物的到场也具有清新、具体的特性。

那么客体世界或观看的对象不是一直在那里吗?为什么还需要诗人的呈现或唤出?

客体世界倾向于隐匿,这一方面是因为我们不善于观看。比之诗人的目光,我们可以说是半个盲人。另一方面是因为客体事物并非是恒态的与恒在的,它是一个持续的消逝过程,或一个瞬间的生成过程。它是一个瞬间,它是空间走向时间的一次转换,一次停顿:事物的显形。事物或客体世界也是时间向瞬息空间的一次显形、一次显象。甚至诗人也只能在某个超时间的瞬息、在近于无念的目光中瞥见:

草色遥看近却无,

或者：

　　人迹、板桥、霜。

这不是被人叙述或说出的，而是事物直接地呈现，直接地在场。

遮掩我们的目光或使事物隐匿的，可能常常是我们自身的主观的言说，我们自身的叙述和观念。我们对事物的定见，抹去了我们目光中的中立的知觉特征，也使我们忽视了事物的现象性。事实上，我们的观念、定见，甚至情感，看似是为客体增加了意义，但已经是削弱了事物的存在，弱化了客体自身的力量。

在观念与定见之外，诗企图建立人和客体世界之间的新关系。而这种新关系应该说只是清新的关系，在剔除了陈见与定见之后的目光的清新，事物的清新。此外，诗还企图使人能最终置身于事物面前。这是恢复一个源泉。

这并非只是一种东方情调的古典倾向。在现象学的基本意向中，在现代诗人的重新命名的努力中，我们可以发现"诗人的祖传的职责"，即对客体世界的唤出，或向"整个事物"努力的原则。即使在勒内·夏尔或弗朗西斯·蓬热那里，我们也可以发现一种在新的话语中重新把握事物的故事。在蓬热那里，"事物即诗学"[①]，他的理想是使每个对象成为一种修辞形式，不需要把对象明显地拟人化或观念化，事物适当地沉默着，保持着事物的完整和意义。他在谈《事物的

---

① 引自 J. 贝尔沙尼等：《法国现代文学史（1945—1968）》，孙恒、肖旻译，湖南人民出版社，1989，第 222 页。

定见》时说:"仅仅由于想阐述它们的概念的全部内容,我通过事物,让自己摆脱了古老的人道主义,摆脱了当前的人,并且走到了人的前面。我给人增加了我所命名的新品质。"[①] 无论何时,事物总是一个新的源泉。事物是永远地或一再地超过我们自身的另一存在范畴。

对于诗人来说,诗、话语与"神圣事物、自然与人只是一回事"。当然,对于现代诗人来说,作为源泉的纯洁的事物、纯净的客体世界已是"永远失去的深刻的统一性",只是"我们梦中的可耕地"。即使这样,不论是佩斯的丰富、连续的诗,还是夏尔的片断、浓缩或分散的诗,都仍然包含着对失去的统一体之梦的再现,其中包含着对不可挽回地失去源泉,并只能以诗的方式找回失去的源泉的忧伤。这也是现代诗歌比之古典诗歌的令人迷惑的复杂之处:诗人仍然赞颂或唤回客体世界,表达着"对存在之物的完全赞同",不过仍然觉得"有愧于他的时代"。

在另一些迷恋于言词的不及物用法的诗篇中,我们也可以看到这种无可奈何的高深:他在表达着的是不在场之物的在场。或者说,言词于一些诗人无非是当今闹市中的唯一的一小片自然。言词中有可能追踪的事物的影子与片断。这些事物或客体,已不是人的目光所能及,而诗人只能借用词语的古老的目光来观察词语中的事物。

[①] 引自 J. 贝尔沙尼等:《法国现代文学史(1945—1968)》,孙恒、肖旻译,湖南人民出版社,1989,第 221 页。

眼睛与心灵

眼睛是通向心灵的道路。在人与人之间，眼睛就是心灵。人对另一颗心灵的发现与爱慕，似乎总是从其眼睛开始的。

倾听的耳朵、隐秘的肌肤、能触摸的手和深深的呼吸也通向心灵与事物，只是通道更为晦蔽无形。

眼睛开启了视像万千的世界，并且发现：可见的世界万物是灵魂的具体化。

我总是在发现事物的时候，才发现自己内心的空间，内心的生活。我走向对象时，才走向自己。

向外的路也是向内的路。

置身于事物之中时才置身于内心。置身于物的中心也即置身于精神的中心。当心灵在事物之中飞翔时，心在内。它同时在内与在外。心灵总是在世界的深度中展开，与存在之流一起涌动、生成、获得存在的形式。心与物、内在性与外在性在它们相互的交流、呼唤与回应的场所中互相渗透、支撑，在成为对方时也成为自己。正如萨特在谈到诗人蓬热时所说:"在此,唯物论和唯心论都不再是季节性的。我们远离各种理论,而是在物的中心。"

诗人享有着这种摆脱了心物二元论的恩惠。他可以使自己认同于一只飞鸟或一道瀑布,如同那些在万物创生的状态中寻找躯壳的游魂。在他这样做的时候,他使自己具有丰盈的特性,也使事物秉具了灵活的人性。犹如为心与物的结合举行的仪式。波德莱尔说过,对诗人来说,"一切都是敞开着的。如果有什么地方好像对他关闭着,那是因为在他眼里,那些地方并不值得一看"。

眼睛会认出心灵所喜欢的。

为什么一棵在田地间孤单站立的树那样亲密地吸引着我的视线?那是我的灵魂的孤立的部分在孤单的树上认出了它自己的形象,并使它自己与树相连。

对树的迷恋,也许还有更深的秘密。

遥远的人类生活中关于"宇宙树""太阳树""社树"的信念,不论我的理念是否知道,知道之后是否相信,但在我的视线中,在我的视看中,仍然保持着对树木的原始的观念。那时的人们无论筑家、建邦、立国,都要在庙宇的周围植以修茂的树木为"社"。就像树木才是我们在宇宙间的真正的守护神一般,是守护家屋和庙堂的苍穹。这种信念是那样的普遍。

夏多布里昂说,森林,这是人类最初的神庙,它是一切宗教建筑的原型。"圣林"的观念是普遍的。因而我对树的仰望就如同对大教堂和更古老的庙宇的朝拜。我的目光中流露出祈求……克洛代尔认为，由于不断地开发，遮蔽深邃的圣林及参天的原始树群的屏障越来越薄，最后只剩下了一排，这一排便是围绕着古庙圣殿的整齐柱列。教堂再现了这座神秘的森林，并暗地里把林中的幽径和妙音转移到人类的宗教建筑这座建造起来的森林中。他写道："人自从失去天堂，总是像尼尼微忏悔日的约拿，像痛苦中的以利亚，坐在或跪在树荫之下，把这棵树看作是自己祈祷的守卫者，是自己眼泪的保护人；这棵树生长着，并且，作为一个生长的单元，它体现了在证实过程中的期望。"①

在诗人的暗示下，我们可以鼓励自己遐想得更远一点。就像中世纪的炼金士，在树木的上升的形象里看到水、火与气的象征符号，一朵向着光明即至善生长的垂直的火。它的带着火焰的液汁向着天空流去。诺瓦利斯写道："树只能变成长满花朵的烛火……"②这仿佛一句梦语。圣诞树就仿佛是他的梦语的现实化。

我们的眼睛观看着事物，在我们的观察中布满了梦幻。在我们的视线中包含着已存在于我们自身但却并不知道的信念。

但在注视中，我们就会变为我们所注视之物。波德莱尔曾表述过这种异化为物的经验。当你凝视一棵树，你就可能慢慢地变为那棵树，那棵树的摇曳就成了你自身的摇曳，它的绿荫就成了你的翠绿，

---

① 引自罗丹：《法国大教堂》，啸声译，上海人民美术出版社，1993，第63页。
② 加斯东·巴什拉：《火的精神分析》，杜小真、顾嘉琛译，生活·读书·新知三联书店，1992，第188页。

树间的风声与鸟鸣就成了你内心的欢鸣。此时，你已具备了"树精意识"与树的体验。

这时，观察者并非一个具有"我思"身份的人，而是一种"物"，融入了物质的普遍的吸收与迸发中。这种异化为物的体验与人类社会的异化迥然不同，在人类中间，那种异化——主体和自我意识的丧失——是荒谬的或悲剧性的，但在这里，异化为物则是通向幸福的存在方式。

庞德在《一个女郎》这首诗作中表达了这种异化为他人同时也异化为物的绝对默契：

  树已经伸进我的双手，
  树液已经渗到我的双臂，
  树已经在我的胸中生根，
  树枝像臂膀一样，长出我的身外。

  你是树，
  你是苔藓，
  你是微风吹拂下的紫罗兰，
  你是一个顾长的孩子，
  这一切对这个世界是荒唐的。

在诗人所保持的诗的泛灵论的深处，可以发现，视看的目光与爱的奥秘无异：存在是纯粹的经验即非超验，是感觉着的同时能被感觉的"身心世界"——这一身心世界一直扩展到了视线中的宇宙的极限边缘,融解了心与物的界限,揭示了存在与非存在的奥秘。

是的,这一切——目光的泛灵论或物活论对这个世界是荒唐的。

现代人的目光早已空洞无物,他们空洞的目光也同样蚀空了世界。眼睛在分离和间隔了事物之后,就开始统治这个没有生灵的荒漠。人的目光不仅成功地削平了事物的深度,放逐了事物的灵魂,而且反过来攻击灵魂本身。人首先抛弃、背叛了事物和灵性,又似乎有了理由来指控这个世界的无灵魂,就理所当然地从事物中撤回他的眼与心。

事物的间隔与冷漠甚至蔓延到了人的身上——
我看她,她却不看我一眼。

如果这个看者是安徒生式的,那么我会说,这种看应该保持着,这种赞美应当保持着,这种痛苦应该保持着。我终生不渝地保持着这种赞美般的看,就像她们保持着这个世界永恒的奇迹一般。我的痛苦应该时时燃起火焰,这样才与世间的美相匹配。

如今这个看者已是罗伯-格利叶[①]式的观察者,他的漠然只使他观察到同样漠然的物件。我不必接受被他者视为物的命运,倒可以先视他者为物件。与物的接触仍保持着,但丧失了其亲密,窥视仍保持着,但不再激起痛苦或是爱,而是漠然,充其量是暧昧的嫉妒。

---

① 法国当代作家。

这个观察者还变成了洛根丁①式的恶心反胃者。是的，是反胃，呕吐，而不是心灵的欢乐或痛苦。痛苦太典雅了，太灵魂化、太一本正经了。因为他是这样看见一个女人这种"物件"的："这两个脸颊不断地向两耳流去。在脸颊的凹处，颧骨下面，有两朵孤零零的红圈，仿佛在这块可怜的肉上十分无聊……"于是这时候"恶心"就抓住了我，进入了我的胃，进入了我的舌尖。当这样的人遇上了"我看她，她却不看我"的情况时，他的内心也不会燃起安徒生式的赞美多于欲望的痛苦，而是"我马上觉得性器官部分有一种尖锐的失望的感觉，一种不愉快的持久的发痒感觉"。②

一切都物件化了，心灵的事件还原为某种心理、生物或机械性的过程。

当然，如果这样的观看者看一眼石头，石头更不会回看他，他看一棵树，一棵树也不会变成他，进入他的身心。

他的冷漠的目光间隔囚禁了事物、物件，也因而囚禁了他自身。但这样的观察者感到了客观性和真实被他发现了。

因而，人们注意到，自古以来"诗人撒了太多的谎"。人们发现，事物没有灵魂，没有深度，没有心。我们发现，以万物为心的诗人错

---

① 萨特《厌恶》中的主人公。
② 让－保罗·萨特：《厌恶》，《萨特小说集》，亚丁等译，安徽文艺出版社，1998，第484页。

了。一种拟人的语言体系、一种本性是象征体系的语言不过是一种幼稚而原始的形而上学。这里有危险：当我们不自觉地说一团云如一匹奔驰的马，感受到"云在意俱迟"之类的时候，我们已把它们当作有深度有灵魂有感受性的、与人交错着目光的事物了。

一旦我们发现事物并非总是如此，并不关心我们的死活时，我们才痛不欲生地感到世界与事物背叛了我们，抛弃了我们。岂知只是我们把事物看错了，也把事物说错了。这是一场误会。痛苦、悲剧是我们的目光自己制造的。因此要超越这种假想的悲剧，要恢复看和目光的"纯洁性"，使之不受形而上学和诗的遐想的沾染，使我们的目光同样无心，没有深度，感觉应当止于器官与皮肤，它们不应深入内心，也不应容含了事物。事物只是如此这般地在那里而已。

但是，他给予事物以他者的待遇，事物也以同样的方式回敬了他。他自己也会成为无心的物件。眼光的平淡无奇异致了世界的贫乏与平淡无奇。目光中灵魂的退隐也即是"物灵"的死去。"死魂灵"也即是目光的死去。在生活和现实世界的重压与挤迫下，人的心灵与目光在悄悄地收缩其翅膀，它的神奇的自由空间也在收缩，直至与物件的尺寸等同。一方面是物我的分离与间隔，另一方面则是对物的实用性的支配。直至操劳、交往、势利、装假、欺骗、习惯、偏见、功利、压迫、奴役……组成了"死魂灵"的世界。

心灵难以囿于纯粹的内在性。当外部事物变得遥远、当物隐匿时，心灵只是幽闭在身内，它甚至不能被称为存在着，因为可以说心灵已和事物一起被放逐了。

灵魂：与存在的事物之间的微妙的认同能力。我们称之为灵魂的，不是一件东西，而是人在万物中认出自己的存在的那种能力。土、水、火、气，乃至这些基本元素的无数变体，树木、岩石、水草、鸣禽……正如诗人所坚持认为的：宇宙间的每一物体——海贝、蝙蝠翅、松果、地衣斑——中，都包含着我们失落的灵魂的某些碎片，因而我们的灵魂薄弱。

每一恰当地看见的物体都能开启心灵的官能。

一切可凝视的事物都具有聚思作用、召聚灵魂的功能。

这是诗歌的一种传统。孔子所说的读诗可以"多识于鸟兽草木之名"应该被理解为，通过诗、通过诗人的眼光恢复我们的身心与事物的接触，进而在与事物的接触中兴起我们的灵魂。

在《诗经》中，"兴"的行为本身即在于《礼记·乐记》之所云"降兴上下之神"，以降天神、招地灵进入人的灵魂，并壮大灵魂。如同泰坦巨人靠双足接触大地而获得力量。在"诗三百"中，这是通过与事物的直接接触——通过手、眼、耳、足来实现的。《国风》中的采草就是这些方式中的一种。周南的"采采卷耳"，小雅的"终朝采绿"，鲁颂的"思乐泮水，薄采其芹"，如同凝望与描述树木或植物繁茂的样子，歌咏树木的姿态、树叶上雨露的形状一样，都具有强化灵魂的功能。它们犹如这大地上的舞蹈与旅行，都是接触自然界灵活强大的生命力，并掌握和拥有它的方法。

我们跟随诗人做这种诗中的旅行、舞蹈，凝视、歌咏或描述繁多的事物，也是对灵魂的强化与起兴。

凝注于事物本身，我们就能把心灵置于恰如其所是的位置。

史蒂文斯曾经写道：

我不知道什么魔树和香柯,

不知道什么银红、金朱的果实。

但我毕竟知道那棵

和我的心灵相似的树。①

---

① 史蒂文斯:《史蒂文斯诗集》,西蒙、水琴译,国际文化出版公司,1989,第11页。

眼睛与观念

我经常谈到一棵生长的树、流水、飞鸟或正在上升的太阳。因为它们代表另一种力量、另一重生存空间、另一重时光,另一种"思维"范畴或者"观念"。这些事物与形象是一些生动的可感知的观念,这些意念正处在"观看"之中,尚未脱离观看,未脱离它们自身的力量与真实性。它们尚未被脱去形体,抽象为无从感知的概念。

我知道生存力量的存在。我知道与这些生存力量相应的活的观念。我渴望知道。我渴望在这些活的观念中去思考。当注目于群鸟融进空中,谁会不感到人是一切生物中最不自由的生命?他骄傲的理由飞去了。因此无论古代的埃及人还是中国人,都本能似的把鸟形视为人的灵魂的形象。在这种注目中思索,即使他从不知道那些关于鸟灵的神话,他身体中的某一无形的部分不也已经附在鸟的翅膀上飞翔?不也感到风的冲击、平衡的自由、滑行的快乐,不也产生了一种超越现实的冲动,想去亲近众神与火焰的天空?

我知道,一般人们所说的思想范畴与观念像一个狭窄的鸟笼。在这个笼子里，人永远说不出带翅膀的话。那是爬行、冬眠、假寐、蠕动的领域，而不是飞翔、跳跃的空间。人为的思想观念是有限的，而活的观念如同事物、形象、现象与状态一样无穷无尽，应机而起，瞬息万化。

对于善于感应的人来说，每一事物与现象都可能成为活的观念。

想一想生长的树木、根茎与果实，汁液、年轮、幼芽与落叶，想一想流水、火焰、大气与天空、蛇、鹰与太阳……众多的事物曾为人类提供了多少丛生的观念、野生的思想。繁多的物象为我们提供了情感的形式、意识的形象、观念的形体，并使多少幻想成形！它们滋长了诗的意含，宗教、神话的观念，哲学的范畴，犹如繁茂的植物。

形象，犹如映现了它们的眼睛，联结着意识与物质。

事物，它让我们慢慢明了观念的感觉特性，意识的物质特征。

思想范畴即观念。好像再也没有什么比人类的观念更加抽象的了。然而观念在产生时是具体的，是可感的形象。观念是被人观看到的意识的形象或形象的意识。

观念是物质元素。

无论在古代中国、印度还是在古希腊，最基本的哲学范畴都是一些大致相似的物质实体。无论这些实体被设定为五种、四种还是九种，它们都是土、水、火、风之类的物质元素。无论他们是把水作为万物的本原还是把火作为宇宙的本原，或是把气或虚（混沌）作为本原，他们都在赋予这些元素上帝般的创生世界的神圣性，赋予这些物质元素以人类意识的性能。这些物质元素是具有人的感官可以感知的某种特殊性质的实体，即可见的。

古代哲人敏锐的好眼力使他们发现了"极微"或"原子"这样的"无限小"的观念。《正理经》中的"三微"观念或德谟克利特的"原子论"假说，也许都来源于从小窗洞中透进来的太阳光线中所看到的飞升的尘埃，即有体积的最小的微粒的观念。而神话中诸神的观念无非是自然体系的幻化，是物的化身。

那时观念是可见的，又是充满想象力的。

而哲学、意识的努力与眼睛一致：使事物成为可见的。使之能被认识、洞察，能被看见。

在印度，称呼哲学的通用的词正是"见"。这个作为哲学认识的名词来自动词词根"见"，即来自原初的感觉行为。尽管现代学者一般不认为"见"有任何肉体感觉的含义，或者有任何古代道教意义上的或现代欧洲逻辑意义上的观察的含义。但是如果这种感觉行为不是肉体的、不是感官的，那么作为哲学观念范畴的"微"的观念和五大物质元素的观念就不可能出现在《正理经》或《胜论经》中。

意识的展开总是在丧失其物质性，哲学的认识行为如同人的看与见的感觉行为一样，日益丧失其感觉特性，而感觉又在丧失其感官性与肉身性。因此，看见的行为越来越内省化为内心里对真实的直觉。

但《奥义书》时期的哲人却说：真理是什么？真理就是看见，即被看到之物。如果有正在用他的眼睛看的人被问到："你看见了吗？"他若回答："是的，我看见了"，那就是真理。商羯罗由此评论说：当某物正在为眼睛所看时，它就是永恒的真理。

物质第一性抑或意识第一性不是那时直观到真理的先知们关心的问题。这个问题是后世的愚见也就是不见的产物。把物质与意识断然分开，把事物与真理判为两物，是目光被遮蔽后的思想的黑暗迷宫。

看，是一种思考行为，是事物、也是思想与观念的直接呈现。眼睛所见的一切，道路和天空、深渊、土地与大气、火焰、日月与流水都曾是先哲的思想意识！昼与夜、季节、星辰的移动、植物的萌发与凋落都成为他们的观念！如同事物的世界一样，他们的观念也在生成、流变，随着光芒而清晰，随着阴影而弥漫，随着众多的事物而丰富，而成形。他们的所思如同大气与云层一般充满这个宇宙，又如阳光和水滴一般抚照着万物。他们的观念与其说来自大脑，毋宁说是直接产生和栖身于众多的事物中、众多的形象中。感性的现象支持着他们的思想，现象的变幻性维持着他们观念的活力、意识的转换，并促成和提醒他们寻求万物的来源。

观察、观注即沉思。它沉入所观察的事物中，使观察本身成为事物的自我呈现过程。事物即真理。这是古典时代的哲人所强调的观察方法：目击道存。

在这种真理、事物、观念中，观察者的主观性不占据重要的位置，他只是一个目击者，一个见证者。观点，即一个观察点或看的角度是非个人化的，否则，他所观察到的就不是真理而是意见了。

"观"在我们的语言里的另一个含义是"道教的庙宇"。道教徒把他们自己建在山顶上的房子称为"观"，就像是山顶上这个观察位置本身就具备了"观察"的性质一样。这一性质与诗人莱维托芙所注意到的极为相似:"观注"一词源自"tem-plum,寺庙,一个地方,一个由占卜官标定的观察空间"。[1]这不只是表示观察、凝视、守望,还意味着在神圣或"道"的面前这样做。

道家的观察者选择了高处这个观点,连众多的凡夫俗子也企图登临或仿照这种观点,因此他们建造塔、塔楼、亭、台阁。它们是一个集虚之地,空纳万景之地。在那里,目光摆脱了卑微的琐物,从一叶障目之处移向了高处。古印度的圣者训示说,"不违背真理,站在高处"。

这个高处,使人从盲目的席卷而去的生存之流中脱身出来,使人得以从此注视那些基本的事物,使人得以注目苍天、星辰、大地,以及大地上的风与光。空间在目光下得以展现。空间不再是作为目光与对象的隔离,而是作为它的深远而展开的。观念的活力总是同空间的无限广阔、事物的无限深远,以及它们消逝在苍茫的远处的不确定性相应的。在这个高处,展开在目光中的不仅仅是一个全景,不仅是一种空间意象,而且是另一时间之维,也许恰恰是非时间、超时间的永恒之维也同时显现在我们的视野之中。

高处是想象力的保持者。

高处也是纯洁的观点的象征。它使人心旷神怡。

高处使人离尘寰渐远,离苍天更近。高处所创造的距离在人的内心具有了精神上的意义。正如高度、深度在人们心中所具有的精神的与道德的意义一样。高处善养人的浩然之气和铮铮骨气。

---

[1] 王家新、沈睿编选:《二十世纪重要诗人如是说》,河南人民出版社,1992,第266页。

高处，它也唤醒人身上最崇高的感情。犹如柳宗元在山巅所思："悠悠乎与颢气俱，而莫得其涯；洋洋乎与造物者游，而不知其所穷。""心凝形释，与万化冥合。"高处生发了我们最崇高的思想，培育了我们的高贵性，使我们在片刻中得以像苏轼所说的那样"飘飘乎如遗世独立，羽化而登仙"。

它是空间、高处、高度给予我们的观点与恩惠。这个清洁的观点给了我们遗世而独立的感受，如若有人能将这个观点带往生活中一点点，那么我们的生存环境就不致如此恶臭，如此令人窒息。

那些早期的伟大的圣者，佛陀或查拉图斯特拉，都是从山上带着一种特有的观点而走向人间的。他们带来的是一种高度。只是众人脆弱的心灵已不适宜这样的高度。高度令他们眩晕、令他们恐惧，他们渴望尽快离开这寒冷的顶峰。

崇高的境界是，一种高处视野的精神等同物。

我可以鸟瞰式地、简单地描写人类思想的历史，以下只是一种感受而非严格的概括：这是一个从宇宙空间转向人世间、从旷野转向城市的过程。比之《奥义书》或吠陀时期，比之前苏格拉底哲学，比之李耳或庄子，当今的思想失去了它的旷野性，犹如一些退化的植物或小动物。"猛禽的空间已日薄西山"。它从早期的宇宙论——关注基本元素、基本力量和宇宙的起源与流变——转变为苏格拉底或孔子式的伦理学说。宗教观念再一次把宇宙论加以人格化的阐述，起源与创世的宇宙论或人类学思想再一次受到注目，接着这种思想转变为没有宇宙在场的历史观。当今支配人们行为的是一些更加琐细的经济学观念，它是技术、劳资、福利等，甚至更为简单，支配人们的无非是一种票据意识。仿佛包含着时间、空间、无限、永恒和人的生死的宇宙已消失在以世界为背景的巨大的市场后面了。

宇宙空间或自然之物对于人们的影响越来越微弱。意识的直接来源不再是太空、星辰、昼夜、季节、大气、荒原大道、视野之外的空无或无限，不再是人类喧嚣之外的宇宙的沉寂、透明清澈的光芒中一粒粒金子般的微尘，不再是荒林之火、旷野之风、海洋或江河。不是了。

当众多的事物从我们的视野里消失，我们精神的视野也萎缩了。当基本元素在宇宙空间隐匿时，人们把自己琐碎的事务性活动与观念向自己夸张到无以复加的地步。

我们丧失的并非只是"宇宙意识""宗教信念""诗歌精神"或"历史感"这样一些抽象观念，我们丧失的是"具体观念"，丧失的是眼力、目光和视野。我们失去了对曾经直接产生出这一切人类精神中有价值的观念的——大地与天空的——观察、感受与领悟。没有什么有价值、有意义的观念再直接从我们面前的苍天、山峰、云层、树木中产生出来。

应该说，诗人仍是这种眼光的保持者和给予者。

眼睛与欲望

眼睛是灵魂的守护者，也是欲望的保持者。但眼睛、看也是对欲望的超越。眼睛、看，使人的本能似的欲望移情到一个广阔的事物的空间中。眼睛生长在与人的大脑等高的位置上，它透露了看的智性本质。因而看、见成了认识论的基本喻词。

然而看也仍然包含着特殊的欲望。

欲望是存在的欠缺。欲望就燃烧在它所缺失的存在上。最基本的欲望可以使我们很容易理解这种欠缺。我欠缺一些食品、一所住宅……因而这可吃的、喝的、住的、愉悦的对象就是我所缺失的，也就是我所欲望的。但这种对某物的欲望只是欲望的一种形式，即对拥有或占有的欲望。

而一旦我们占有了这个或那个，我们对它们的欲望也就随之消失了。当我们吃下食物，饮下水或酒，饥渴的欲望就和这些被吞下的对象一同消失了。就像在欲望的高潮中朝另外一个躯体喷出液体的火焰时，那另一个躯体的魔力就和自身的欲望一起减弱了。因而拥有或占有的欲望有自身的困扰，占有并不能保持它的占有，它倾向于使其消失。

欲望的另一种形式表现为"要做某事"。某事作为一种尚未实现的欠缺而成为一种诱惑，比如一次旅行、一次舞会，或者创作一幅画的欲望。也许它已经涉及人的欲望的最高形式，即存在或"是"——是其所是——的欲望。这是"要成为某个人"的欲望，比如被爱者或创造者。存在的欲望同样建立在存在的欠缺上。人总是会感到他自己尚不是的那种"可能是"的召唤。人总是感到他处在根本的缺失之中，那是个人本质的缺失、存在意义的缺失。因而他就总是处在"是其所不是，又不是其所是"的状态中。成其所是的欲望即"存在起来"的欲望，是比对某物的欲望更难以满足的欲望。某物的欠缺我们是知道的，存在的欠缺我们却并不明了。

如果"看"也是一种欲望的话，那么看或在看中缺失的是什么呢？在人的视看中也包含着"占有某物""要做某事"和"要去存在"的欲望形式吗？

或者，看，怎样去占有、去做、去存在呢？

眼睛是最洁净的感官，因为看介入事物的方式只是一束光线的照临。人只要睁开眼睛，其视野中并不缺少某物，并不缺少对象与事物。即使那最可爱、可欲可求的美丽的女子也不缺少。在集会上、在马路上，甚至在阳台上，她们随处可见，就像是给这个世界的祝福，是这个世界的永恒的春天。

那么看的欲望不是总在满足着吗？安徒生式的看的痛苦、他的欠缺感从何而生呢？眼睛的欲望的未能满足之处在何处呢？

看，其实并不比人的其他行为更缺少意义和因果性，看同其他行为一样是建立人和人、人和事物的联系的一种方式。而安徒生式的看的欠缺感就是这种建立联系的尝试的失败。是通过看——视线——建立起属于他的世界的那种未完成感。

他确实在看。她们微笑着，嬉戏着，说着，她们很美很年轻，她们从他身边走过。只是一点关系也没有。这就是欠缺，这能叫相遇吗？

这种处境还可以用来理解一个人的这样的一种生存状况：意识到自身的人把自己看成是一个与对象、与在那里发生的生活没有关系的主体。一个"局外人"，也是孤独的、平静的、静态的。他与他所凝视的东西没有联系，他的凝视只是扩大或发现了他与对象之间的"真空"或距离。在这种痛苦的视看中，主体并非没有对象，而是没有与对象之间的那种亲密的联系。这真是"在真正的生活之外发愣，而两眼却又紧盯着它"。

这难道不是一个写作者在当今的真实处境吗？这也是斯塔罗宾斯基所说的忧郁者的状况。在生活中——它是普遍喧嚷而混乱的——又不参与其中所保持的寂静，意识在流动。它苦于"不得其所"。"一方面，它不能满足于自己的内在性，另一方面，他人的内在性又似乎不可企及。意识到自身和他人，从一开始就是发现自己既处于自身之外,又处于他人之外。"① 他被遗弃于"旁观者的地位"。

在这个行动能力在恶性膨胀的世界,感受与思考的能力却在萎缩。而精神就这样被搁置于世界之外。一双安徒生式的眼睛,注视着生活之流,然而又不能跟随。在20世纪,它成了卡夫卡式的眼睛,因为生活之流更加污浊而不透明。

通过看去建立我的世界的周围性,通过看去建立我与世界的联系,或者,通过看去实现我对世界的在场,这种努力在人类生活中遭受着挫败。但在事物的世界里,这一点仍是有效的。物具有一种神秘的在场的力量,物的在场直接地意味着人的在场、人对物的在场。我所看到的草场、树木、溪流,已通过看被当作了存在的象征。在物与人的彼此的认同中,不仅我的在场得到了认可,而且我甚至可能成了在场的居所。

看,就是存在的欲望的实现,并仍然保持为欲望。

看的另一种欲望是占有或拥有。
但是,看只是让事物存在于那里,这种拥有是不完全的。
普鲁斯特在其《在少女们身旁》里提供了看与占有这样两种有联系而又形态不同的欲望的描述。就像安徒生在城市的街头看见走过来一群无名的女子,"我"在巴尔贝克海滩遇见了女性之美的又一种新颖的形式。透过海边的这一群行走着的无名的女子,我感到一种浮动

---

① 乔治·布莱:《批评意识》,郭宏安译,百花洲文艺出版社,1993,第215页。

的和谐在扩展,是美的液体、集体、动态的持续转移。她们构成了一个又一个不断变化的瞬间,然而她们又使时间趋向于永恒的静止,她们"好似同一个火热的身影,同一个氛围,使她们的身躯合成了一个整体"①。可以说,她们之中每一人的光芒都反映着别的女子的光芒,并辉映着来自天空和大海上的光芒。她们仿佛带有轻盈的、无形无边的翅膀,带着这整个宇宙轻盈地飞翔。

比安徒生的注视幸运的是,"我"的目光与其中一个女子的目光相遇了。但也仅此而已。接下来的欠缺是一样的。因为那目光来自对我仍然是封闭着的小小的少女部落。我看见了她,并产生了"她是谁?"这样一种认识的欲望,它是看的进一步深化。但是,"我是什么人这个想法,肯定达不到那个世界,在那里找不到位置"②。在她闪光的双眸与我相遇时,她是否看见了我?如果她看见了我,我对她又意味着什么呢?这个疑惑里包含着存在的谜,时间的谜,爱情的谜。它常常是遗憾的、辛酸的、孤独的、无法开始的谜。

如果我不能占有她目光中的东西,我就更不能占有她。欲望来自更深之处。在这个停顿面前,"我的生命已骤然停止,已不再是我的整个生命,而是成了我面前这块空间的一小部分,我迫不及待地要将这整个空间占据,这空间乃由这些少女的生命组成"③。这些少女所构成的"整个空间"才是我的整个生命,而现在,在这个无名的、无

---

① 马塞尔·普鲁斯特:《追忆似水年华》,第 2 卷,桂裕芳、袁树仁译,译林出版社,1989,第 332 页。
② 同上书,第 334 页。
③ 同上书,第 346 页。

所属的空间里，我只是一个小贝壳似的小碎片。只有这些眼睛会使"我是存在的"这个想法、这个欲望变为难以形容的主体与在场感。

然而，这一空间却具有转瞬即逝性。这是一种液体的、波浪般的、火焰似的、流风式的空间。它具有无名的、捉摸不定的、易碎的性质。

我对产生了"波浪般的与火焰似的空间"的少女的热爱，难道没有包含着竟想留住一个飞逝的瞬间这种注定绝望而失落的疯狂吗？

而情爱总是从疯狂的信念开始的。失败的经验从来也不构成教训。

我必须把这个瞬息持续下去。那就是拥有那天海边的某一个女子。

当日后这个名叫阿尔贝蒂那的女子躺在"我"的卧室里时，她的不可捉摸的、无名的因素消失了，她的火焰与波浪平息了。她的带着全宇宙飞翔的翅膀不见了。曾在她身上存在过的、与之融为一体的"整个空间"隐匿起来了。她与那个液体般互相渗透的女子整体之间的联系不存在了，她的身体与那天的天、风、海的背景式的联系也不存在了。她被分离出来，成为孤单的物。她变成了"我"的忌妒心的"女囚"。在《女囚》中，这个女子"就像某种具有两栖性的爱人，或者置身于海滩或者回到我卧室"[①]。

[①] 马塞尔·普鲁斯特：《追忆似水年华》，第 5 卷，张小鲁译，译林出版社，1996，第 160 页。

一个可以凝视的完整的存在空间，这些闪光的翅膀构成了尘世之物的美，它们从前也构成了这个女子的美。

看的欲望和占有的欲望，谁更深入心灵？一般看来，按照行动的逻辑来说，看的不完满性、看的深入是倾向于拥有，但在占有中又失去了看——真正纯净的享用与欣赏——的欲望。甚至当他能恢复看的空间时，拥有才有所得，才得其所是。那么，看的空间性、存在的欲望不是比占有具有更为深藏的诱惑吗？

我曾说过，看是给予颂扬，看是给予存在的空间，是对事物的赞美。

但在许多不适当的禁忌与陈规陋习中，看在许多场合下成了一种禁忌。越是美好的、令人愉悦的事物，越容易成为一种禁忌，不能看。那是被禁止的欢乐，被禁止的美。但在心底，那美好之物不是正被我们渴求着吗？各种禁忌防范着本能的沉沦与罪恶。但禁忌也抑制了对美好之物的崇敬的表达，禁止了言语及目光所能给予美好之物的赞扬。这样，仿佛一切高雅的爱慕、纯净的或轻度色情的感受都必然地与肉欲的放纵相连，仿佛事物因其美妙，因其能够唤起欲望也能唤起美妙的生命感，就一定会与邪恶相通。

有时候，习俗、观念的禁忌遮掩了目光，使纯净的颂扬式的肯定事物的看变成了有罪感的窥视，或变为羞怯的、不安的一瞥。禁忌意识遮住了目光的坦然、透明、清澈与纯洁。

那位充满冥思的观察者帕洛马尔[①]在冷僻的海滩漫步。一位裸胸的女人在安然地沐浴日光。他便把目光投向天际与大海，移向虚空之处。他担心目光会打扰那自在的少妇。但是他想，这不等于间接承认女人不得袒胸露臂这条陈腐的礼俗吗？"我支持了禁止看女人乳房的习俗，或者说我在她的胸膛和我的眼睛之间安置了一副心理上的乳罩，让那鲜嫩的、诱人的胸膛的闪光不得进入我的视野。"[②]不看的前提是，他正想到它是坦露的。

他散步转来，再次经过那少妇。这次他不多不少地看到了这些景物：海边的浪花、船只、沙滩上的毛巾被、丰满的乳房、弯曲的海岸……

"喏，"他想，"我成功地把女人的乳房与周围的景色完全协调起来，使我的目光像天空中海鸥的目光或海水里无须鳕的目光那样，不至破坏这自然的和谐。"——"这不是把人降低到物的水平上，把人看成物？"[③]或者，傲慢地低估了女性的价值？

当他在洁净的、清晰的观点中，最后将目光极其崇敬地停留在少妇身上，并与少妇的裸胸一起珍惜、感激、赞美周围的一切：阳光，被风吹弯的松树、礁石、海藻、云雾，这围绕着这光芒四射的乳房旋转的整个宇宙。

他达到了观点与目光一样的洁净，他达到了内心与宇宙一样的清澈透明。

[①] 依泰洛·卡尔维诺《帕洛马尔》中的主人公。
[②] 依泰洛·卡尔维诺：《帕洛马尔》，肖天佑等译，花城出版社，1992，第12—13页。
[③] 同上书，第13页。

目光可以是纯洁的，不纯之物使人的目光变为混沌暧昧的禁忌。因此，清澈的目光并未沾染事物，是禁忌着看的那些陈腐意识亵渎了美好的事物。

但是，那少妇一跃而起，仓皇逃遁。她对目光的逃遁代表了对目光或看的另一种看法。

目光、看被包含在发现、揭示、披露这样的观念中。因而看就包含着这样的欲望，看就是去除遮蔽，使被注视之物裸露出来，赤裸起来，揭示其对象的肉身性。而没有目光去看的裸露，根本不算是裸露。只有揭示性的目光才会使其赤裸。或者就像吃了禁果之后的亚当与夏娃，是另一种禁忌意识才使其赤裸成为令人羞惭的赤裸。犹如萨特所说，看就是享用，看是使对象失去童贞。它们之间的关系表现为某种"被看强奸"的东西。仿佛只有不被看，认识的对象才是清白的。但是无疑的，这种剥夺对象的看，是由看者和被看者的双重"偏见"造成的。

眼睛与无限

　　空间上的无限不该谈论。一旦我们论及这一点，就陷入了一个无限大于我们智力的阴谋。这个荒谬的谋略只该由宇宙和它的上帝参与。人参与其中的谜团只能得到荒谬和疯狂。

　　人之不能思考它或谈论它，还因为"无限"是一个邪恶的、阴险的、自我矛盾的观念。我们的眼睛或目光无法在想象中接触、看见空间上的无限是什么样子，但也同样无法接受空间上的有限性。因为接下来的问题连小孩子都会马上提出：空间界限或宇宙的边缘外面是什么？这个界限之外的反影式的问题马上又消解了有限性的设想。在这个谜团中，探讨它的智者也只能像个傻子似的说空间是有限的无穷。但我们仍然不明白这个有限的无穷（或者说无限）是什么。这没有解谜，只是又增加了一个互相缠绕的谜。它没有找到空间这个迷宫的出口，只不过又增加了一个虚假的门，或又多了一条死胡同。

　　要我们在感性上或观念上接受无限是困难的，要我们接受有限也是同样的困难。

就是在这种"有限的无限"的迷宫似的空间背景上,芝诺说出了"飞矢不动"这样的运动悖论。在一个本身即是悖论与荒谬的存在空间里,还有什么荒谬的见解不包含部分的真理呢?的确,线由无限的点组成,那么飞箭只能从一点到另一点,甚至飞箭只能在一个点上,无限的点早已取消了飞箭的运动。线由无限的点构成,面由无限的线组成,积由无数的面组成,超积由无数的积组成。初级的有限的认识成了几何学或数学,终极的知识则成了玄学或神学的遐想了。

空间或时间上的无限问题一直是令孩童和神学家入迷的问题。犹如每一个孩童都神迷于钻迷宫和捉迷藏一样,它是孩子们对空间的无限性的一种直觉、一种行动式的探讨。空间和时间上的无限问题,成人总是理智地不屑一顾。但成人不是解决了,不,只是遗忘了。为什么不遗忘呢,入迷于任何一个事物都可能成为地狱的萌芽,一张脸,一句话,一点血迹,如果不被忘记,也可能使人发疯。假如一个人总是念念不忘飞箭不动的话,他岂不成了疯子?或者,也许他会成为一个不合时宜的玄想家。

如果空间是无限的,那么我们的生命就会在空间的每一处上。如果时间是无限的,我也就会存在于时间的任何一点上。因为时间上的无限就是永恒。

转移——不是解决的解决——这个显眼的不合经验的矛盾的一种方式是,无限不仅意味着空间上的无限扩大的观念,也意味着无限缩小的观念。

飞箭不动的运动悖论,不仅包含了线由无限增多的点构成这个扩展着的空间观念,也包含了点的无限小的空间观念。它其实也就是

"一尺之捶,日取其半,万世不竭"的另一种表达。

物质的无限可分性是理论上的一种可能性,它也就是空间上的无限缩小的观念。有人提醒说,这种将一个占据空间的东西分成小而又小的部分的过程必须有个终点,即对空间的缩小必须有个止境,往下就不能分成更小的部分。许多哲学家都小心翼翼地力求避免这样无限追溯——也同时是追溯无限的可能性。这种谨慎也来自避免陷于荒谬,因为无止境的、无限的分割或缩小过程这一观念会具有"将尘埃等同于山岳"的荒谬性。一种无限可分的观念意味着尘埃和山岳都是由无限数量的部分所组成,这样两者在体系上就会是相等的。为了避免这种明显的荒谬,无限必须被终止,物体在空间上的缩小必须有个止境。为了避免陷入荒谬,也为了避免落入虚空,古代的哲学家为最终的空间概念提供了不能分割、不能缩小的最小部分,即"极微"和"原子"的观念。

原子这个观念或"实体"在科学领域内又被继续分割下去,它成了电子、质子、中子、中微子……并且出现了反电子、反质子,出现了"反物质"这样的观念。是否还存在着反空间?如同宇宙中的"黑洞"、地球上的"百慕大",一个已逝的又存在着的世界,一个反影的空间?不知它会闪开天堂的门缝,还是一个地狱的深渊?

也许我们还需从这个无意义对立的抽象空间回到康德的立场:空间肯定不是外部的实在,与其说它是事物存在的条件,毋宁说它是精神完善的条件。

永恒不是时间的无穷延续,而是时间过去与时间现在的共时态,是时间的中止。也就是说,永恒是一种非时间性。同样,空间上的无限也不是空间的无限扩展。这就像向下生长的树并不是向内部无限伸展。空间上的无限在玄学家、诗人和神学家那里被设想为某种互相包含、互相辉映的事物。

> 然而他们会教导我们：永恒就是现在静止，就是一个"眼前"（就像经院派说的）；这句话他们不懂，谁也不懂，就像他们把"这里"说成无限大的空间一样。①

说永恒就是"眼前"，"这里"就是无限，确属一个悖论，它有点像是消除了无限。它消除的是某种绝对意义上的无限。也许应该把它们理解为"眼前"、静止的现在以某种方式包含着永恒，"这里"、此地以某种形式隐寓着无限。这正是许多沉思这一问题的诗章和教义中的精髓。它以悖论的语式融合或承接了有限—无限这一固有的悖论。这一认识避免了人对无限做一种绝对的追求。因为在绝对意义上的无限观念里，存在与非存在、理性与疯狂、善与恶的分界线是那么微妙，如同在宗教与道德领域内，对无限性的绝对追求也会成为一种着魔的激情，成为邪恶的意志一样。每一事物都有自己的魔鬼。

因此人类只适合于在其有限性中谈论无限，把无限限定为眼睛可以认识的范畴。

---

① 霍布斯：《利维坦》，黎思复、黎廷弼译，商务印书馆，1985，第548页。引用时略有改动。

神秘主义者们在类似的困境中为认识这一范畴提供了大量的象征标记。神话中一只是一切飞鸟的鸟，一个同时面对着四个方向的神，佛理中包含着一切物的水滴，或一沙一花一毛发，辉映着宇宙的因陀罗之网，普罗提诺及一切柏拉图主义者的互相辉映的星辰，一切是一、一是一切的光芒与太阳，莱布尼茨的作为一个"小宇宙"的单子或灵魂，一面活的不可见的宇宙的镜子，帕斯诗中的"镜子"，反影，以及在夜间化为一种光源或化为一座喷泉的女人的躯体，而博尔赫斯就像一个炼金士或前苏格拉底哲学家那样更加频繁地、神奇地为"无限"提供可见物：一个圆、一个球体，它的中心在一切地方，而圆周则哪里也没有；一个影子的花园，交叉小径的花园，巴别图书馆，圆形废墟，一座迷宫，对称的回廊，镜子，一本"沙之书"……

在众多的形象或象征中，我们可以从中认出基本的事物是"镜子"，它是无限的原型。神秘主义者为无限所提供的形象都有镜子的特征，无论是一沙一花还是一个水晶魔球，它们都像一面宇宙之镜那样反映着其他的事物与空间。无限的特性就是通过这个镜子般的存在物对一切存在物的包含、映射或反映而获得的。无限不是空间上的无限延展，而是一个镜子般的有限之物对无限的事物的内敛、容纳、凝聚，并且这种辉映没有改变宇宙的秩序。

镜子的发明有助于人对无限的认识。镜子是以映像的方式获得无限的世界的。它是一个表象的世界，在这一点上，它不正与世界的表象相等同吗？镜子的发明是一项哲学成就。

然而这并非一面平面之镜，而是一个球体。就像博尔赫斯的"阿莱夫"一样，一个微小的圆球，"然而宇宙的空间却在其中，一点没有缩小它的体积"①。每一件事物都是无限数的事物，因为人从宇宙所有的点看到了它。他从中看到了稠密的海、黎明和黄昏、某地的人群、金字塔及一个银丝蜘蛛网、无数的眼睛，看到了某条街里一个后院的花砖地、房门、葡萄串、雪、烟草、金属的矿脉、水的蒸气、沙漠和每一粒沙子、一个忘不掉的女人、身上的癌、一棵原来有的树、一本书的英译本、字母、别处的白天与黑夜、别人的房间，看到了老虎、活塞、骨牌、野牛、潮汐、军队和蚂蚁。"看到了阿莱夫之上的大地；看到了大地之上又是阿莱夫，阿莱夫之上又是大地"②，它就是：不可思议的宇宙。

　　这个在一切方向上映射着一切的球体，在某种意义上，我想，它就是眼睛的象征。但是像博尔赫斯的"阿莱夫"这样的眼睛，也许只该是上帝的眼睛，他在一切地方，他占有一个好位置，更加显现了他自己的无限性。但人的眼睛不可能遍在一切地方，这也可能更多地显现了宇宙的无限性。

　　眼睛在某种意义上抵消了宇宙的无穷。它映现了宇宙。眼睛总是与事物保持着各种空间距离，因而没有任何巨大的事物——就像天空、苍穹、星体——不能被眼睛容纳、映现，它也同时映现了与事物之间的空间、距离。它对宇宙间的光芒和黑暗也作出了映现，眼睛

---

① 豪·路·博尔赫斯：《阿莱夫》，《博尔赫斯短篇小说集》，王央乐译，上海译文出版社，1983，第220页。
② 同上。

也有它自己的光芒和黑暗。它有与光线的运动、扩展相似的目光和视线，它是眼睛这个实体的无形的伸展，以至于无限。

如果这个象征物的系列、无限的宇宙——诸事物——镜子——眼睛，再深入下去，眼睛就意味着心灵。这就像诗人所说的，"比天空更大的是人心"。在人的"心目"中容得下"另一个世界"。

只有心灵这只眼睛、这面镜子才是无限的，只有心灵才映射着世间的一切。包括尚不存在的或已经逝去的事物。无论是星辰、天空、火焰、流水、雨丝、影子的花园、迷宫、声音，还是回声、光芒、阴影、善、恶、记忆、梦、幻象、爱……都包含在、映现在人的灵魂之中。犹如莱布尼茨所说："灵魂总的来说是被创造物的宇宙的活的镜子或形象。"①

镜子的象征处在两极，也处在核心。镜子，或一个圆球体，一边是宇宙的标记，另一边是心灵的象征。我们通过镜子窥测到了无限的影子，然后它又消失了。

我抵御不了"象征的引诱"，还是以象征的方式言说了不能言说的无限。

我在一本旨在探索与遐想纯粹的感觉经验的书中不幸地遇到了"无限"这个不可感知的观念，并且使用了"'这里'就是无限"这样的神学式的语言，使用了众多的镜子或映象。结果就像赫塞在小说

---

① 引自荣格：《天空中的现代神话》，张跃宏译，东方出版社，1989，第186页。

《内与外》里所揭示的：无物在内，无物在外。你懂得这句话在神学上的意义：上帝无所不在，他在灵魂中，也在事物中。事物的无限性由此而来：神就是万物。我们在理性上称它为泛神论或泛灵论。它对于生存的意义在于：我们不必区分物我这样的对立。无限在我的身外，也在我的身内。无限从外面包围着我们，也从里面充盈和吸空我们。也就是说，事物从外面看我们，又从我们身内看我们。

我们的精神可以据此引退到观念所设立的边界后面去，引退到外面去。我们最初睁开眼睛，认识了在外面的事物，为那个无限所迷惑，当内心世界形成时，又开始退回自己的内心，寻求不可见的事物，或内部的无限。但当我们逐步逐步地踏入内在的虚空时，我们意识到了自身的有限、意识到自身也是世界的一个表象，才又开始把目光投向事物与现象之物，投向物我这一对立物之外。

目光的变化带来了新的"看"：事物并不是与我面对面，事物与世界总是包围着我，或成为我的深不可测的周围性；事物也在我的身内，成为我的深度。而我也成了事物的深度，成了事物存在的一个场所。这是一个同时属于我自身的一个内部空间，一个无限。

帕斯曾如此写道：

空间在内部
它不是一个被颠覆的乐园
它是时间的一次脉动[①]

[①] 奥克塔维奥·帕斯：《奥克塔维奥·帕斯诗选》，董继平译，北方文艺出版社，1991，第332页。

无限的眼睛

一些日子以来，他总在想，必须把思考还原到观看与倾听中，还原到对事物、景象与某种时间过程的描述中，使观看与描写本身成为思考的行动。

他看见行人从对面走过，妻子说，孩子们在哈哈镜面前哈哈大笑，一会儿变成了小侏儒，一会儿又变成了巨头怪人……他听着，心想，假如我的眼睛，那个水晶般的球体的表面生就是那样的凸形或凹形，那么我现在眼里所看见的人，对面的那位漂亮姑娘就会变成哈哈镜中那样的形象。如果每个人的眼睛的构造都是这样的，我们就会这样接受事物并以为这是真实的。虽然我们看见的事物是另一种样子，但我们人仍会以为这一切被看到的事物形象是"客观的"。他现在看见的人既不高也不低、没有变形，但这是否已是一种变形，是"真实的"事物的一种人类的变形，球面的眼睛所映现出的变体与幻象？我能真正地看到本来的什么东西？既然我们的眼睛天生就是这样，我只能说，世界天生就是这样的？他觉得他无法回避自己的界限，人类的共同主观性。他无法了解看的本质，事物的本质也因而隐匿着。甚至现象也隐藏着。他若有所悟，但也不过是又一次到达了不可理解之物的界限而已。他感到他看见的事物不是真的。他觉得他要能越过这道界限再往前走一步，他就能阐明宇宙。那需要他有另一双眼睛，然而他现在走到经七路的尽头了。"该拐弯了。"妻子说。他的思想的努力结束了。他的思路断了。仿佛他什么也没有想过，只不过有过一个不断重复的怪念头而已。

耶稣或佛陀在今天只能是一个地道的疯子，他想。不知何故他想到了他们。

这时他略微明白：常态的思路不过是失去世界的一种方式。

他想起童年时代，宇宙在他的想象性的感觉里时而无限大时而无限小。在原野上看到地平线的那一忽儿，他感到地球在缩小。他把远方，一个不太远的远方的一棵树作为标志，向那儿走去，因为他看见地平线就在那儿。也就是说，大地的边缘就在那儿。他想去那儿看个究竟，就像他想象中看到的地球仪的边缘那样。不过地球仪的边缘是我，是我的桌子，是我的手在拨动它。他想，可那真实的地球边缘之外是什么样的呢，它在什么样的手中轻轻地转动着呢？想着，走着，他每一次都发现了自己的徒劳。那棵立于地平线或土地边缘的树渐渐地靠近了，而地平线则又向后退去。他在一次又一次的不可抵达的眼前的目标中领略了无限，在失败的经验中领悟了可见的无限。

在他成年之后，在他又一次行走在高原上时，那种幼时的地平线边缘的可见的幻象再一次出现在他的眼前：在一个高坡处，道路上升，仿佛突然中断了与大地的联系，仿佛已到达地角——道路上只剩下天空。这条不断上升至高空的道路、追寻着无限的道路，诱引着他的旅行。

通过事物的重叠，一个事物隐匿到另一个事物背后，我们看见了关于深度的奥秘。但犹如梅洛-庞蒂所说，这只是一个虚假的奥秘。"人们总要在深度的这一边或者那一边，不会同时在两边。"物体的重叠、隐伏并非是事物的属性，深度产生于我的思想，我的观察点，我的在这儿的身体。无处不在的上帝有一个更好的观察位置，"被我称作深度的其实什么也不是，或者只是我对一个无限的存在的参与，而首先是在观看景物的最佳位置来参与到空间的存在物当中"。①

对于眼睛而言，空间有其永远的不可抵达性。我们以一种方式看见的事物遮蔽了以另一种方式看见它的可能性。我们所看见的，遮掩了我们所看不见的。正像我们看的眼睛看不见正在看的眼睛本身，正像我们想到的部分遮盖了我们没有想到的部分。

现在我自己的眼睛看见了我的前半面身体，而它的完整的存在只是我意识中和想象中加以补充的。我看见的这个身体也应该被视为一种现象吗？无疑眼之所见都是一种映象，那么我的本体就处在绝对的黑暗中，他想，我对我自己也只是显示了一个映象而已。

---

① 梅洛-庞蒂：《眼与心》，刘韵涵译，中国社会科学出版社，1992，第144页。

映象这个词使他着迷。我是我自己的映象，也是别人眼中的映象。这棵树是我的映象，也是他人的映象、感觉与表象。世界是我的映象，我也是世界的一个映象，犹如这棵树是世界的一个映象一样。

互相反映的镜子。普遍的镜子。他在自我和宇宙万物之间看到犹如事物一样繁多的镜子。而真实与本源之物就在这些互相辉映的镜子之间丧失了。

映象，他想，就是视看对对象物的一种分享。现在我心中有一棵树的映象，有一个女子的映象，而这个映象就是我对它与她的一种拥有，是存在的分享。这个映象曾通过我的视看经由我的眼睛进入我的身体内部。映象的本体可能不在我的眼前，可能在极远处，也可能已不存在，但映象与物体可以分离，本源物通常可能并不知道它的映象都分居在哪里。

一个本体繁殖其映象的方式非常多。他想，我可以通过声音、气息、香味、触摸和视看获得一个事物的映象。它们又被想象和回忆保存在身体里。众多的事物通过映象嵌入了我自身。也可以说我已成了他物的一个映象。

一切都不过是眼睛，他想。眼睛是眼睛，声、气、味、触也都是眼睛。一切事物也都是眼睛，因为它们映现了别的事物。一切也都是镜子，因为它们摄入了许多别的事物。它们映现着自己的环境。

世界上到处都是眼睛。

"看"，是一种艺术，也是造物者的秘密。世界上有无脊椎动物的最原始的感光细胞群所构成的眼点,有环状眼、窝眼。有脊椎动物的单眼与节肢动物的复眼。有因行动、速度、体位和眼的位置之不同而产生的不同的视野。有不同的瞳孔形状。猫头鹰的眼,银狐的眼,公牛的眼,幼马的眼,四目鱼的眼,跳蜘蛛的八只眼……

有各种各样的眼,有各种各样的"镜子",各种各样的"哈哈镜"。各种各样的映象。

哪一种眼睛反映了客观的物象?哪一种眼睛歪曲了客观的物象?他想,每一种都是真实的,每一种也都是幻象。

上帝是个多样性的爱好者,他想,上帝是个多元论者。一个非统一性的创造者与存在者,上帝创造的不是一个世界,而是无限多个世界。他想,每一种眼睛拥有一个与众不同的、独立的世界,每一只眼睛也拥有同样的世界。

每一双、每一只眼睛都是宇宙隐蔽着的一个秘密的中心。它重新为自己构筑了世界。

那些植物、那些有机物和无机物拥有另一种眼睛。他想,一棵树是一只眼,另一种不同的树是另一只眼,石榴是一只眼,花萼是一只眼,西瓜是一只眼,核桃是一只眼。然而一片树叶也是一只眼。因为它们也是这个无限的宇宙的一只不同类型的镜子或映象。

一棵树模仿着人体也模仿着宇宙间那种看不见的对称,一片树叶也映现着这种对称。一个晶体、一块玛瑙也模仿着、映现着宇宙间的光芒、冰雪和火焰。一朵花在映现着光芒和火焰。一只西瓜、一枚石榴在映现着苍穹、星光和太阳。他想,所有的果实都模仿着星体的圆形和椭圆形，就像西瓜的条纹再现了空中的彩虹，一个小小的太阳在其内部由青黄变红……

在他作如是观察——遐想时，他不知道自己陷入了一个无限的奥秘还是一个无限的隐喻过程。他发现自己像一个中世纪的炼金术士一样，在事物中提炼着思想，探索着每一平凡事物的多样性的圣质。

现在他发现，一个事物映现别的事物，或作为宇宙的映象并不那么简单，它和单纯的镜子也不尽相同。一个事物的内部总是映现着这个事物的外部世界，犹如一双眼睛或一面镜子，犹如每一事物都有一种特殊的视觉一般。然而，如同每一种眼睛对世界的映现都已是对世界的一种特殊的构筑一样，映现在一个事物内部的世界总与它所映现的世界有所不同。组成一个事物的外部环境的那部分存在，只要它存在于事物内部或作为映象进入了事物的内部，那它就与作为外部环境的存在形态有本质的差别。就像晶体内的雪花、火焰与光芒不同于空中的雪与光，西瓜内的阳光不同于空中的阳光，我心中的某个女子的映象不同于她本人，我关于某物的意识不同于某物一样，尽管有一个相似性的形式包含在内。一个晶体、一片雪花、一片羽毛、一块岩石、一棵树、一枚果实都肯定无疑地以某种形式再现了它的外部世界，仿佛外部世界作为一棵树、一个晶体的"感觉"而存在于这事物的内部。然而它的映现、它的"感觉"却是自由的、创造的。并不具备仅仅是"被给予的"性质。

这正是事物的无限多样性的奥秘。自由乃是每一事物——每一作为某一本源之物的映象——的基础。他想，在映象中保持着映象的相似性,同时,也保持着本质的差别。形式上的某种相似性使它们团结,融合,趋向于同一个存在,本质的差别又使它们获得了自由和创造性。否则,一切事物将消失为一个事物,世界的无限性就消失了。

欲望的眼睛

在南方的一个城中,在一个并不宽不大的路口,他看见一个推自行车的年轻女子在频频地看顾他。他发现她有一种北方女子的那种美。她安静得犹如缓缓步下山道而非置身于街头。

她注视他的目光使他感到:我此刻不是作为一个不相干的人被她注视的,此刻我对她并不是一个陌生人。她的目光中充满了和柔的善意,略带一点辨认似的惊异,犹如相隔太久的友人在相互辨认出来之前那样。她的目光仿佛正从回忆中穿过,从某个遗忘的故事与细节中走来,他觉得她也不是陌生的,而仅仅是无名的。他知道,对于她而言,他也同样是无名的,并且,将永远是无名的。在人的洪流中,他想,我们将各自消失,再无踪影。

她的无名赋予她一种魅力,那是他认识的任何一个人都不能具有的。她的无名是他的痛苦,是他在人世间的一种迷惘。有时候他想到:其实爱是一种认识兴趣。它是智力平平的人们所从事的认识论的活动,而那些专事认识论研究或天体研究的人则可能不那么需要爱了。因为没有一个人能像这个世界那样包含了那么多的谜。

认识解除了魅力。

而无名,唤醒了认识——爱的欲望。

她是谁?

她来自哪里?

她目光中的柔美、善意来自哪里?

这一瞬间,他发现了自己不曾拥有过的一种过去,也发觉自己顿时失掉了一种未来。

当那个女子就要被人流卷走时,他想,我丢掉了什么?我仅仅是看到了她的眼睛。不,他说:我看到了她的灵魂。如果我不承认这一点,我就有愧于她善意的注视。

他想,我们将无可挽回地消失于人类。但这样的眼神的交流,一个人也许会记住一生。当别的许多无比熟稔的事情都遗忘之后,也许我仍能记住一种无名的、在一瞬间无比相爱的眼睛。他想,在这众多的人中,他们一刹那间的相遇使他们区别于陌生的人群。在一瞬间,这种爱也超过了和她一起生活的人。因为他是"无名"本身。

他将成为她的一个小小的秘密。因为这不是秘密,也无须诉说,因而将永远在她心中占据着一个隐形的空间。在他们最后一次回头对视时,他们已犹如一对恋人。他想,我懂得你眼睛里全部的话语、全部的沉默。

这个陌生的旅人在这个黄昏中的街头看到他拥有的生活是那样少,而他从未拥有过而且永不会拥有的是那么多。

在一瞬间,他说不清自己是失去了还是得到了什么。

他懂得,热爱无名。

回到旅馆时，在南方蚊虫的叮咬中他抄下这样的字句：

假如你觉得两个拱廊中的一个比较愉快，那是因为三十年前有一个穿绣花宽袖衣服的女子在那里走过，又或许是因为这拱廊在某个时刻反射的阳光使你想起什么地方的另一个拱廊。

他们决定［用文字］建造梦境里的城，每个人根据自己在梦里的经历铺设街道，在失去女子踪迹的地方，安排有异于梦境的空间和墙壁，使她再也不能脱身。

记忆的形象一旦被词语固定下来就会消失。也许，在讲述别的城的时候，我已在点点滴滴地失去它。

一个傍晚，他来到旅馆附近的东山湖公园散步。散步的乐趣在于满足眼睛的各种各样的欲望，他想，眼睛的"好色"是高雅的。

看到湖水的时候他的心也为之柔和动荡，并更为深沉而平静了。我的眼睛喜欢柔软的事物，他想，看到水它就感到愉悦。只是湖面上的曲桥设计得很糟，它们不断地拐着直角。这三角铁似的直角与湖中的波纹、与天空的弧形都极为不配。这条线路走上去更显得不自由、不流畅。从曲桥上向西望去，能看到岸边的白色礼堂及其圆柱，以及礼堂边的几棵高大的棕榈树。他感到圆柱是神圣的，只是遗憾后世的建筑师已遗忘了这种语言。再往西，他看见湖面上穿过一座多拱的白色长桥。桥上暂时无人经过。

他发现，他置身其中的景色极为简单：绿树、湖水和白色的拱桥、礼堂的白色圆柱；雨后的天边堆放着白云，以及使白云更白的灰色云层。

走到一棵大树底下时,他弄不准它是不是榕树,就问一个身旁放着一把黑伞和一个铝制手提饭盒、手捧一张《羊城晚报》的老者。他回答说"不知道",然后不耐烦地转过脸去。看来这个老人一生并不幸福,他想。或许他这一生总被人欺负,也或许是他老欺负人。他寻找着解释,又碰上了一位戴眼镜的先生,又加以询问。谁知那人吓得连连退后,把手举起放在眼镜前,似乎招架着准备挨一拳的样子,连说"我不懂"。他感到纳闷,仿佛来到了原住民部落。我怎么了?他想,也许是"这树是小叶榕吗?"有点像黑道上的暗语?

晚风吹来时,他又恢复了清爽的心境。

他向隐蔽的一角走去,那里有不少人在静静地垂钓,仿佛整个世界无非是一面湖。

在他站在桥上观赏湖上景色时,那个戴眼镜的先生又从后面跟上来了。他看见那人在离他不远的地方把一只凉鞋从脚上脱下来,拿在手中,然后一跛一颠地朝他走过来,看样子他只要朝桥中一站,那人就准备跳湖逃走,或抢起凉鞋自卫。当那人走过他十几米远,才又把凉鞋放下穿上。我使他受惊了,他想。等到那人走得看不见了,他才缓慢地朝前走去。

湖边的一棵树歪倒在水面上,有两个姑娘坐在靠近树梢的树枝上,轻语着。两只鸟儿,当他想到这个形象时她们获得了另一种美质。

当他沿着垂钓者的路走到尽头时,有一个铁网门封锁了道路。可以看见里面有更为幽静的空间。这时从门房的窗口里探出一个兵来,告诉他这儿是油库。他转身往回走时,听到像水一样波动的笑语。是几个穿着同样的白上衣红裙子的姑娘,沿着门那边的弯道走来。在看到她们之前,他一直感到这个幽静的世界缺少点什么。现在它出现了。他开始感到一切都很美好。

她们没有走来,而是消逝在围墙的那边。但他仍在呼吸那清爽的融化在空气中的笑声。她们已给了我一些东西,他想,就像这些空气、绿色植物和树叶的沙沙声。

在他返回的时候,他的心中已充满了落日的余晖、水波的涟漪,充满了树林、香气、笑声和宁静。

他停在桥边,他想让世界停在这平静的景象里。他想延长这一刻的安宁。转眼时他看见一个年轻的姑娘被一个男人拦腰抱着,姑娘的腰身靠在桥栏上,她把上身向后仰去,她的脸望着开阔的天空。她仿佛在等待着天上的一个唇吻而非她面前的这个男子。她仰天望去的姿势给了她一种圣洁的力量。他感到,这个傍晚,这座桥、这个湖面、这片天空都只是属于她的。他想,在这幅景象里我是多余的,或只是像一棵小树那样已成为风景。但这并不使他感到忧伤,他反而有一种想尽快从这风景中消失的愿望,把这空间让出给这相爱的人。他觉得连那在用双手拥抱着她的男子也是多余的,如果不是他使她如此幸福恬静地仰起了脸的话。蓝天一览无余地映在她的脸上,洁净,遥远。她并不看他,甚至已遗忘了揽住她的腰际的人。这个完美的、纯美清新的人生景象,随着那姑娘低下头来,随着她移步走开就消逝了。

当他们路过他面前时,他发觉她极为平常。可刚才那一瞬间,她是这个桥、云天、树、湖水组成的瞬息世界的精灵。这个姑娘以她的向上仰望之姿赋予这个黄昏的一切以新的、未知的、隐秘的、世间仅有一次的存在形态。

我们在世上忙碌着，四处走动，到处观看，保持着对一切可见之物的"目欲"：城市，乡野，废墟，风景，人。我们的欲望起源于观看，而最大的欲望也止于观看。我们的眼睛带回了各种各样的景致、面孔、瞬间形象，它们仿佛已是我们内心生活的财富，并构成了我们内心生命的另一种时间。那被我们吃下的，满足了我们的欲望；那些上手之物，满足了我们占有的欲望；那进入我们视野的事物，也都是我们眼睛的食粮。比之我们所吃的、能抓在手中的，可见的事物世界更为广阔、富足、多样。

我们的眼睛病了，他想。眼睛的健康需要一条地平线。

我的眼睛在想念远方，想念高原上的大路、山坡上的小径、林中的光与影，想念那些陌生而无名的面孔，无名的身影。我的眼睛所喜悦的也是我心所喜悦的，他想。我的眼睛喜欢像风一样在大地与天空之间漫游，亲临与抚爱事物。活生生的——极美的——景物！

无名的人，无名的景，观看她们而又不认识她们，享用它们而又不穷尽它们，这就是他的经验中的想象。

一个无名者出现时，也将世界的无名还给了世界，一个美丽的陌生人把生活的无名还给了生活。她是同一个生活的无名者，把世界的未来时带给世界。把欲望——在目光的实现之时——仍然保持为欲望，永不腐化的欲望。在这种欲望里，他保持着人与物的亲切性，在场的匿名性，保持着认识和想象。

他的眼睛只能抄袭着大地

风和水。这些景物又准确地

映回到田野去表现自己。（阿里桑德雷）

观念的眼睛

他看见过一双眼睛,那双眼睛含着笑意,并总在注视着他。他感到了他的幸福是完整的。他的幸福就在眼前。他想:我能把那种笑意理解为一种爱吗?为什么不呢。她看着他,微笑。这双眼睛,那样一种目光使他忧伤而又幸福了好多天。他甚至不能忍受自己想起那种目光时的伤感。然而,恰恰就是这双眼睛所在的面孔他怎么也忆不准,并且在他的迷茫的忧伤中越来越模糊。既然那双眼睛对我如此重要,为什么我又总是避开她呢,为什么我的目光总像一只惊鸟围绕着她飞,而不是落在她身上呢?此刻他哀伤地询问自己,我是觉得那样才会显得高尚些,或是让她以为我是高尚的?然而这不既是真诚的伪装又是对美的傲慢吗?

他发现,模模糊糊、暧昧不明的道德观念影响了他的眼光。他遗憾地发现,在那双眼睛里、那张面庞上,他除了看见他自己的某种过于老式的道德意识,什么也没有看见。否则,他应该会把她画下来。

他看见过事物。然而要让他自己去描述时,无论是画下来还是把视觉上的特点说出来，他都反过来发现自己什么也没有看真切。我真的看见了吗？他想。一张脸，一种微笑，一种目光，或一种花朵的颜色，一棵树的形状，一张叶片的形状……似乎眼睛总在观看，事物之流总在从视野中掠过，然而又仿佛什么也没有真正看见。他感到，对目之所见很少存留有真切牢固的印象。当然，墙壁上的各种标语文字也算是真的看见了，可以过目成诵。然而，他并不想去记住写满各种墙壁的各种标语。他想，我头脑中的观念够多了。但他想记住的事物，却只能给他留下一个影子。我真的看见那个人、那只鸟了吗？难道我不只是看到了那个"人"的观念，那只鸟或那棵树的观念了吗？他想到了一个词：熟视无睹。他想，看来这种现象并非属于一个人的毛病，而是由来已久。

当然，那个令他感到忧伤的面孔并非如此。那张面孔再出现在他眼前时，他一定会一眼认出。只是不在眼前时却无法追忆。因而他感到自己目光中的这种"看""看见""观察"，不是一种记忆，而更像是一种遗忘。犹如遗忘了一个熟人的名字，但你肯定知道哪些名字不是他。唯一属于他的名字却被你遗忘了。这既不是全盘的遗忘，也不是全部的记忆。也许记忆中总是有遗忘，遗忘中包含着记忆。眼睛的知识就是这样。

我的看见中有一个我看不见的盲点。我看见的那部分掩遮了我没有看见的部分。犹如我知道的常常掩遮了我不知道的部分。

当他回忆起他到过之处，见过的事物和人，他发现他的眼睛真正看见的是那样出奇的少。我还没有学会观看，他想。

从今以后我将把眼睛作为我的出发点。他想，思考事物就应当把事物体现在目光中。

通常，他的眼睛抓住什么，他就开始不自觉地思考什么。比如新生的树叶子，枯树枝，小麻雀，阳台上的植物，以及偶然飞来的叫不上名字的鸟。通常这不会看出什么结果。这种看差不多只是睁着眼做梦。

但人总要目有所属、心有所思吧。现在是春天，他站在阳台上，杨树刚刚萌生出串串嫩絮，他感到时光就在那嫩絮上复苏、生长、转动。他感到自然界的钟摆比人类的机械钟有意思多了。它创造了多么清新的时光，无以为名的嫩黄。几千年了，他感叹道，人类也没有为这种春天的嫩芽色找到恰如事物本身所是的词语。几千次了。他感到，几千年的时间被缩短为一些重叠的瞬间。沿街的两排杨树在风中摆动着细枝条上的嫩絮。其中有一棵斜倒着，比别的树摆动得更厉害些。每个人眼里所见的事物是不同的。没有人看见同一种嫩绿色，没有人看见同一棵树……他心里这么着了魔似的推论着，不知从哪一本陈旧的书中了解的道理，不，仅仅因为他面对着这无以为名的芽苞。这么想着，他突然警觉到，他眼前的景象是一种幻影吗，唯有他才看到了这些杨树，而实际上它们是不存在的！真的有人看见了这些杨树吗？他感到脚下的阳台要倾倒了，他的根基在陷落，他急于找到一个人来证实这些树木的存在。

他转身时，恰有一个人推门进来。他听见说：我一直敲门，还以为你不在家呢！

他心里松了一口气，暗自说，谢谢你在这危急时刻赶到，救了我。

智者说，感官的对象是虚构的。那么，如何能证明感觉着的人不是被对象虚构出来的呢？他感到那位智者是一个隐形人。

在某种神情恍惚的时刻，他差一点落入佛学家式的观察。他们把可见的经验世界视为观念的虚构，这个世界的景象仅仅是观察者的意识的显现，整个表象世界的情形几乎等于视力有病的人的幻觉，他看到的是一团毛或两轮月，如此等等。

但春天的确在走来，从地下升向天空。这些树木都感受到了春天，春天就流动在树的体液内，像一团火焰向天空上升。一种上升的悬空的现象出现在空气中，鸟儿开始飞翔了，春天也在它的小小的身躯内。墙根的草、盆里的植物，几乎无一遗漏地向空气中的春天探头探脑。他想，伟大的春天无需我的帮助就安排了这一切，做到了这一切，完成了时间的转变。他既感欣慰又觉感伤：春天已经来了，而我仍一无所为。

我不是只是一个渎职的观察者吗？他想。

陌生的事物总是会带来一种陌生的感觉，以及陌生的观念。我对我自己太熟悉了，他想，我需要借助陌生与新奇的事物来恢复我对自己的陌生感。这样，自我的探索才会进行下去——自我的探索是与对事物的探索同时与平行的活动。

一只不常见的披着黑边金披风的蝴蝶，一只不知其名的鸟的鸣叫，一种叫不上名字的植物，都带来一种陌生的观念，使他感到"蝴蝶""鸟"或"植物"这个观念发生了一点点变故、一点点更新。每个事物在人的意识中都应该有它自己的观念。他感到，通常的概念什么也没有表达。他感到，比之一个孩子或一个原住民，他的眼睛丢掉了许多观察力。

他时常通过观察一种陌生的事物来唤醒他的无知感，这也就是在唤起他的无意识的意识，唤起或恢复他的观察力。他一再地凝视那一丛在黄昏时开放的花。仿佛这灵性的生物与晚风，与天空中的星辰有什么外人不知的缔约似的。他想，它们发生在我的智力之外，甚至也存在于我的经验之外。但它却处在它的中心，处在这个宇宙的中心。对于这秘密的一切，我不过是个懵懂者。也许在我的看见中遮去了不宜让我看见的成分。

但他喜悦于一切为他带来新的意识和新的无意识的事物。知与不知总是关联在一起的，犹如春日的天空以一片阴影带来一片光芒。如同他喜欢那些带给他特殊感觉的人，比如卡尔维诺、帕斯或蓬热这样的人。他们从不讨论道德问题、社会问题或历史问题，不，他们不做这个，这个太乏味了，其中的智慧也只显示了人性的贫困。但像巴什拉尔或埃利蒂斯这样，他们才是人类中稀有的手执阿拉丁神灯的人。他们是特殊的智慧的知情者，是打开隐秘之门的咒语的知情者。他们是前所未有的目光的给予者，是使我们的感觉器官发生奇异变形的人。他们思想的深奥来自他们目光中的特殊的视力，正是这种视力使透明的、互相映现的、轻如蝉翼的事物突然大放异彩并照亮整个世界。他感到他更为信赖这种人，他们能谈论大事物，比如历史、人类、时间，也能谈论小事物，比如火苗、花香、青草的气息。那些只会谈论大事物的人十之八九都是近视眼或远视眼，他们往往什么也没有看见。谈论小事物的人不是逃避，他想，他们只是在寻求一条秘密的道路。因为只有"芝麻"小的事物才能打开宝窟的门。

因此，他常常心揣不安而又喜悦于他在陌生事物面前的深深的无知感。他知道，那时仍会有一本尚未写的书，尚未说的话，尚未来临的人生，尚未打开的门。他还可以等待某种东西。

他知道那时他就站在通往秘密的另一条路边。

一朵无名的花。

它增长、扩展，一朵花上的一条纹路都是一条可能的大道：它们通向芳香的深处，光芒的深处。一朵花有时已犹如悉尼的荷花形状的歌剧院一样，里面传播着经久不息的歌声。一朵花可能已改变了熟悉的道路、熟知的思路，因此一朵花可能就创造了一片陌生的草原，或一座山林。

仅因为一朵花的无名。仅因为看的深入。

他在的地方就成了他不在的地方。司空见惯之地成了陌生的领域。这里成了远方。他想，我成了另一个人。

他发现，有些事物他无法思考。这就是说，他无法在其中了解看的实质，甚至他感到无法看：煤气灶、水泥池、楼房、汽车、避雷针……他的目光无法进入其中，也不想在其上流连、运动，就像对着一棵树、一张脸、一座喷泉流连那样。

他想：难道是我的观念与偏见在作怪？似乎不全是。他感到，眼睛的知觉功能在起着直接的作用。就像那些物件——人造革沙发、实用的桌椅、电灯插座、电视机、润肤霜、塑料尺子、玻璃杯……缺少可以知觉的特征一样。他想，我看到的只是我想看到的？他尽力不带观念地去观看，看着他面前的一切，但似乎视线只是带来了冷淡。也许，他想，是这些东西本身就"冷淡"。它们无法给予我知觉特性，因而也无法给予我一种充满意味的无意识。甚至在这些器具上，他只看到了厌倦，或者烦。

是观念支配着我的看，还是看支配着我的观念？他想，就其时间性而言，看肯定比观念古老，看肯定在先。看是一个源泉。也许我的身体的知觉性能与事物的形式有着一个古老的契约，我的身体与知觉，就是在那些固有的自然之物的形态中发生的。那是我现今的观念所无法去支配与改变的。我想，眼睛也许能像喜欢优美的脸型、喷泉或花朵那样喜欢观看一个墨水瓶或水暖片。可我的眼睛办不到。我的眼睛有它自己古老的信念。

可是他发现，生活的周围违背他的知觉意愿的东西在增多，违背身体与事物的形式的古老契约的物件在扩展，越来越多的为他的眼睛、耳朵所不喜欢的物件在进入他的生活，就像汽车的噪音、烟囱及其黑烟、暖气片、药丸，都是他的眼睛、耳朵、口味所厌烦的。但这一切又无不是为了我的身体的方便，为了实惠，虽然其中并无心灵的愉悦，他想，也许我的观念早已认为它们是好的了，只是我的眼睛在拒绝、蔑视或忽视它们。

心灵的眼睛

他临水而坐。在五月的夜晚。山坡缓缓地伸入湖底。他将双脚浸入水中，他的心也像湖水那样在夜色中幽暗下来、沉静下来，又辉映着夜里微弱的光芒，发出更为沉寂的声响。

他思忖着水面上的光。每当他看到幽深、纯净的湖水，他的心都会用与之相应的方式来深思它。它微微动荡着，在夜色中几乎结晶为一种液体的天空。它波动在他的周围，也以同样的方式波动在他的身体内。他以意识内闪烁的光来思忖湖上的光，也许是以外界的光来极力辨认他内部的微光。不太高的山坡上有一轮明月，从湖面的远处一条波动而来的光之剑向他脚下伸来，像一条巨大的光粼粼的鱼，从湖水中浮出，发出泼剌泼剌的声音。水纹，光波，夜色，那是真实的事物与虚幻的事物之间的一条过渡地带，是真实与幻象的结合。水面上的光仿佛使世间的事物形成一个从真实到虚幻的连续的系列，在可见的事物与不可见的世界之间起着连结作用。他想，我也是其中虚幻的一环。波光，夜空，月，他思忖着水面的光，并想纵身跃入其中，在此良辰把握住它。如果这景象是短暂的，如果那片云掩住了月亮，或者再过一小会儿月亮落入山坳，这眼前的光景就会消失。他想，一旦我站起身，向旅馆方向迈出一步，停顿在我周围的这个圆满的世界就不存在了，而此刻的我也就会随之消失。因而他感到他不敢、没有力量站起来。站起或者走开，在此刻就是一种毁约或背弃，就会把一个完整的、终于在他身边围拢的世界打碎。除非月亮先离开，他想，除非这些光芒已消失。

他试图悟出水波的本质，现在这条光波，是由水纹、风波、夜色与月光交织而成的。有可能去追踪这条光带吗？波光给予他一些启示，包含着夜色及夜色中的全宇宙，但并不给他答案。他的思路却随着微风吹乱的波光粼粼的湖面而开阔、深远、清爽起来。现在，他的意识已经中止在他的眼睛所见之物上。水，风，夜色，光亮，以及这一切事物的总体汇成一种实体，已深入他的身心。能直接接触到事物的存在因素的感官都已入思，他的眼睛，他的触及湖水的凉彻的双手与双足，被湖上的风吹拂着的面颊，都在思考着事物；呼吸着水的气息的鼻孔，倾听着各种寂静的声息的耳朵，都深深地陷入了事物之中。思考，就是被事物占据。他的身心、眼睛与肌肤被事物占据着，他也因此占据着事物，直接地把握着这些事物，来把握言词无力把握的事物的终极意义。

事物的存在比意义更充足、完整，他想。

在这样的时候，他开始明白一个道理，是事物给予我某种意义，而不是我给予事物以意义。我无法赋予事物以什么意义，但事物却可以赋予我的生活以某种意义。

我的心灵也是事物所赋予的，他想。这样他就理解了自己生活在城市里为什么总是失魂落魄的。长时间看不到山野湖泊时，他就像丢了魂似的。那些事物是我的灵魂，他想。我来到这里，不是为了度假，不是为了开会，不是为了听各种人的言谈，而是为了寻找我的灵魂，为了倾听事物以它们的声音诉说，倾听它们对我的召唤。水波向岸边发出的轻轻的波动声，与它全部轻柔的力量一起，注入了我的心灵，使我的心灵强壮起来。

在哪里我能找到我自己？

事物唤起心中的愿望，又立即满足了这种愿望，因为事物就在我的眼前。事物在月光中已进入了我的心灵，犹如进入镜子的事物，永不会充满镜子，永不会使镜中拥挤。愿望仍旧保持着。他感到心境随夜色而空旷。

在哪里我能找到我的灵魂啊？

此刻在我心头闪过的光芒不是我的，它来自星辰、月华和苍天；此刻在我心中微语的声音不是我的，它来自波动的湖面、摇曳的树木和空中的风；此刻我的肌体所感受到的凉意不是我的，它是水、夜和正在下落的月亮给予我的。他感到，连这些飘忽不定的芳香的意念，也是来自背后松林间的松香气息……

他感到他的身内渐渐地空了，尘世填塞进去的一切都从那里消失了。他感到他的生命、他的心灵从他的双手、双足、双眼，从他在夜风中抖动的头发中向外飞去，涌进湖水，汇入松林、夜空与月光。他感到他的身心到了事物的那一端。在那里，在他目光所见的事物中，他感到湖上的微光才是他的目光，林中的风声才是他的心声。

这种坐忘使他想起了死，使他想起多年前他心爱的女子曾对他说过的她想象中的死——她一动不动，但眼睛仍在观望着一切，空中仍然飘荡着云朵、鸟儿、香味，身边仍有树木、人、小猫，但她却不能再移动一点点触到它们，她不能再伸出她的手指抚摩它们，她已无法发出声音。生活、事物、世界仍在她身边，但她却再也无法介入，仿佛她是一个隐形人。是的，她只是一双眼睛，只是一个灵魂。

就像我现在这样，他想。只是一双眼睛，一个敏感的灵魂。我也无法介入那些松树的生长，无法介入松果的香味，我的手也不能介入任何一条树枝，我无法介入水波，也无法介入岩石、夜色、月光。我在一切事物中只有一种不完全的融化，就像我插在水中的脚。也许在死后才真会介入这些自然物，可那时也没有我了，也没有什么可介入了。如果死真的像她所想象的那样，给我留下一双眼睛，一个灵魂，该多好啊。

其实我活着又能伸手做什么呢，又能介入或改变什么呢？就像现在，他想，坐在这个深夜的湖边，就像在人类中间，我的行为只是一个幻象，一个无力的手势而已。我阻挡不了黑帮公然地、冠冕堂皇地杀人，也阻挡不了一个人殴打一个弱女子或孩子。对那些受侮辱的，对那些仗势欺人的，对那些庸碌的渎职者，对那些黑帮似的权势者，对那些饥饿的、哭泣的人，我不也只是看着罢了，仿佛我只是一双眼睛而已，一双并非无辜的眼睛。因为我也曾像一个屈从者那样佯装过微笑，只是我的灵魂在后面哭泣。

对那个美妙的女子，除了我用眼睛注视过她、抚爱过她，我的手也没有起过作用，他想，这是他感到深为遗憾的。她曾渴望我的手。但现在她不需要了，因为我始终没有伸出我的手，她走向了远方，我只是看着她走了。我无力改变她的方向，把她引回我身边。我再也无力介入她的生活。这是因为我只是一双眼睛而已。就像她想象的死亡那样，他想，我的生活里有多少死亡的成分呵。我只是一个灵魂。一双眼睛。就像我已无法介入我死后的事件。

那么，现在，这个夜晚，在这湖边，我为什么假设我已死去呢？他想，我死后这个地方、这样的夜晚也不会有什么改变，就像我出生之前那样。我死后湖水也会在夜晚泛着银光，松香味也会这样飘荡在空气中，月亮也会这样的洁净，没有什么两样。我热爱的世界仍然存在着，就像人类的愚行也不会消失。死后就不再可能给我留下一双眼睛，就再也无法看见这一切。那么，现在，他想，我为什么不把此刻的观察视为死后的观察呢，这样观察的结果不会有什么两样。即使死后有观察的眼，我看见的也不会比现在更美好。好吧，他想，就把这一双眼视为死后的眼，把此刻所见视为死后的观察，这样想时多好啊，他感到了自由，感到他真的超越了死亡。我有一双死后的眼睛，灵魂的眼睛，他想，这在人世间是一个巨大的秘密。我做到了不可能的事情。我今晚创造了一个小小的奇迹。死后的观察。我今晚的生命跳过了一条鸿沟，他想。

现在他看到，湖水、岩石、山坡、松林、月光以另一个世界的秘密形象展现在他面前。这是那个把死亡想象得如此忧伤又如此美好的女子给我的祝福，他想，这面前的永远如此的世界是她给予我的礼品。他想，她并没有走太远，她在这儿等我呢。他感到她就坐在他身边，从微风中他感到了她的呼吸，她的目光。

他凝望着湖水中光波粼粼的影子，他凝望着将要落入山坡后面的月亮，他感觉他此刻的目光将会延续数天、数年、数十年。我的目光也许真会延续到那时，他想。

事物的眼睛

在路上，我坐在车窗边向外望着。我喜欢这种透过一个画框式的观看。漫无边际的景象被遮掩起来，又在不断地展示，仿佛在展开没有尽头的画幅一样。一切静物都运动起来，旋转起来。我呢，坐在这个旋转的、圆的中心，像造物主沉思着他的事物。

红土地，土丘，快要落尽叶子的树……

在一个土坡上，一座佛塔。我默数一下，一共五层，七级浮屠？一座塔。我想起了史蒂文斯的"田纳西的坛子"。这里则是一座塔。使荒野不再蛮荒。塔的出现使空间的中心位置有了改变，排除了我的自我中心，塔现在成了这个圆的中心。它使互不相关的、散乱的事物围绕着它建立起来，关联起来。田地、土坡、树木、沟渠、天空、茅草，都匍匐在塔的脚下，它们似乎都有了一个向心的力，有了一种磁力场的运动。像一种音乐出现时的世界那样，众多的事物都仿佛被谱上了同一的曲调。事物在塔的周围形成了世界。仿佛那看不见的根据来临了，事物沿着土地和天空向塔奔去，也沿着塔所指示的方向向四周扩展开来。我感觉着塔的奇妙的组织作用。由于距离的遥远，塔仍在视野中，只是在向后移去。这时闯入了一座烟囱。这烟囱比塔更高大。烟囱的出现一下子使凝聚的空间解体了，使事物处于散乱状态。烟囱突兀地割开了天与地，割碎了佛塔召集起来的事物。我听见世界的透明的圆形稀里哗啦地破碎了。我怀疑这是我对烟囱的意念作用，试着以无邪的眼光看这个耸立在低矮的树丛之上的东西。事物仍不能被联系起来。它甚至在拒绝我的看。我看不进事物中去。我的目光被拒斥在表面。仿佛有一个盲点。我感觉着我的孤独的主体位置。从我投身于其中的塔的世界悠忽弹回。也许的确是：

"我所见之物是我的创作

感觉即概念"？[1]

这是说，我的观察是我的观念，是我的主观性的一种体现。可以说，这是由我对佛塔的成见或偏爱造成的，是我的根深蒂固的目光中的定见或观念所致。这样说，就是断定我的观察的结果在开始观察之前就已被给定了。观察的结果无非是观念的一种始因。我的所谓观察只是观察到了我自己的某种观念而已。很显然，因为相同的观念的原因，我不喜欢那只粗暴的大烟囱。

但在我看见它们的时候，我几乎是处在无意识中，我并未想到我会看见什么，或以何种目光看它们。我只是在事后——观察发现之后才想到某种观念的。那么是否可以说，我的观察、对待佛塔和烟囱的

---

[1] 奥克塔维奥·帕斯：《奥克塔维奥·帕斯诗选》，董继平译，北方文艺出版社，1991，第300页。

不同态度，或者说，佛塔和烟囱对待我的不同态度，早已先于我的观念存在于我的目光中了？

如果说观察中确实已含有一种观念的话，那么这种观念也并非只是我个人的主观性，并非我的任意性，或纯粹即时、即兴式的。这种观念已和观察、目光结合为一。这种"先验的"观念甚至早于教育和理性的灌输，我想，一个不知佛塔为何物的孩童也会把它与烟囱的感受判为两分。御用文人曾在革命教育和实用理性的驱赶下，赞美过冒着黑烟的烟囱，然而这种赞誉之情只存在于他们的概念甚至情感中而非自发地存在于目光中。生活于烟囱之下的劳动者仍想寻找一个有树、云或佛塔的风景之地度过他们的纯为眼睛的生活，而在烟囱、煤烟、管道之间无非是为着获得果腹之食。任何教育、理论和概念都无法改变他们的眼睛自身的观念，它就像一种信念那样不易动摇。

眼睛的确有自己古老的信念。它大于也强于我们的主观意识。也许其中有世界和在这个世界中存在的身躯之间的某种古老契约。

眼睛自身的观念与我们的本性一致。

在佛塔所召集起来的世界中，为什么我感到愉悦？为什么我觉得自己受到了事物的邀请，并投身于事物之中？

这就像是我们的肉体在与自然之物的古老的约言里赴约，就像是灵魂听到了召唤而前行一样。这是无论如何我们的身心都保留着的一种"自然本性"与自然之物的同声相应，同气相求。它是我们的躯体的古老的记忆，躯体的智慧。其中也为我们保留着基本的人性内涵和精神象征。

然而我们必须明白，就像西藏的一位喇嘛所说，一个事物的象征就是它自身。忽略了这一根基，把事物附会于我们肤浅的理念，我们就不会真的有所见。事物正因为只是它自身，才成为我们精神无限性的某种象征。事物不是关涉到我们的某些观念，而是关系到精神存在本身。这也应该是史蒂文斯的一首诗的标题的意思，"不是关于事物的意念，而是事物本身"①，所有我们有关事物的意念，都应当恰当地指向事物本身。

事物在我们目光中唤起的观念只应当使我们更加亲近事物本身，而非远离事物。

比之云、树、气、光、泥土、雨等，烟囱、水塔、火柴盒式的楼房、汽车、立交桥、加油站、锅炉等人造物仿佛具备充足的"意义"、价值和用处，但在我们的精神上却是一片空白。它并不给人的精神以任何形式。正像这些实用的造物在遗忘、掩盖而非指向任何自然的事物一样，这些东西也从根本上拒斥人的身心的进入，拒斥人的目光和观看。就像人的眼睛也是自然之物一样，被粗暴地拒斥在外。只有在非人化的政治观念中，烟囱才会比佛塔好看，厂房才会比寺院更伟大，煤烟才比白云更值得讴歌。而白云、绿树、河流或海洋，如果不是作为某种政治观念中的比喻，它自身就毫无意义。因为白云、风、江海……永远不是英明政策下的伟大成就。

---

① 史蒂文斯：《史蒂文斯诗集》，西蒙、水琴译，国际文化出版公司，1989，第 197 页。

但它们却是自然的伟大造化，或被更为神秘地称为上帝的造物，并在其中诞生了人类。这是人造的实用之物所永远无法相媲美的。万物作为我们灵魂与肉体的居所而存在着。我们可以把自己的心灵融入一朵云、一棵树、一座佛塔，却永远难以把灵魂融入一辆汽车、一只轮胎、一座烟囱。

一朵云、一棵树、一条河，吁请我们与之相融，并在这种相融中把世界给予我们，把存在的完整性给予我们。然而一条管道、一座烟囱、一只轮胎却是无世界的，它只是一个死物、一个封闭的空间。在这种对象面前，我们只有一种永远孤立的主体位置。我们渴望与之合一的愿望被拒斥在外。然而，仿佛我们的灵魂和肉体的欲望都在时时寻求这种进入或被进入，寻求在其中对象化自己，或者销魂、消逝的机缘。进入世界、进入存在，和自我的消逝、人与物化是同一条道路。

站在一座烟囱、一辆汽车面前，我们的自我是不会消逝的，是无法被它们物化的。我们即使钻进其中，也还是一个物我两元的主体，而站在一朵云下，一棵树下，我们则已经进入了其中。

那么也许可以说，我们在面对自然之物时，不仅是一个观察者，也是一个被观察者，物我具有一种交互主体性。也可以说，自然之物是有一双眼睛，一双注视、观察、凝视着人的眼睛。犹如史蒂文斯在《岩石》中所写：

绿叶出现，覆盖嶙峋的岩石，

> 丁香出现，盛开，像治愈的瞎眼，
> 为明亮的景色欢呼，在视觉的诞生中感到满足。
> ……

我们处在事物的视觉中也会感到同样的满足。犹如在充满善意的柔和目光中，她向我们敞开了一个世界，扩展了我们生存的空间。使我们仿佛进入了存在的内部。而人造的实用之物却是无视线的，因为眼睛对于事物来说也是心灵。

一只轮胎、一台发动机、一个水龙头、一个烟囱没有眼睛，但什么是一棵树、一枝丁香、一座塔、一池湖水的眼睛？

可以说一只轮胎、一部机件是无空间的。一棵树、一座塔却展现出它内在的空间，并以此组织着它的周围性与空间性。自然之物始终携带着它的自然空间。无论是"月出惊山鸟"还是"野旷天低树"，一只飞鸟，一棵树本身就已是一轮月亮，照亮了、敞亮了它的空间性，照亮了它周围的世界、事物。这些自然之物本身具有一种光线或目光。

一件事物的加入使空间性重新诞生、创造出来。

与之相比，机械器物不过是占据有一个死硬的空间。但人的另一些依据自然空间而建的事物，塔、小木桥、小船、独木舟、家屋、寺院、石窟以及古城的废墟，却包含着、展开着它们与自然相连接的空间。它们就像自然之物一样，指向自然的空间并成为人类生活空间的体现者。这些事物的内涵更加丰富,它不仅体现着自然的与生活的空间,还体现着自然的时间和人的生活史。

  一座新建的商场是没有时间的,但一间旧屋或古庙却是包含着时间性和历史的。一双新鞋子如同摆在其间的商场一样既缺少空间性也无时间性,但一双带泥的"农鞋"却有其生活的空间性与时间性。时间或历史性体现为曾经有人在其中生活过这种意向,因此这些事物的时间性构成了其深度空间。因而,一件古物或废墟、雕像的残旧或残破并不损害其完整性,反而使它更为丰富了。时间甚至不能再损害它,而只是在丰富它。时间在其中的流逝转变为它的空间形态,因而时间仿佛不能再流逝,它被它的古旧或残破保持下来了。曾经有过的生活时间或历史就是这些事物的空间性内涵,就是事物朝我们这些观察者凝望的目光。

光芒的眼睛

某个夏日。我独自待在山上。

天色已近傍晚,太阳开始变黄,显得更大。西边天空中的浓云浮在山峰之上,浓云下有微红的光,模糊地显示出部分山峰的轮廓。而山峰稍高的地方,就与浓云混为一体了。在它们下面,有一条河从高处的天空蜿蜒而下,只能看到水面较宽的地带,像零星的小湖,而其余的河面则被什么遮去了。因此这条河几乎是想象出来的。有一两处水面被夕光染成了微红。太阳转瞬间已落入云层,阳光将黑云的边缘镀上一道刺眼的强烈亮光,这一道痉挛的金边就像一条被停滞在空中的闪电。有风,云团在卷动,有时太阳又显露出来。但它终于不再露面了。山风增大,满山的树木使风显得有形有声。从东北方的天空兴起灰色的云往西飞,在飞动的灰云之上则是悠然不动的白云。在白云的间隙,傍晚的天空蓝得很深。西边天空开始显示出更丰富多变的色彩。浓云在融入山峰。悬浮在空中的两条白色的云带,使它们之间的那片天空蓝得像一面湖。随着落日的看不见的运动,这两条云带渐渐变为微黄、橙黄,而后又变成橙红色。风吹动着它们,仿佛在缓缓地舞动。在这样的缓慢舞动的同时也是瞬息万化的云带的背景上，云、光、风和色演出了一幕宏大的戏剧。云，风，影，天空中的各种光和色的交响。突然，与山峰相接的那些黑色的浓云被不知怎么折射出来的光射穿了，被照出一种浓淡层次不同的云光来。有的地方已薄如蝉翼。最终，橙红色的云带变得血红，很快就消退了，黯淡了。一幕落日的戏剧，光和色的戏剧就似乎终止了。而突起的如古堡一样的巨大的云团，如风中的狂树一样的云在兴起！

云团被阳光突然炸开，在半个天空中燃烧，起火！

太阳最后又呈现了。如同最后一幕中的主角，如同最后的乐曲中的主题动机：太阳……

暮色苍茫的宇宙间，此刻，只有一个太阳和一个我。现在是我的双腿先感到了神的来临。它们跪下了，跪到岩石上。犹如万物都匍匐着，面朝西方，心中喊着："太阳……神啊……"

一个更古老的人种在我身上复活了。此刻，在山顶上，我成为一个尊太阳为神的初民。
苍茫宇宙内只有一个太阳。
……一个我……
当双腿听到原始的召唤而跪下之时，我感动于那古老仪式的秘密的来临，神光的洗礼，我感到我此时方加入了人为秘密的精神家族。而在此刻之前，我并不属于被太阳照耀的族类。

面对某种"初始的世界"时的创世性的感受,产生了类似于宗教的虔诚感情与行为方式,但它并不是在宗教中形成的,也不隶属于宗教观念。"太阳神"体验产生了神灵的观念,并达到了这个新生的神灵观念的纯洁性。它在此之前没有被信仰过,也没有被怀疑过,更没有被亵渎过。

它是圣洁的、新生的、创世的太阳。
太阳神。一个圣洁的观念,眼睛所抵达的信仰。

这是我在几年前所实录的一次对山中落日及其神秘的光芒的体验。在这样的时刻,我感到不是我看透了宇宙,而是宇宙看透了我,是我被光芒穿透了。在《隐喻》一书里,我也曾表述过对"太阳神"或光芒的体验。它发生在更早的时候,那是我乘早班车离开家在途中所见,一次平凡的常见的平原上的黎明:

是的,我知道,在人们都还在为他们的梦魇缠绕的时候,大地上的一切生物就已开始了它们的早祷。我看见过大地里的田苗子都在张开双臂迎接太阳的回来,披挂着夜露就像那古老的部落人群脸上挂着感恩的泪水,在早晨日出之际举行太阳神崇拜的盛典。在其中有几棵出类拔萃的向日葵向东方低着头默祷。我一下子被感化了,心中充满了祭日般的感情。向日葵用它那看不见的触觉摸索着太阳神。而太阳还未升起,还没有一点热力,只有一点微弱的光,向日葵就感受到它的存在了。植物的灵性竟比我们更丰盈更无瑕。它也知道去摸索太阳,它也知道用它的生命去歌唱、祝福与谢恩。黎明将临，土地像个祭坛。轻雾缭绕，一切生命都在向太阳神奉献自己。而太阳神也把它自己献祭给万物，就像埃及神话里把太阳神的肢体撒向了山川大地。现在，这一刻，我恍惚感到自己是个初民。只有我前来参与了万物向太阳神的朝拜，只有我一个人参加了这隐秘而又宇宙性的祭典仪式。隐隐中我似乎感觉我和这大地上的田苗子是同类。夜、大地、光的"风景"向我身上古老的植物天性施加了神秘召唤。在我对万物的认同、对太阳神的认同中，我感到生命已有所归属。[①]

这正是"太阳的超自然"和"光明的神秘"。

这光明的神秘是可见的：在日落之际，向日葵的花盘面朝着西方，而在太阳尚未出来之前，它的脸庞就已转向了日出的方向。这是光明的力量，有时比万有引力还要强大。也许每一棵向日葵都是一个太阳，每一朵小小的野菊都是一个太阳，它小小的花瓣向四周开放着，多么像太阳放射着光芒。它模仿着太阳的形状、色彩和光芒，并且从黑暗的云层钻出。

也许植物的研究者会发现更多的光的神秘。植物也同感觉器官一样，从宇宙空间中为地球收藏隐秘的资料。众多的事物以它们变换了形态的敏锐的感受力所包含的神秘的意象清楚地展现在我们面前，并在观察者身上唤醒那与它相一致、相激而动的精神力量。唤醒人的灵魂，那另一颗燃烧的太阳。

---

① 耿占春：《隐喻》，东方出版社，1993，第318页。

空间的眼睛

在我注视着那座佛塔的时候,我隐约感到佛塔也在注视我。这里仿佛有一种目光的交错,"视界的融合"。并且我感到,佛塔的注视是给予激励的,赋予价值的,正像它在把它自身的神秘性与和谐的秩序赋予我一样。而在一座烟囱、一幢火柴盒式的大楼下面,我是被无视的,或者仿佛是作为一个小人、一个卑琐的人被藐视的。尽管在一座佛塔或一座佛庐下面我仍是渺小的,但正如它下面的、它周围的一切,每一棵树、每一块岩石、每一片草叶一样,都是有价值的,并受到了它的关怀。

在注视着那座佛塔之时,我的视觉中有一只田纳西荒野中的"坛子",或许还有危立在峭壁上的希腊神庙与之重叠在一起。一座塔表达了对天空的一种意识,对空间的一种观念,或者说,塔的建造同时就是对新的空间秩序的建立,对隐而不现的空间形象的一种显现,一种探索。

这座塔犹如史蒂文斯所描述的《坛子的轶事》,"既赞美了艺术带来的秩序与形态，也颂扬了惟有自然才具有的繁殖力"①：

  我把一只圆形的坛子
  放在田纳西的山顶。
  凌乱的荒野
  围向山峰。

  荒野向坛子涌起，
  匍匐在四周，不再荒凉。
  圆圆的坛子置在地上。
  高高地立于空中。

  它君临四界。
  这只灰色无釉的坛子。
  它不曾产生鸟雀或树丛，
  与田纳西别的事物都不一样。②

  这只"坛子"，以及神庙或佛塔，可以视为"最高虚构"的标记。它们同属于人的精神创造活动，如同这首诗。虽然它们如同烟囱、立交桥或大厦一样同属人为，但性质却迥然相异。后者是要毁弃、遮掩起自然，而这只"坛子"，以及佛塔或神庙，却恰恰要使自然涌现，

---

① 史蒂文斯：《史蒂文斯诗集》，西蒙、水琴译，国际文化出版公司，1989，第199页。
② 此处所引《坛子的轶事》见《史蒂文斯诗集》第34页。

具有空间标志，具有一种可塑的外形。它们的存在仿佛一种光芒，使空间敞开，使事物显形。它是艺术创造、人的活动或精神与自然之物的一种协调一致。它创造出一种空间秩序，如同创造出一种新的自由一样。

佛塔创造了一种空间、一个可见的点。这是一个观察点，一个虚构的中心，一个可见的高处与顶峰。在某种意义上，它也创造了一个宇宙的中心，就像"庙宇"这个词形所隐约透露的，它就是一个宇宙。在这一点上，这只"田纳西的坛子"，这座佛塔，与北京的由天坛、地坛、日坛、月坛以及庞大的神圣建筑所形成的神圣空间并无不同，与耶路撒冷或一座希腊神庙并无不同，它们都意在建立一个由神明所规定的观察点和世界空间。它们与古埃及的王陵、神庙、金字塔和巨大的、耸立于旷野的斯芬克斯塑像一样，是空间之迷宫的建立，也是对这个空间迷宫的揭示。它们与埃及、印度和中国的另一种神庙——石窟寺一样，是对隐秘空间的开凿、探索、勘测。

尽管在本书中我不想把神牵扯进来，如同不想把历史或道德问题牵扯进来一样，但"空间的眼睛"如此神秘的说法不得不借用空间中那未知的因素——神灵观念。事实上，我们确实在把神明作为某种未知因素，而且将是永恒的未知因素来使用的。

正像神明是时间的一种未知因素，或反过来说也一样，时间是神明的一种未知因素，神秘的空间也是神明的一种未知因素。因此，我也就不必回避海德格尔的关于希腊神庙的那些著名的说法了。除非借助神明的观念,我们对此一空间的奥义无法表达得更好。他说:"一座建筑,一座希腊神庙,并不再现什么。它只是矗立在石壁深谷之中。这座建筑藏匿着神的形象,并在此隐匿中让神通过敞开的门廊而进入神圣的境域。通过神庙,神便出场了。神的这种出场,本身就是作为神圣之域的那种境域的伸展与定界。"[1]一座神庙是人的命运的形式的展现,也是一个"历史性民族的世界"。一座神庙也揭示、展现了它坐落其间的物之物性,它展现了岩石的粗糙有力和坚毅的支撑性,它也以自身的岿然不动揭示了肆虐在其上空的风暴,仿佛风景因为它的拱顶才有了风暴自身的形式,犹如松林、海涛、山峰赋予风暴一可见的形态一样。一座建筑也使黎明、星群、光芒、天空在其上空展开,没有它,没有它存在于此的独特的空间形式,黎明或黄昏、风暴或鸟群就不会以此种方式呈现出来。一座神庙之上的夜晚自然不同于一幢宿舍之上的夜晚。一座神殿、一座塔也以这种方式揭示了它周围的事物、这些可变的事物、某一吉祥时辰的事物,作为一座塔或一座神庙的环境"添加"上去的事物。海德格尔说:"矗立在那儿的神庙首次将万物的外观给予万物,将人对自己的观看给予人。只要这座神庙是一件作品,只要神没有从中逃离,这种观看就会保持敞开。"[2]

只要神庙、佛塔还存在于那儿,神灵的气息就会被拢聚、笼罩在

---

[1] 海德格尔:《海德格尔诗学文集》,成穷、余虹、作虹译,华中师范大学出版社,1992,第36页。
[2] 同上书,第37页。

那儿，它就会把目光给予人，并保持着空间的形态。我们头脑中人的信仰或观念是次要的。我们的目光会起到更基本的保护作用。对于我们的看而言，在一座被废弃的庙宇里仍然居住着神仙。

迷宫是对空间之谜的提出，而神殿则是对空间之谜的解答。神殿犹如一个在这儿的生灵，给出了一个位置，一种定向。它有一双从过去朝现在看的眼睛，也有一双从现在朝过去看的眼睛。无论过去的还是现在的眼睛，它们都凝视着我们。在一座即使残破的神殿前，那被观看的不仅是庙堂，也是我们自身。神殿老态龙钟地坐在那儿，以饱经沧桑的眼睛凝视着我们，思索着人类。

3

倾听与时间

把一种形象转移到另一种形象空间是一种神秘的活动。是一种隐喻或象征活动。比如把森林的形象移往教堂之上，以哥特拱或柱头表现树叶的形状，以扶垛模拟枝干的分叉，以圆柱模仿树干，并且在墙基或高处以纹饰模仿攀缘植物、花卉、卷叶。而其彩窗则是对光——从树叶中洒下的阳光的反映。在这样的具有象征主义的观看中，我们得到了再现与变形的双重的意义。

把视觉领域的特性转移到听觉领域内就更加神秘了，这一隐喻活动几乎具有超人性的性质。

在《倾听与时间》里，我们可能只是把"视看与空间"的主题做一种变奏，一种隐喻的表达。在倾听中，我们只是以另一种隐喻系统、以另一种方式来谈论"可见"之物，或不可见之物的可见形式。

在视看领域里那些令人愉悦的品质，比如对称、重复、对比、点与线、形式与色彩、光亮与阴影,在倾听中并没有消失,这些基本的因素在听觉中以另一种隐喻或象征形式展现出来。它变为声音或音乐上的音"色",音阶、音程的比例,变成了连续的重复、对立、节奏和旋律线的变化。因而这种"事物"的性质就如同它的形式一样被保留着,并对精神产生更为内在、更为神秘的作用。

视觉上的事物的形式结构在听觉中被改造为声音的微妙的织体或曲式结构。在倾听中,"事物"只是隐喻性的存在,正像视觉中的乐感是隐喻性的一样。歌德曾说过,建筑是凝固的音乐;古罗马的建筑学家维特鲁威则说,一位建筑家应该是一位音乐家。虽然这种视、听的关联只是隐喻性地存在着,但毕竟在二者之间存在着某种内在的关联,一种唯有心灵的介入才能领会到的联系。这就像空间与时间之间存在着某种内在的关联一样。

倾听中的事物却不占据空间位置,这里指的是外部的可见空间,倾听中的事物只在时间中展开。如果说眼睛是一个画家、一个雕塑家的话,倾听之耳则几乎可以说是一位玄学家、一位沉思者。它抽象地把握着事物的形式。它注视着万物的变化与轮回。

在这里,我们的遐想也由空间移向了时间的范畴。在倾听里,空间采用了时间的形式,或者,时间采用了空间的内部形式。我们在倾听中进入了一个内部的空间,一个隐形的城市,一座没有重量的声音的建筑物,一个瞬间成形又瞬间瓦解的声音的房子,声音的王国。

音乐是时间的一种听觉上的显现,是通过聆听而恢复或者建立的对时间的感觉。这种听是对时间的呈现、挖掘,也是对时间的新的塑造和变形。听是赋予时间以形态。它是对表盘上那种表现为刻度的时间的软化、拉长，赋予时间以果实累累的密度，或使其清风明月般的空间变得疏朗起来。并且，音乐在对时间进行揭示之时组织了对时间的围攻，它组织了可逆性以反抗那以线性方式流失的时间。因而也可以说，它建立了一个反时间的空间。

时间是无形的，它随着人们赋予它的形态而改变。在视看的领域内，人们通常赋予时间以流水的物象。意味着时光的逝而不回。然而时间也正像流水一样，可以依照人们或自然赋予它的形态而存在。它可以成为奔泻的河、流泉或瀑布，也可以成为水滴、回流的喷泉或像大海那样永恒静止的运动。

时间在听之中的显现与时间在可见的空间范围内的显现有极大的不同。它和短时段内的日影的移动或"松柏摧为薪"的沧桑感都不相同。听的时间经验比视觉的时间经验包含着更多的慰藉、更多的信念的乐观性。可见世界中的时间感受中充满了时光的碎片，时间的废墟。但是倾听、音乐把时间改造为一种内部的整体空间，一座内部的建筑，内部的风景躲开了目光。它是光的组合，音响的波涛，风筑的房子，声音和回声的建筑物。它的低音仿佛展开了一条音乐的地平线，在它的旋律中延伸着声音与音响光芒的长廊，而它的高音上升到拱顶，上升到光芒会合的苍穹。一座内部的殿宇，一座声音的大教堂。

再过一会儿乐曲的叠句就响起来了；这部分是我尤其喜爱的，我也爱它的突然出现，向前直冲，像悬崖伸出海面一样。目前演奏着的是爵士音乐，并没有旋律，只有音符，只有无数个短小的跳动。这些点的跳动是不知疲倦的,一道不屈不挠的命令使它们产生,也摧毁它们,永远不让它们有时间来再现,来独立生存。它们奔跑,它们互相推挤,它们在经过时给我一下短促的打击,然后消失。我很想把它们留下来……

还有另一个幸福:在外面有这样一条钢带,它就是延续不断的狭长形的音乐,它从一端到另一端穿越我们的时间,排斥时间,而且用它的粗糙锐利的钢皮把时间扯破;这儿有的是另一种时间。……

声音滑过去了,消失了。没有什么能够腐蚀那条钢带,大门的打开既不能,那股冷空气在我的膝盖上流过也不能,那位兽医和他的小女孩的进来也不能,音乐刺穿这些模糊的形体,从它们中间越过。……

再过几秒钟,那个黑女人就要唱歌了。……现在是世界搁浅的时间,从这个时间来的一切都不能使它中断……我之所以爱这个美丽的嗓音,既不是为着它的辽阔,也不是为着它的声调忧郁,主要是为着这样的:它是许多音符在多么遥远的过去牺牲自己的生命而使它诞生的。……

最后的和弦消失了。在接下来的片刻静寂里,我强烈地感到行了,有件事情发生了。[①]

这件事就是,在"我"的身体里、也在身边的每一物件里的"厌恶"消失了。歌声和继续不断的音乐在寂静中扩张起来,像风那样张

---

① 让-保罗·萨特:《厌恶》,《萨特小说集》,亚丁、郑永慧等译,安徽文艺出版社,1998,第484页。

满起来,像"一种透明的金属"充满了我身体内外的空间,充满了这间屋子,"把我们的那种不幸的时间挤压到墙上压扁"。萨特《厌恶》中的主人公感知到:"我是在音乐之中。"

日常生活有它自己的时间性,太阳升起与落下的时间,肺一呼一吸的时间,钟点上的时间,抽一支烟的时间,但一支曲子、一首歌创造了与之完全不同的时间感受。在音乐中,可以说我们处于双重的时间中,尘世的时间和音乐中的时间,甚至可以说尘世的时间在音乐中已经不存在了,我们在音乐中身处另一种时间中。叠句是一种重复或反复,因为一个乐句就是一种时间过程的展开,而这种叠句的重复就仿佛是时间现象本身的重复与反复一样。它留住了、呼唤住了一个时刻停留在我们的面前。我们甚至希望它再重复下去。因为这是我们在尘世的时间里所做不到的奇迹。然而它将终止。它将开始流动。没有旋律的无数个单个的短小的跳荡的音符,却是一去不回的,犹如一个又一个脆弱的瞬息,一个又一个脆弱的临时形成的空间,在坍塌下去,无可挽回地滴落在空无里。我们必须接受它的死亡,接受它的一次性。如同我们,人,必须接受自身的命运一样。这可能是快乐的,或是忧伤的。我们似乎在这些瞬间的生灭现象中等待着。当旋律再次出现时,当旋律在遥不可及的地方出现时,我们发现,一切消逝的事物都在像浪潮一般涌起,向我们返回。我们曾经以为它们都早已消失了,犹如那些脆弱的音符构成的脆弱的瞬息,犹如遥远的往事,往日的事物,然而它们仿佛一直待在某个地方,现在它们快乐地返回了,如同我们回到了家园,一个早已不存在的家园。现在轮到我们忧伤了。因为这几乎是我们的生命无力承受的欢乐。我们处在潮水般涌来的欢悦中。每一新出现的音符都被我们听见了,但在它的身上我们也听见了已往逝去的音符。它是以已经过去的许多音符为背景的。犹如我们从前景的事物中一直透视下去,那些在后面的、遥远的事物仍然是可见的背景,并组成了看的深度空间,构成了看的透明度。现在,倾听之耳也这样听到了景深。流过的倾听的时间就像在透视方面保持着一种空间性。和声和旋律并非像一条流逝的河,而像是不断消失的海浪,相继追逐、推进,相互融合、覆盖的波浪的运动。这是一种永恒的现在、持续的现在状态。在这种持续中,每种当下的运动,波或旋律线都保留着、追忆着先前的各种运动——音符——的成果与背景,又稍稍向前推进:这是重复的发展,变化的轮回。

  因而,我们不是在更大的时间区域内倾听着这个世界吗?

  为何倾听或声音使我们保持着时间的感觉?"这就使我们可以猜想,时间感觉是与周期性的或节奏性的重复过程有密切联系的。"[1]正像马赫所猜想的那样,一般时间度量是以呼吸或心搏为基础的。但在我们的躯体内进行着许多的我们不明白不自知的过程、运动、呼吸、心律、脑波、注意力的强度、情绪与有机体消耗,它们对时间、节奏或节拍有着特殊的感觉。但只要我们有意识地倾听着,就总会有时间感觉。生理过程的时间性应当是我们优先考虑到的。马赫说:"很可能时间感觉与那种必然同意识结合的有机消耗相联系着,我们感觉到注意力所做的功是时间。"[2]我们通常都有这样的经验:在紧张或努

---

[1] 马赫:《感觉的分析》,洪谦等译,商务印书馆,1986,第200页。
[2] 同上书,第193页。

力状态中,时间对我们变长,每一分每一秒似乎都在拉长,如缓慢的脚步,但在松缓愉快时,时间就变短了。在知觉对外围环境无知觉或不敏状态中,时间就飞过去了。劳作的八小时的长度与睡眠的八小时的长度在时间感受中是全然不同的。如果说有机体的消耗或疲乏的积累可以作为拉长了的时间因素被感觉到,而梦境中则就会有时间的倒退。休息,如同使时间和疲乏的消耗一同消失。而真正节庆状态的休闲则就是时间的消失。犹如节日是对时间的悬置与中止。节日是对时间的废除。如此一来,我们也就从生理上的时间感受过渡到精神意义上的时间感觉了。

时间取决于我们的感受。不同的声音倾听带来不同的时间感,在古典音乐的旋律中,我们倾听到了连续的、统一的、不断再现与重复的时间感受。然而比之自由流动的、单旋律的十三世纪格里高利圣咏曲,巴赫的教堂音乐仿佛在倾听中表达了世俗的感性。比之无节拍性的仿佛是表现着永恒自身的圣咏曲,用重音把时间加以等分的节拍则已为尘世的时间所束缚。节拍,这与人的身体节律相似的活动,已是人本主义的时间范畴。而现代音乐则使这两种连续性的乐音体系、永恒或时间都解体了。它以不和谐音,以某些孤立的音、和弦中断了时间的连续性。片面的、破碎的、碎片式的声音在传达着与之相似的时间感受。比之连续性的时间,它表达着另一种倾听。对瞬间的倾听。

帕斯在《如一个人听雨》中写道:

> 倾听我如一个人听雨,
> 年岁逝过,时刻回归,

你听见你那在隔壁屋里的脚步么?

不在这里,也不在那里:你在另一种

成为现在的时间里听到它们,

倾听时间的脚步,

那没有分量、不在何处的处所之创造者……①

---

① 奥克塔维奥·帕斯:《帕斯选集》,赵振江等编译,作家出版社,2006,第176页。

倾听与声音

在我们身上存活着以耳朵代替舌头的话语。

如果我们一直把可见的事物的形象视为一种"观"念的象征,视为一种语言,那么事物的声响形象也同样具有"言语活动"的特征。也就是说,具有"意义"生成的特性。

当事物的声响、寂静的音息进入我耳中时,就变成了一种述说,既在我身外,也在我"耳中",成为我自己的"心声"。它是非概念的言说,但具有更轻盈的、更直接的说服力。它是无可辩驳的言说。它不会像概念那样充满矛盾与可谬性。就像鸟鸣或一只芦笛对无言之物的言说与歌唱不需要论证。

每一事物的声响,都是一种独特的生命形式,是一个活的生命。或者说,是大自然的一个瞬息间持续的景观。如同事物的形色一样,声音也为我们保留、持存了其外部世界的完全独立的现实。一只鸟的啼叫,遥远的狗吠、鸡鸣,风吹过树木的声音,都在地平线上勾勒出自己的"音响形象",勾勒出大地上的景观。

听力敏锐的狄金森写道:

> 地球上有许多曲调。
> 没有旋律的地方
> 是未知的半岛。
> 美是自然的真相。
>
> 但是为她的陆地作证,
> 为她的海洋作证,
> 我以为,蛮鸣
> 是她最动人的哀乐声。①

在这个充满了噪音的人口集居之地,人们已毒化了水源,污染了空气,从水中灭绝了鱼虾,从空中驱走了鸟类,在这个刺眼的铁石与玻璃的光秃秃的城中,蟋蟀、蝈蝈或别的秋虫仍为夜提供了另一种形象,它们在夏日或秋日的夜间发出鸣声,甚至盖过了暴力般喧嚣的车轮声。轻轻的、颤动不已的蛮鸣把已经遥远的草丛、风、湖泊、星夜、静寂辽阔的土地带进夜的形象中来。

真正的夜晚只存在于蛮鸣中。谁也不会注意到它们隐蔽在何处,仿佛它们只是一些由极为透明的金属薄片所构成的,是一些薄如蝉

---

① 艾米丽·狄金森:《狄金森名诗精选》,江枫译,太白文艺出版社,1997,第293页。

翼、细如丝弦的声音与音节的精灵。就像济慈的夜莺那样，也许只表征着一种声音的存在。这宜人的鸣声为人展开了一个空间，犹如给心灵创造了一种缓缓流动着、扩展着的宁静，而在这种宁静中，人的一切感觉都发出美妙的回响。蛩鸣的夜晚就这样似听非听地回应着各种轻微的声响：吹过树叶间的风的沙沙声，雨点滴着的声音，以及遥远的火车的梦呓声……

倾听的感觉，如同视线一样，得以把此刻的存在同自身的周围性、同自身扩展着的生存空间联结起来。感觉是意识与现实之间的最终接触点，使意识意识到自身的存在，使感觉始终感到自身的存在。我感觉到了，我倾听到了，因此：我在这儿。

倾听，如同看一样，只是给予事物一个更加安宁松缓的空间，也是倾听者的感觉空间的扩展，如同夜在延续着他的身躯一般。

然而倾听的耳朵也有自己的恶魔，那就是噪音。
噪音就是无意义。
噪音就是非话语。
噪音就是空间的剥夺，使空中充满了碎玻璃。
噪音就是无形式的声音。犹如视觉中支离破碎的东西。噪音就是那些永远无法成为人的心声的声音。

噪音不是从耳进入我们的身心，而是从每一根绷紧的神经进入的。我们都是工业化社会里噪音的受害者。机器的轰响，汽车的急刹车声、喇叭声,建筑工地的电锯声、汽锤声,市场上互相抵消了语义的人群的喧哗声,甚至在"发烧友"的音乐会、摇滚乐和某些现代音乐中,也充满了噪音。

噪音不是给予内心以空间,而是欲把我们从内心的空间里赶出去,把我们挤成碎片。它撕扯着我们的内心,犹如朝不同方向扯裂我们的躯体。噪音也从外部空间压迫着我们。它像暴力那样破窗而入。把我们的空间占满。这本是任何强暴的事物都不能做到的入袭。

噪音是寂静的对立,也是乐音的对立。
然而,是什么划分了乐音和噪音、车轮声与蛩鸣?

耳朵有它自己的真理,耳朵有它自己的尺度,有它自己辨认事物和意义的方式。耳朵有它的感觉空间。鸟啼、虫鸣、溪水的流动、树上的风、松涛、暴风雪的呼啸,甚至狂暴的或隐约在天边的雷鸣都带来悦耳的寂静。人们有时候也把这些自然界的声音称为噪音,然而比之机器的轰鸣、汽车的嘟嘟响、人声的喧哗,自然界的声音几乎是一种福音。也许自人类在大地上诞生以来,自然的万物发出的声音已与人的身心相契合,犹如那些自然的事物适宜于观看并形成了人的思想。事物的声音、音节,单调的或婉转的,都能在人的体内唤起一种共鸣。在我们身体的某处,它如此地渴望着泉水、溪流或水滴的声音,仿佛如此我们的血液才会欢畅地奔流。我们的身体之内也渴望着浪涛击石或风吹过大地的呼声,仿佛此时我们的肺才能更加畅快地呼吸。自然界的天籁不仅仅是一种声音,而且也是一种生命的呼吸,一种生命的言语,并与人的内心回应着,与人保持着富于意义、富于人性的联系。而机器的噪音则是对人的施暴。正如一辆造型美观的汽车的曲线永远无法和水波、山峰、树木或人体的曲线相提并论,水波或人体的曲线带给我们生命的感动,而汽车或立交桥的曲线则只是无生命的、无感情的、冷漠的、不动心的完美。尽管现代人愈来愈钟情于、自夸于这种冷漠而完美的形式。这也体现了他们远离一切自然生命的冷漠的心性。

越来越多的迹象表明,现代人正在自豪地远离事物的中心,远离处在自然事物之中心的精神与心灵。他们在"音乐"中制造的噪音甚至超过了汽车、机器和汽锤声。他们用刺激荷尔蒙分泌的过激的、过于甜腻和脂粉气的香水驱逐了雨水或青草的气息。在装饰豪华的门厅里用令人目眩的灯光的闪射取代了安谧温馨的古老的烛火与篝火,星光与月光。其实,眼花缭乱、目不暇接的闪烁只不过是星空与落日的掩饰。它制造了一个五花八门的表面,而并没有光的敞开。就像在那些歌手千篇一律的痛不欲生的形状背后,是一个麻木的或嬉皮士的势利之徒。他们呻吟般或歇斯底里的歌唱中,总是暴露出施虐—受虐狂的病理征象。

狂暴的噪音在吞噬着人们的生命。就像无意义或虚无主义在腐蚀着心灵。真正的歌声犹如大自然的声音,它对我们的心灵说话,它沿着我们体内那些隐秘的道路行进,而噪音拒斥这种交流,盲目而狂暴地闯入身内,因为找不到体内的道路而撕扯着人的神经。

在音乐中是否有一种更加深刻的现实呢？音乐是倾听的纯粹的福音。是我们通过声音寄托希望、介入未知世界的一种能力。

歌咏的产生，乐器的创制，也许出自比情感、比观念、比意志都更为深远的生命冲动，这是人对节奏的需要。这种需要是本能的，就像人需要呼吸一样。人诞生其间的宇宙有着自己的节奏，昼夜的交替，潮汐的涨落，日月的运转，四季的循环，那是大自然的节奏，犹如大自然的呼吸与心搏。

这种节奏在人的肌体中也有同样的共鸣，也许这是人体与大地的契合。呼吸、心搏、注意力或思维、举手投足都充满着一张一弛的节律。它体现为连续与间断的和谐，充实与空白的交替。在听觉上，就如同在视觉和行动上一样，平衡、对称、间隔、重复、变化、连续、节拍，是人对节奏的本能而强烈的需要。它既是生理的、心理的，也是精神性的。

我们甚至无法理解我们对节奏的需要起源于物性、人性还是神性，我们的精神从哪一点开始起飞，奔赴向神灵。

有节奏的动作，有节奏的声音，舞蹈与歌吟，把人们带往神秘之地。节奏的需要产生了最原始的打击乐器。再也没有比击打一个东西使之发声更为简单了。当然，这种原始的击打既可创造乐音也可以制造噪音。从"击石拊石""百兽率舞"可以看出这种原始音乐与节奏所创造的和谐情景。它也是"神人以和"的力量。在很久以前，在这种神圣的场所，僧侣、乐师们所用的一直是打击乐器钟、鼓、锣、铙、钹，在更为复杂的和声与旋律还没有创造出来之时，这种节奏保持着和谐的力量。即使在有了琴、笙等管弦乐器后，中国音乐也仍然保持着它的古朴、平和和高贵的感觉。它的力量维护着宇宙和人间的和谐。

正像在古非洲和印度一样，这种音乐与其说是供人欣赏的，不如说是一种圣乐或神乐。它表达了古代先哲——无论是中国、印度、希腊还是迦勒底人的哲人——对宇宙的一种认识。在他们看来，整个宇宙是和谐的，是无声的音乐或节奏维护着的，人创造的音乐应是一种回应、介入、维护和保持。它是人和宇宙之道相配合的"宗教"仪式。

在古代文化的全盛期，音乐起着某种中心的作用。柏拉图用"音乐"一词概括了所有的思想领域和精神文化：宇宙规则、乐器演奏、舞蹈、讲演和数学。孔子则以"礼乐"规范性地描述了神圣的和世俗的精神领域与生活领域。礼乐，一种具有神圣仪式意义的音乐，它的丧失，将会导致精神和生活的紊乱。

自然，音乐在人世间尤其在当今不再是圣乐，而是供人欣赏的，但圣乐的本质在倾听者的内心仍拥有一片空间。哪怕独自一人倾听一个唱盘，也仿佛是一种个人性的小小的赞颂仪式。

倾听与言语

倾听语言，这需要你不再喧哗，而安静到几乎使时光停止，你的生命能够逆时间之流而上，到达洁净的源泉。只有此时，才能听见语言说话。

言词中有血，有感情的余温，有可触摸的肉身，言词中有目光的交错，有闭着的眼睛，有第一次被人看到的事物。

看来，在我们不爱它们时，这一切都已死了。但它们只是沉睡得太久远了。它们会借我们的血再次复活，醒来，受到滋养。

受到滋养更多的是我们。

应该用心体察到，言词是经验。言词是已在先的经验。言词是被无数的亡灵使用过的事物，是已被命名过的经验。是曾经存在过的人的经验的遗产。言词是情感、经验与事物的擦痕。

言词是经验的碎片。

我看到"人老珠黄"这个词，感受到一个无名的女子的老去和爱这个女人的男人的悲凉。一串珠子，这也许是那人亲手佩在她晶莹如珠的美妙脖颈上的。珠子发黄了，这是无人能阻抗的时间之神在穿过一条看不见的道路。对于时光而言，它的道路可太多太隐秘了。这太多的时间的道路就构成了生命的迷宫。在这迷宫中，人老珠黄了。这会使他发现生命的忧郁的物性，犹如万物受时序支配，难以永恒的情爱所具有的难以觉察的物性。珠黄人老，在不可逆的时间中一切已面目全非。这古老而常在的痛苦。

在另一个夜晚，我走在月光中想起（感到）有点月凉如水或"月色如水"。我知道，曾经有人——早在我之前——已感到了月色与水的这种关系，某种相似的感受。那时有人走在一条更荒寞空旷的路上，那条路也许靠近一条河，并沿河而蜿蜒，他头上、脚下与周围的月光肯定比现在我看到的更漫天流溢，更清澈，于是他悄悄喃喃私语：月凉如水。这种经验与感受，已被无数的人"重复"，直到一个人留住了这瞬间即逝之物，在言词中，留下了游移在他的面颊与皮肤上的活生生的感觉经验，月光如水，而他已如一尾游鱼。

当"月色如水"变成了我的经验，我不仅在经验某种事物，亲临某种状态，我也在亲临式地"重复"人类心灵史上的某些时刻，某些有所颖悟的瞬间，因而，我也在"重复"或复活众多的亡灵。

言词是众多的亡灵留给我的遗产。经验的遗物，意识的断片，遗迹，文字，成语，书籍。它们犹如地上的瓦片，古老的道路，旧房屋，悠悠苍天，自古以来有目共睹，无不在与亡灵相交。在这种交道中，我已走上前来，在遗物这条特殊的途径中走上前来，走近亡灵，认同于他的心，认同于他的痛苦。曾经有过的生命，就这样化为了我的生命。"送心自觉前，斯痛久已忍"（谢灵运），我们是亡灵遗物中的遗物。

我，一个后来者，无论日常表达还是写作，并非仅仅在使用语词，我也在使用众亡灵的经验，及他们留给我的经验事物的方式。言词既提供了某种经验，又提供了获得经验的形式。

言词，一种感觉方式，一种观察方式与思考方式。

言词已是一种感觉器官，在母语中它却仿佛是自然的。

这样，一种表达或写作就涉及，作为某种写作动机要素的我的独具个人性的经验，表达这种经验的言词，以及已往早已包含在这种言词之内的亡灵的经验与形式。

几乎可以说，我所要表达的每一种基本生存经验，无数亡灵都曾经经历过，并表达过。不是在他们的诗章里，而是在言词中，并且他们在言词中留下了永久的形式。我要做的，几乎是重新经验一次，或对事物的一次亲证，或对亡灵的体认予以认同。这造成了精神生命的某种连续性，如同一种血液流贯于后来者一样。然而，在这样做的时候，我个人对经验与事物的亲历性也几乎被取消了。因为在完美的词汇与成语中已看不到我的独具个性的亲历性质。

一种不包含他人经验在内的表达是不存在的，一个人创造的一套自己的零度语言，一种只有个人经验而没有他人经验作中介的经验是无从捉摸的。

语言已太完美了。它吸足了亡灵的血而变得充满生命。由珠黄这一现象而感到时间在事物上的作用，感到时光的流逝和人的老去，或以水的感受去体验月光沁彻肌肤的清凉，在事物的比量中感觉生动而丰富。

言词对经验与感受的传达已臻完善，因而它又是这样的匮乏与空洞。我们在使用它们时无论经验与感受是否达到了这种完美的地步，我们都在使用"月色如水"。这对于无所感受的人和有所感受的人都是一种遮掩。语言遮掩前者的苍白，遮掩后者的真切。他自己虽然也是这么一个经验的碎片，这么一个片断、影子或者说痕迹，然而此时他感到他的生命在永不磨损的词与物中的那种继续存在，他也感到他说出的或没有说过的话都会了无痕迹地消失于刻不下个性的语言中，如同他的生命消失在这个在他之后也继续持存下去的宇宙生命中。

语词之完美取消了他的存在的真实性，也就是说，抹杀了他的经验与感受的真实性与独特性。因为在相似的经验下，第一次的表达与沿袭的习惯语的表达差异甚大。"提心吊胆"和"肝肠寸断"，表达的乃是极端的经验，于我们今日来说却早已是习惯用语。成语化造成了经验的淡漠、失去真切感与抽象化。成语化使言词失去了最初的身体性与切肤之感。恐怖到提心吊胆，悲伤到肝肠寸断，我们即使真的体验到了，再用这些成语表达时也显得不够真切。"担心""回肠""披肝沥胆"……这诸多的身体性的感觉已失去了身体性，现代人的言词与经验都在日益失去其身体性，并因而也失去事物的在场感。或许正是因为失去了事物的在场感，才失去了感觉与言词的身体性。失去了身体性的词语就成了套语。

词语包含着与事物的原始的结合，也包含着人的目光，心灵与肌肤、事物的一种结合，一种主体的观察角度，一种在事物之中的存在的位置。

如同"人老珠黄"显示了时光在人与物身上的缓慢的作用，"沧海桑田"的巨大的时空尺度则显示了时间在大地上的威力。给这种对时间的体验一个命名，"沧海桑田"意味着、包含着一种巨人的观察位置，一种与时光相等的远视的目光。"星移斗转""物换星移"也都包含着一种原始的观察经验，闪烁着无数的探测生命与时间之谜者的黑暗中的目光。而今，对大地与天空的这种观察的目光更为短视与肤浅。活的经验，至今只剩下一个词，一个概念，一个不拥有个人体验、个人的目光在内的意识的常数。

"日月如梭"——已停止使用织机的人们根本不知梭子为何物了。他的表达中、借用中会有什么样的具象的感受呢？

"白驹过隙"——谁还去骑马出游？

"趋之若鹜"——那时人们常看见群鸟一起飞渡江洲，当他说出这个比喻时，他的视野中有这个意象。但在楼墙之内，这个词也失去了直接性、视觉性、形象感。

"逝水流年"——那时人们择水而居，多住在河边！事物与现象直接成了他们的思想，成了意识的直接材料。

因而"一帆风顺"的祝词，说明远行人一定是乘船而去。他们的说、做、想具有一致性。

无论就其本义还是其引申义而言，言词与我们的经验之间都在脱节，愈来愈荒疏。

失去了原始经验的词仍在被使用，但却日益空洞无物，无身，无心，无思。

事物的减削，经验的弱化，场景的转换，正在导致文化语的断裂，精神的失语症。

词语中仍充满了风声鹤唳、日月之光，而我们的生活经验却在日益疏远与失去这些。进入工业社会的人是否正在告别农业文化形态的语言？那众多的钢铁、沥青、仪表、电器正在进入并包围我的物质生活，然而在精神上，它总是不能像一条河、一条船、一条杂草丛生的小路那样，亲切地召唤我的心灵。

这样，在语言的途中，似乎就有三条路可走：

归于自然语言的清新如初，

相反，加快完成同过去的告别仪式。

或者，坚持言词的不及物。

也许它们不是路，而是多了几条死胡同。

而我将继续聆听语言的言说。

假定有一种具有表达欲望的个体经验，要求其形式成为直接的、无中介的"原原本本"的初始的表达。当然，这种无中介的表达是一种幻想。因为当言词形式出现时，原始经验（假定有的话）就受到了纠正或干涉。因而表达出来的永远是原初个体经验与语言之间的融合与对抗。语言是已有的、在先的他人经验的碎片与汇集。语言是已表达过的经验。因而写作也就是个体经验与已在先的、先验的经验的一次对抗与融合。是存在者与不在场者之间的一次虚构的对话。

一首诗，就成了诗人与语言——以及语言中的亡灵——之间的一次合作。

如同非语词的感性经验一样，语词也是另一种感悟经验之源，是个体经验已置身其中的先验背景。

倾听与心灵

高贵的心灵具有倾听的气质。

倾听,这里自然有一种听命于天、听命于物的静穆的伟大。倾听,是对"召唤"的回应。

能听到大音希声的老子,以虚怀若谷的心聆听着"渊默而雷声"的庄子,在头颅将被砍下时仍以凛然之气高奏一曲《广陵散》的嵇康,默默弹奏着、倾听着无弦之琴的陶渊明,以及写作"隔水问樵夫""僧敲月下门",写作《琵琶行》或《秋声赋》的伟大诗人,他们都是善于倾听的圣者。

古代中国诗人曾如此自道:

眼前无长物,
窗下有清风。(白居易《销暑》)

就像是一种遥远的回应,一种亲密的内心感应,甚至就像一种译解,身处繁华美国的勃莱写道:

> 宫殿,游艇,静悄悄的白色建筑,
> 凉爽的房间里,大理石桌上有冷饮。
> 贫穷而听着风声也是好的。①

我不知道这里的人们是否听到了此刻窗外雨丝的声音,秋天里树木的声音,这里的轻微的风声和别处的风声大作,以及私下里秋虫的鸣声……它们都是内心的声音,它们都滋养着人的心灵。它们太微弱了,喧嚣的市场里的声音、广告人的声音和汽车的噪音已淹没了它们。

现在我真想来谈谈风声,只谈谈风。

我们的先人在文字里留下了风,留下了回荡吹拂至今的风。他们有一双敏锐的耳朵。并且他们的听觉与看、触、味、嗅、呼吸等各种感觉能力互相回应与融合。这是他们感觉能力的真正卓越之处。

风可以听,可以看,可以触,可以嗅,可以品尝,可以呼吸……各个感觉层次上的知觉特性悄悄地融合在一起。可以听,当然也可以看、可以把握:一个地方的风气、风景、风水,一个人的风骨、风度、风流,某种事物、某种人、某篇文章的风格、风味、风韵、风情……

---

① 罗伯特·勃莱:《反对英国人之诗》,王佐良译,王家新、沈睿编:《当代欧美诗选》,春风文艺出版社,1989,第55页。

如今，当附贴于风上的事物过于黏滞硬化时，我只想留下孤单的风。我只想听某个地方的风，一个人身内的风，一首诗和语言中的风。

当一个地方的景物和水消失时，这个地方还有风吗？

当一个人的骨、度、流消失时，他的内心还有长风在吹荡吗？

当他的话语、他的诗文中没有了格、味、韵，这话语中还有风吗？

也许相反，一切都有，只是没有风，令人气闷。

我想生活在有风之处，并且用脏腑、用呼吸、话语和沉默来回应。

我渴望让心怀间充满风，让我心被风吹荡。

我想写下一些使风或空气流通的句子，使耳朵或隐秘的皮肤在其中苏醒、呼吸。我渴望我写下的文字里充溢着宜于人呼吸的空气，使一种风在话语、文字间吹拂，仿佛文辞是一片丛林，或是湖泊与水流，让风获得可见、可闻、可触的形式，轻轻地流动，在文字的空间里，甚至连文字也具有飘浮的特性，如风中的树，它的根坚实，深扎进血肉的泥土，屹立，而树冠早已与长风连为一体。

我听从刘勰或杜博斯，去探索一种使空气流通的语言。后者说：在一切事物中，应该把这件不可捉摸的事物称作"空气"。

倾听、呼吸、精神以及文笔，就沐浴在其中。

在另一种传统、另一重空间里，静听着天体运动的和谐韵律的毕达哥拉斯，以及开普勒，以其乐曲包涵了宇宙奥秘的巴赫，俄耳甫斯的后裔们，狄金森、史蒂文斯、雅姆、里尔克……他们如同伟大的俄耳甫斯一样，也是"倾听力量的英雄"。

"贫穷而倾听着风声"的勃莱也这样理解倾听：它是对变化、途径、门、道路等的感知。它是联想途径的敞开，也是从一种层次上的知觉向另一层次上的知觉的转变，在不同的知觉经验与知觉方式之间敞开着一些门，存在着一些途径和道路，倾听的真正的力量是沿着这样秘密的道路进行的。

倾听与凝视一样，是人"置身于"世界的方式，也是使世界置身于人的身内的方式。倾听是全部身心向世界、事物的敞开，倾听也是知觉领域的打开和互相打开。

这在圣者那里会产生一种思维上的联想力量的敞开，以及感觉上的互相转变。在他们那里，思想可以肉身化为感觉，感觉也可以觉醒为我思。正像心可以化为物，物也可以化为心一样。聆听着天籁的老子、庄子、毕达哥拉斯、开普勒如同巴赫一样，在他们那里，一切奥秘都可以在倾听中领会，一切问题也可以在倾听中解决。

倾听的力量在诗人这里同样产生了联想力量的加深，产生了感觉经验和词语上的奇妙的跳跃。勃莱在《里尔克，以及倾听》一文中称里尔克为伟大的精神诗人，"新智力"诗人。事实上，每一个在思想上、感觉上、意识和无意识中保持着联想途径敞开和知觉转变能力的人都可以称作"新智力"哲人或诗人。勃莱写道："接近生命终结之际，里尔克开始描写新的力量——从智力的一部分到另一部分，从意识迅速跳跃到无意识——仿佛它们是倾听中的一种新的力量。这是个令人惊异的观念。他并不把道路想象成仿佛是一条大海上面的路,而想象成仿佛是一线声音。要跟随那声音……你就必须得倾听。那就是他认为动物倾听俄耳甫斯的画作的如此奇妙的原因——它们强调倾听。"① 如同手持竖琴深入黑暗冥界的俄耳甫斯一样,诗人的跳跃也保持在两个世界之间。

诗人们是秘密的道路、门和途径的探索者。那是沉埋于意识之下、感觉之中的变化与途径,是产生跳跃的起点。跳跃是中断、间隔、转变,是连续性的间断,但也始终保持着"道路"。

> 为什么我们要把
> 这些偶然的车辙叫做路?……
> 每个人都行走在路上
> 如同耶稣,行走在海上。②

如同洛尔迦、希门内斯、阿里桑德雷、帕斯这些西班牙语的诗人,他们坚持着探索灵魂的秘密的道路,他们保持着倾听的力量,倾听着感觉的深海之下的光芒与声音,并把它们视为"路"。

---

① 罗伯特·勃莱语,引自王家新、沈睿编选:《二十世纪外国重要诗人如是说》,董继平译,河南人民出版社,1992年,第376-377页。
② 安·马卡多诗,引自上书,第379页。

在此，伟大的音乐家马勒的话仍应被我们回顾。他说，他在倾听音乐或亲自指挥的时候，一切困境与难题都已在其中得到了解答，他倾听到了问题的消失。这时，他开始用新的眼光看待生命和世界。在经过探索、思考、追寻之后，他在音乐里、在倾听中找到了力量。那仅仅是一种安慰或陶醉？在音乐的倾听中，究竟是什么东西在我们身上思维？什么事物在我们身内活动？马勒的友人、音乐指挥布鲁诺·沃尔特在为马勒所写的传记中说道："在音乐中，如同我早就想指出的那样，有一条通往天国之路，它与宗教上所说的路极为相似。"[①]

这条路与浮士德的路有所相似：

我的路，通向茫茫大海……

只是在音乐之外，他又会产生下沉的恐惧。

这条路与"知天乐""与天和"的庄子的"天道"也有所相似，"一条空中路"。只是这条路只存在于音乐中，而不存在于尘世的人生。

倾听比视看保持了更古老的成分，比"观念"多了更深的信仰。好像人们在思想上失掉的经验与内心的深度仍然保持在音乐的倾听中。但耳中的真理仍是不易被确认的。这也是"马勒的疑惑"，音乐一旦中止，那个瞬时被建立的神圣空间就消失了。耳听为虚的传统在寂静与喧闹的人世中开始瓦解音乐的意义，无意义的噪音又使声音的

---

① 布鲁诺·沃尔特：《古斯塔夫·马勒》，邓楠译，北京：人民音乐出版社，1987年，第83页。

建筑消失为空气中的空气。

气（风）在人的口中发出声音，变为词语，拥有了确定的所要言说的意义，而歌声或无词的音乐又使字词化为声、气与风，化为气的震荡与声波。当词的意义重新变为声气时，那确定的意义就消失了。它的意义如同风一样广阔而难以定型，但却包含着真正值得聆听的事物。

音乐或声气中的意义不再依附着词句，不再依附于人的观念，而开始飘荡于空中，飘荡于耳中与心中，飘荡于音乐改变了的一切可见的与不可见的事物中。音乐脱离了观念也脱离了肉体，然而音乐又找到了通往肉体的秘密道路。没有什么可见的事物能够比声音、寂静和音乐更直接地触及人的体内。声音穿越了空间上的距离，也改变了时间的路线，越过了皮肤的界限而直入内心。尽管聆听音乐或倾听歌唱是"唯一不带罪恶的感官享乐"，音乐的聆听或歌唱仍可能属于一种"精神上的色情"。列维-施特劳斯曾把音乐的魅力归功于这种情欲或色情性质。我们在其中所体验到的涵义，一部分是预先存在的，一部分是为听本身所启发的，这两种因素在形成的过程中与声音的结构"紧贴在一起"。在人类或鸟类那里，"歌"因情欲才存在。

然而，音乐的"性"经验，倾听中的委身的色情因素，难道不可以视为我们生命深处的和解的愿望，最终对世界的那种接受姿态，把受动性变为迎身而去的结合？

倾听与沉默

世上有各种各样的沉默。有幸运者的沉默，恋人间的沉默，失败者的沉默，被侮辱者的沉默，祝福者的沉默，有智者的沉默，婴儿的沉默，弥留者的沉默，有无言的沉默，正在上升的月亮的沉默，星际的沉默，一只橘子或一座废墟的沉默，一幅草图的沉默，一支歌和一首诗的沉默……

这里我们优先考虑沉默的令人敬畏的、神圣的品质。

沉默被赋予了神圣的性质，并与倾听相关。

静而圣。因为苍天是静默的，宇宙是静默的。因此古代的圣贤把沉默视为一种圣者的品质，是沉默不语而又无言独运的苍天赋予圣者的一种美德。

在老子，神圣的沉默是由道不可道造成的，是由大音希声、大象无形造成的。沉默是对不可言说的道、对大象或大音的体察。孔子"天何言哉"的感叹使他终生保持着对人类生活范畴之外的领域的沉默，这是他对不可言说之物的沉默，包含着敬畏，尽管也包含着疑惑。而庄子的"圣人之静"，是自觉地对"昧然无不静"的"天道"的承纳，他说："至道之极，昏昏默默。无视无听，抱神以静，形将自正。"这是他以生命效法自然的结果，"天降朕以德，示朕以默。躬身求之，乃今得也"。

在圣者的静默中，在圣者的被动的期待与被塑成沉默的身心中，圣者的沉默里包含着富有希望的倾听、静观与沉思。

在圣者的沉默、倾听与静观中，这个宇宙是一切歌中之歌，一切书中之书。宇宙的沉默不是纯粹的隐匿或匿名，沉默已被作为天道与仁德而被显示了。它需要被倾听，因为宇宙万物的沉默已是"天籁"。而圣者的言说也总是包含着天籁与沉默，那是宇宙赋予他的话语的气质，如同苍天赐予他沉默的美德一般。

圣者的话语或教导总是像他们的一生那样比常人容纳了更多的矛盾与悖论，这是因为在沉默的宇宙之谜面前，在那不可言说之物面前，他们不该，也不能把它说清楚。

中国的圣贤或是出于自尊，或是出于羞涩，或是出于害怕传播具有感染力和传染性的虚无、怀疑、绝望与恐惧的病菌，以及别的我们无法知道的原因，总是掩去了他们沉默中令人不安的因素，掩去了畏惧和战栗的因素。通过神秘的倾听与沉思——一种收视返听的内省，通过心灵之耳、心灵之眼，他们与所深思凝注的天道合而为一了。

他们和天道沉默在一起了。沉默结合了他们。

但以色列的先知却命令说，"你们要以畏惧和战栗尊主为圣；你们只应该怕他，他将是你们的圣所"①。尽管这种畏惧是神圣的感情，但也包含着纯粹的恐惧。尽管众多的使徒希望把这种恐惧转变为爱，他们还是不敢与这个神圣居所相合一。他们充其量只是其中的碎片。

世界和人各自沉默着。这种沉默使他们分离和对立着，而没有使他们相合。

帕斯卡坦诚地承认，"这些无限空间的永恒沉默使我恐惧"②。他从中"看到人类的盲目与可悲，仰望着全宇宙的沉默"③。他感到犹如一个人迷失在巨大的迷宫中，或梦醒在一座荒芜可怕的岛屿上，他不知其来处、不知其去处，也无法找到离开的道路。

他的呼喊只不过是制造了回声。宇宙永恒地沉默着，如同一个阴郁的上帝。

慢慢地，他自身就成了一座迷宫。

他一个人就是一座岛屿。只不过他只是一个反影，处在现实世界的背面。

恐惧更使人害怕沉默，犹如一个在黑夜穿过坟场的孩子，他以自己的声音为自己壮胆。

他不停地喊、说，但这个胆怯的说话者其实是个充满警觉的倾听者。在他的言说中他不停地描述宇宙这座孤独的迷宫，描述这个仿佛只有他一个人的岛屿。甚至他们的书籍成了另一座、也是同一座与之

---

① 《旧约·以赛亚书》，第 8 章，第 13 节。
② 帕斯卡尔：《思想录》，何兆武译，商务印书馆，1995，第 101 页。
③ 同上书，第 328 页。

萦绕的迷宫。

在宇宙的永恒沉默之中,他们没有成为沉默的圣贤,而成了呼喊沉默的上帝的神学家。犹如博尔赫斯小说所暗示的,整个文明的人类成了一个神学家。

沉默的东方圣贤却不需要信仰。或者说,圣者的眼与耳已具有自己的"信仰"。倾听、静观、沉默,仰望或俯视,聆听或歌咏。在沉思默察中,他们已获得了世界。它既是事物的赏赐,也是对沉默的报答。他的无为只是不去毁誉事物,不去扰乱大自然的进程,他的宁静已达到片刻的尽善尽美境地。沉默、倾听、静观,是更好的作为。其中,感觉或领受性的成分已足以对人短促的一生作出抚慰。这是在"得其所哉"中对追求的平息。

叶芝在一封书信中曾这样写道:"有人把一大块天青石雕作为礼物送给了我,在这块天青石上某个中国雕塑家雕了一座山,山上有庙宇、树木、小径,一位长老和他的弟子正要登山;长老、弟子、坚硬的石头,这是重感官享受的东方的永恒的主题,在绝望中的英勇的呼喊。但不,我错了,东方一直有着它的解决方法,因此根本不知道悲剧,是我们,而不是东方,必须发出英勇的呼喊。"①

在叶芝为此而写的《天青石雕》一诗中,他已痛彻地感受到现代人行为的恶性膨胀与感觉能力的丧失,歇斯底里的躁动淹没了倾听、沉默与静观,以至连一向沉默和柔的女人们也声称:

---

① 叶芝的话,引自《叶芝抒情诗全集》,傅浩译,中国工人出版社,1994,第519页。

> 她们已腻了调色板和提琴弓,
> 腻了那永远是欢乐的诗人。

因为每一个人都懂政治、商业与战争。他们以闹剧或悲剧的方式胡搞着这个世界。与此相反,是诗人的天青石雕上的景象、每一点瑕疵、裂缝或凹痕——

> 仿佛是瀑布或雪崩,
> 或那依然积雪的坡峰。
> 虽然樱树和梅树的树梢
> 准使那些中国人爬向的
> 半山腰的房子无比可爱,而我
> 喜欢想象他们坐在那个地方,
> 那里,他们凝视着群山、
> 天空,还有一切悲剧性的景象。
> 一个人要听悲哀的音乐,
> 娴熟的手指开始演奏,
> 他们皱纹密布的眼睛呵,他们的眼睛,
> 他们古老的、闪烁的眼睛,充满了欢乐。

他们是沉默的倾听者和静观者,在山腰上,在山顶上,他们离天空的静默渐近,离人世的纷扰渐远。环绕着他们的沉默的时光——就像环绕着他们的积雪的坡峰——组合安排了他们的生命。在此时,在这里,可见可闻的事物正满足了他们心灵的需要。与那些厌腻了音乐与诗歌的务实的人们相反，他们要听一支悲哀的曲子，来表达他们心中满溢的欢乐。他们懂得怎样不区分悲哀与欢乐，犹如他们懂得不区分物与心、现在与永远。他们懂得真正的沉默与宁静具有形态，犹如积雪的山峰、轰鸣的瀑布、开花的梅树赋予空间世界以可见的形态一样，一支音乐使内心与宇宙的沉默变得可闻了。对沉默的倾听需要他们准备一支曲子，音乐对他们只是可以听见的宇宙的沉默，沉默在有声的倾听中更加沉寂地扩展着，扩展着，具有了与人的生命相应的深度。具有了与事物相同的形态。

让我们再想一想叶芝所描写的半山坡的可爱的房子。也许它是一座结构宏伟的庙宇或道观，有石头的台阶和柔软的草坡，有树木的荫凉与风光，常见的花卉，瀑布或小溪的回响。在这里倾听或观看，沉寂的群山会变得愈来愈有深意。这里，山坡上的庙宇和高耸的山峰就是人的思想"在这宽阔天地里沉思"的宜人所在，这些自然的形式、清晰的事物不仅给他们带来了感官的愉悦，也为他们的意识、"观念"带来了直接的形式，坚实、多变而有内涵。思想在这里住进了它自己的家。这个山、树、水、光与风的世界并不与他敌对，他无需超越什么、征服或占有什么。他无需痛苦地呐喊。这与约伯或大卫的天地万物都迥然不同。沉默、倾听，一支悲哀的曲子就如同风一样在他体内和体外构成了与自然之物的交流。这一点正如另一位英国诗人，曾为大英博物馆东方绘画馆馆长的劳伦斯·比尼恩所说的："在中国北部的那个遥远的山坳里，思想的交流并不是通过抽象思考的方式，也不是瞧不起大地，而是采取宁静的接受态度。它不需要越过什么栅栏。它已经找到自己的生命与大自然的生命之间的一种和谐；它们之间自由自在地来往。"① 事物已经是他们的言词，事物已经是他们的思想，他们只要去倾听它的言说，并与之认同。

只有沉默才有倾听。然而沉默包含着"物"。就像物是沉默的那样。沉默是人与物没有视线的对视。沉默作为对视便包含着交流。因此，真正的沉默总意味着在场，并且沉默总是召唤着第三者的在场。可沉默之处是沉默不成为缺席或"在场的尴尬"。可沉默之处是沉默中的金子。因而沉默者或沉默的双方总是围绕着一个可沉默之物。人们围着那个沉默而沉默。沉默者必是意会到那个在场的沉默才沉默。人的缄口不言只是为着让那个沉默出现。使沉默者或双方置于非话语的深处，而不是浮在喧哗的自我表层或意识的表浅层次。在一个人眼前、周围，在两个人之间置入一片"自然"，如高入云天的山峰、宁静的林荫路，他们会沉默得更深，交流得更好。犹如一支优美或忧伤的曲子在人们之间响起时那样，每个人才宜于沉默，才宜于互相理解。山、树或一支乐曲，就是某种可沉默之物的在场。是他们内心的可见可闻之物的在场。

在相似的意义上，鲍勒诺夫在《论沉默》一文中曾说过，"真沉默是在话语中"。沉默并不因其沉默而丧失其可以觉知的性质，而且正是沉默唤起那不可言说之物"进入其自身的缄默之中"。只有那一直在本性上是沉默着的事物——"道""心""爱""物"——来到了它自身的缄默中，才会有"此时无声胜有声"的适宜的沉默，以及沉

---

① 劳伦斯·比尼恩：《亚洲艺术中人的精神》，孙乃修译，辽宁人民出版社，1988，第9页。

默中的领会与交流。

沉默不仅会采用话语的沉默形式,采用隐喻、象征与寓言,纯粹的声音和音乐也是沉默的形式,可见的事物也是沉默的话语。身体的各种感觉也是沉默的语言。沉默需要一个可采用的空间。

但是,只因为那本性上沉默之物在到场的沉默中也缄默着,我们仍无法摆脱或拥有难言的沉默。善用譬喻、寓言的庄子曾说:"以天下为沉浊,不可与庄语。"但还有另一种针对说话者本身的诅咒:道不可言。

存在着这种不可言说的东西吗?我们有时也会像庄子笔下的人物那样疑问:你是从哪里听说"道"的呢?

另一个人回答说:我是从文字的儿子那里得来。文字的儿子是从朗读的孙子那里得来,朗读之孙是从洞见那里,洞见从心会那里,心会是从践行那里,践行是从歌咏,歌吟是从静默,静默是从高渺,高渺是从疑惑之始那里得来。

如果最终要说之物或不可言说之物不仅来自语言、文字和声音,它既来自内心又来自经验之物,既在身内又在身外,既在吟颂又在沉默,那既明又暗、既近又远、既到场又缺失、即明了于心又疑惑不解之物,我们怎能言说,怎能不受到贸然言说的诱惑,而不受到道不可言的诅咒?倾听与沉默始终伴随着一种警觉:切不可偷懒,切不可在尚未受到无言之物的沉重牵引时去轻易地言说。

倾听与回忆

巴什拉尔说,"哪里有烛火,哪里就有回忆"。然而也可以说,在芭蕉雨里会有更浓密的回忆——哪里有倾听,哪里就有回忆。

善于倾听的诗人也总是善于回忆。

李商隐的《夜雨寄北》写道:

> 君问归期未有期,巴山夜雨涨秋池。
> 何当共剪西窗烛,却话巴山夜雨时。

倾听的气氛——对夜雨的倾听、对遥远的北方的倾听、对自我心事的倾听——萦绕在一场夜雨中。然而巴什拉尔也是对的,烛火也点亮了回忆中的世界,照亮了巴山夜雨的时刻。在《滞雨》中,他也同时写到了听雨和残灯:

> 滞雨长安夜,残灯独客愁。

孤灯独坐与凝神寂听，都指向回忆，并显示了回忆的力量。白居易的《舟中读元九诗》以另一种方式写到了灯和声音：

把君诗卷灯前读，诗尽灯残天未明。
眼痛灭灯犹闇坐，逆风吹浪打船声。

灯给人以安宁，灯照亮的是一个小小的温情而忧伤的空间，然而灯总是显现了夜，更加无边地留在暗中与阴影中的世界。灯照亮的是此刻、现在，然而在这个光明的现在的周围是无边的、隐匿在影象依稀中的过去。灯通过照亮这里而显示了那里，通过此刻的光亮浮现了往日的晦蔽不明。灯显现了意识的努力，犹如小小的灯光烛火照亮的范围。灯也因此显现了无意识的力量，一种萦绕着可见的事物而存在的不可见的世界。无论是灯光之外的世界，还是意识的光芒之外的世界，都隐藏着更多的存在。因而灯光所点亮的小空间，并非是为了观看，而是为了存身于此，为了在此：倾听。

灯光显示的周遭那留在暗中的世界更为无际。意识所不能意识的世界更加无限。

灯显示了意识，犹如它显现了光亮的小空间。

灯也显示了无意识的纯感觉领域，犹如灯更多地照见的是无边的暗影。

灯"照见了"一个适宜于倾听的世界。

当诗人白居易在诗中、小舟中、在灯中接近一个无限丰富的世界时，他的灭灯闇坐，他的沉默不语，就显现了比意识、比小舟之中更高远的世界。他对诗篇的回味，对友人的回忆，对往日情景的追忆，都变为此刻围绕在他身边的"逆风吹浪打船声"。他的意识化身为感觉化的世界。他的感觉也仿佛一种"逆风"吹打着他的水中之舟一样不由自主的身心。在风、水、舟相激的声浪中，我们不知道他在追忆什么——诗？人？岁月？然而我们能够感受到，这种可以倾听得十分清晰的"逆风吹浪打船声"就是围绕着他的此刻的生活世界，是他的内在追思中的情感世界。它们也像黑夜中的风、水、舟那样击荡着，发出沉默的声音。

倾听中有一个更为久远的世界？

无论是"夜半钟声到客船"，还是"留得枯荷听雨声"，都散发着一种时光的气息，也提示了一种不同于视看所规定的空间感。倾听中的声响形象所提示的事物仿佛总是来自心灵的更深处。

博尔赫斯在《雨》中写道：

> 一场下在庭院里的雨，
> 从前也落在迦太基。

我们常常生活在更为久远的时光里。我们的内心生活在多重的时光里，因此也就在多重地点。

在经验、感觉和记忆里，我们的生活很少是按年月日排列的。大片的时光犹如庄稼消失在季节之后，一些瞬间明亮起来，上升，成为时光之流中的岛屿。

一个黎明中会弥漫着其他的黎明，一场雨中汇合着别处的雨，一声蛙鸣中有许多个夏季之夜。

听觉完全不以时序的意识方式来拥有记忆中的经验。听觉形成并保存着一个又一个由声音形成的时刻。时间在由某一种声音形象所造成的停顿中定形,然而又转瞬即逝。某个人歌唱的时刻,某次鸣笛的时刻,某个北风呼啸的时分,形成了时间的一次声音化身,形成了时光的一次"曝光",一次停顿,一次定形。其声音——记忆中的铃声或风声——中包含着巨细无遗的事物,一些甚至全部在那时、在那里存在着的事物。然而,就像这次时间的停顿只是其世界的短暂的交替一样,其中的一切事物随之又落入遗忘。也即是落入世界的重新运动、不倦不息的运动之中。

遗忘现象也如同记忆现象一样神秘莫测。众多的人、众多的孤单的世界、众多的事物和细节、漫长的时光与岁月,遗忘已将其埋葬。而我们所能忆及之物也都恍若隔世,恍若他人所为,一切记忆都处在半记忆、半遗忘状态。

人们在纸张上写下文字,在石头上刻上铭文,在龟甲上刻上符号,以及更早的,结绳以记事,都是为了抵抗遗忘。都是为了刻下记忆,仿佛石块、岩壁、兽骨、纸张是人的另一种大脑一样,仿佛文字和神秘的符号,都是大脑中的神经元和记忆沟回似的。

然而遗忘仍在发生。符号变得真正神秘起来,文字的意义暧昧不明,失去了语境,甚至失去了读法。

一切用来强化记忆的工具没有保留住记忆,但提示了遗忘。

这是怎么发生的呢？甚至当人们口口相传一件事时，这件事也在被遗忘。一件传到我们耳中的传说是什么？是记忆的形式，还是遗忘的形式？

遗忘，无论发生在人类身上，还是发生在一个人身上，都是一个令人沮丧的事实。虽然遗忘也具有一种使人健康的清洁作用。

在我们身上，遗忘是怎样发生的呢？是微尘徐落地被覆盖了，还是如一场地震？还是像一刻不停的岁月在改变我们的脸一样，缓慢、持续而又有耐心，终有一日，使久别的亲人也难以相认？

那历历在目的事物是被什么模糊了？

那口口相传的事件是被什么改变了？

我们用以强化记忆的手段与工具，绳子、石块、符号、文字，都不能和原物同等，它们只是原物的标记与提示，它们和它们所标记的事物并不同质。

现在我们拥有了真实之物的图片和摄像。这难道能够成为活的记忆？图片、摄像和录音，无非是人用机械的方式制造的一次时间的停顿，一种时间向空间的转变，无数次生活世界运动交替过程中的一次暂停。但正由于这次的暂停是机械制造的，它并未深入我们的身心，因而也并未真正成为我们的记忆。过多的拥塞的图像与图片不过是伪装的记忆，是遗忘的可见的形式。

但是博尔赫斯在题为"永恒"的诗中却认为："不存在的事物只有一件。那就是遗忘。"一个超验的上帝保全了金属和粪土。当然也就保全了一切发生过的和一切没有发生过的。他的预言即是他的记忆，他的记忆也将成为他的预言。总之，记忆是存在的总和。不会再增加什么，我们也不可能去减少什么。因此遗忘是不可能的。

> 一切都已停当。从黎明到黄昏，
> 你的脸庞在镜中已经留下
> 并且今后还要留下
> 千百个反映出来的形象。
> 宇宙是记忆的一面多彩的镜子，
> 一切都是它的组成部分；①

博尔赫斯在这里所说的记忆是"宇宙"的记忆，是一切物质与形象的记忆，或者说是与一切存在之物与宇宙相等的上帝的记忆。可以说，只要宇宙、物质、事物存在着，记忆就不会消失。而存在的事物、现象与物质，无非是上帝的记忆形式或梦中的形象。那么这一切立即带上了虚幻的性质：我们是生活在时间中，随着每一个瞬间的消失，生活的门就一扇一扇地在我们背后永远地关上了，还是生活在一动不动的永恒中？也许在我们已遗忘的另一个世界中隐藏着"永恒的模式"。犹如柏拉图所说的，我们的一切知识都不过是对这个"永恒的模式"的回忆。

在我们的一切知识、经验与记忆中，数学知识会使我们感到它的确来自一种永恒的模式，来自宇宙或上帝的记忆一样。音乐中仿佛

---

① 豪·路·博尔赫斯：《博尔赫斯文集·文论自述卷》，王永年、陈众议等译，海南国际新闻出版中心，1996，第172页。

也寄托着某种抽象的又具有物质性的记忆形式，就像李商隐在有名的《锦瑟》一诗中所表达的，音乐是如此适宜于唤起人的经验、梦幻、回忆和遗忘的怅惘之情：

> 锦瑟无端五十弦，一弦一柱思华年。
> 庄生晓梦迷蝴蝶，望帝春心托杜鹃。
> 沧海月明珠有泪，蓝田日暖玉生烟。
> 此情可待成追忆，只是当时已惘然。

音乐"无端"地、没有来由地使人回忆起他已逝的年华。每条弦线，每条弦线上的每一个音符都有记忆的回响。这里他同样也写到了人生或经验与记忆的梦幻性质。不过这里不是上帝的梦——中国诗人要谦卑得多——而是一个微末的事物的梦，也许人只活在一个蝴蝶的梦中。在人生经验中，真实与梦幻、记忆与遗忘只是小有区别的混同。然而往事那历历在眼的晶莹又如同美玉，即使已深埋在泥土中，也还会在天晴日暖里升起缕缕的清烟……然而这又是不堪承受的重负，如同在博尔赫斯说"不存在的事物只有一件，那就是遗忘"时一样，诗人已是一个即将被回忆压垮的人。因为，即使处在犹如身临其境般的回忆中，又能怎样呢，又怎能奈何时间、青春年华、我们已亲手关上的门？往事、往日的历历在心，不是徒然增加了心间的若有所失感？是否在我们遗忘时，我们失去的反而更少些？

倾听与永恒

音乐是时间的神话,因而音乐也就是我们内在生命的神话。

音乐只能存在于时间中并在时间中展开,如同我们的生命一样,它在时间中流动、行进,充满刹那间的灭亡和再生。然而音乐在时间中否定了时间,它在顺从时间的流逝时改变了时间的形态和性质。

音乐是流动的,犹如一种液体,以至似乎我们可以舒畅地把它"饮"下去。灌注我们的身心如蒙蒙细雨沁入万物的土地。它流动着,飘浮着,鼓荡着,犹如一种空气,我们可以呼吸它,以呼吸的方式倾听它。我们呼吸着音乐。这时呼吸也会被音乐改变,加深、急促或舒缓。它灌注我们的身躯犹如一种气息,犹如吹入体内的灵魂或灵气。

在我们饮着音乐、呼吸着音乐时,它的声音、节奏与旋律就进入了我们肺部呼吸的节律中,进入了心脏的搏动中,融入了我们血液的流动中。

它在那样的深处诉说,聆听,讲述生命自身的神秘的故事。它仿佛是一种最原始的力量,最原始的信仰。没有语言可以传达,然而却真实有力地存在着,并存在于身心之内。仿佛它是每一个倾听者身体之内的俄耳甫斯,我们身内的生命群被它吸引着,倾听着,犹如倒流的河水、奔走的岩石、树木,善良起来的凶猛兽群围绕着俄耳甫斯的琴声,并在那里组成另一个世界,另一种空间,另一座城,另一重时间。

那是我们在这个可见的世界里所孜孜以求的,然而它却只存在于倾听的魔幻世界中。

没有任何观念、言词和信仰可以如此直接地到达心搏、呼吸和血流。甚至没有任何可见的事物能够同时做到这一点,深入那里——和时间一起流动并改变了时间,和身躯一起存在却在内部重塑了身躯,把"风""气"犹如灵魂那样吹入人的体内。

然而音乐并非纯然地缥缈无定之物,它被人们称为流动的建筑。也许更应该称为声音的大教堂,声音的神殿。在倾听中,我们既是步入神殿者也是这个神殿本身。因此,当马勒被人问及信仰什么时,他总是回答:"我是个音乐家,这就说明了一切。"因而可以猜想,马勒式的疑惑马勒自己是懂的,他提出的问题里已包含了答案,这个问题就是:为什么在倾听音乐时所有困扰生命的问题都以不再存在的形式得到了有把握的回答。

因为音乐就是一个回答。这是一个超言词的回答。看上去就像一种纯"形式"意义的回答。

问题获得了一种纯感觉的解答。

在倾听的神话中，观念的"内容"是无足轻重的。这就像托尔斯泰有关三个虔诚老人的故事：主教上岛访问他们。他们千百次地请主教教他们读主祷文，但是他们怎么也记不住祷文的内容。后来，他们终于记住了。主教在离开小岛后很久的一天晚上，发现他们在海浪上跟在他后面走。他们说，他们又把主祷文忘了。这时，主教深受感动，对他们说："你们已经通过了大海，还有什么要学的呢？"

沃尔特说，马勒的情况和这个故事中的虔诚的人们差不多。而倾听音乐者在其中得到的在观念上模糊、在感觉功能上却具有力量的情形也差不多。"他所具有的和懂得的东西比他提问的多得多，因为音乐就在他身上，爱就在他身上。因此，我相信，被拯救者将会懂得在他的虔诚探索中已包含了答案……"[①]

倾听的过程，如同人的任何自然行为与感觉过程一样，是在时间中的存在。在声音与节奏之间，音乐也在时间中行进。这就是人的生理时间，这种时间是不可逆转的，因而也不可挽回地是历时性地行进与流失的。而音乐只有在它抵达了这种线性的、历时性的时间时才具有意义，才赋予我们听觉上的那种原始的力量。当音乐把时间转变为"共时的""可逆的"，造成了时间的停顿、重复与回旋时，它才创造并产生出倾听者对永恒状态的企及。

列维－施特劳斯说："音乐把用于听它的那部分时间转变为一种共时的并且在其自身结束的整体。听音乐作品时……作品的内部

---

① 布鲁诺·沃尔特：《古斯塔夫·马勒》，邓楠译，人民音乐出版社，1987年，第84页。

组织在度过的时间中出现了停滞；这正像被风掀起的一块桌布，它兜住了风并把风往回顶。因而，在我们听到音乐和我们听音乐的时候，我们便接近了某种永恒。"① 音乐总谱写作的非线性方法，使我们看到，音乐作品既具有分节的言语活动的性质，也以它自己特有的方式超越了分节的言语活动。这就是说，它既需要时间尺度，又否定了这种时间尺度。音乐"只在揭穿时间谎言时"才需要时间。

音乐处理了两种不同的时间经验，或者说是两种不同的听觉上的节律。一种是"自然的"、内在的，它是我们的肺腑节律、心搏节律和呼吸系统的节律。另一种则是"文化的"，它由富有智力意义的无限的声音系列所构成，每一种音乐体系都从这个声音系列上提取其音阶。而音乐则是这个文化的声音系列与我们机体的生命节律之间的契合。

这两种时间要素都是极为复杂而微妙的。一种是潜藏在我们生命机体内部的尚未明了的"脑波的周期律和器官节律，记忆容量和注意强度"，另一种则是由其数目和间距依据文化要素而变化的乐音音阶构成的。列维－施特劳斯指出，音乐是以系统的方式求助于"生理的甚至肺腑的时间。……任何对位法都为心律和呼吸节奏精心安排一个哑声部位置"。② 从总的方面说，音乐使用双重分节，或"两种栅网"，即自然的和文化的。

---

① 引自若斯·吉莱姆·梅吉奥：《列维－施特劳斯的美学观》，怀宇译，中国社会科学出版社，2003，第59页。
② 同上书，第72页。

这种双重分节使音乐类似于言语活动，也使它有别于其他的言语活动。列维-施特劳斯说："外在的栅网，或文化的栅网，是由音阶的等级和音符之间的等级关系构成的，它依靠一种潜在的不连贯性：乐音的不连贯性，这些乐音，由于与仅以自然面貌给定的噪音相对立，因而已经完全是文化的对象。与其对称的，是内在栅网，或自然的栅网。它属于大脑的范畴，它由内在的，甚至可以说是更完全自然的一种次级栅网来加强：这就是内脏节律的栅网。因此，在音乐中，自然与文化的调解（它完成于任何言语活动之中），就变成了一种超级调解：其与自然和文化的结合从两个方面都得到了加强。"[1] 这种自然与文化的结合与调解，在变为我们对时间的内在感知时就变成了内在生命的神话。

对音乐的倾听，不仅求助于我们心理的时间，求助于生理的器官节律的时间性，也同时求助于与噪音相对立的乐音系列所创造的时间。在此，自然与文化、身与心、物质与精神、间隔与连续、瞬息与永恒在倾听中实现了完善的接合。

在语言的艺术活动领域内，创作者也采用了与音乐对时间的感知方式相似的假定："艺术中止了时间之轮"，即艺术的非时间性。

"意识流"的小说家们即采用了另一种方式来表现时间的"双重分节"，来砸碎那叙事上的传统的机械钟表。他们运用的是叙事上的

---

[1] 引自若斯·吉莱姆·梅吉奥：《列维-施特劳斯的美学观》，怀宇译，中国社会科学出版社，2003，第60页。

"时间颠倒"、音乐的"对位式结构"以及"重复出现"的象征隐喻等,以此打破了线性的叙述方式和时间观念。这样的作品在某种程度上已被音乐化了。

诗歌的韵律也创造了"瞬间的再生",韵律与象征的"重复"取消了"发展"。帕斯说:"诗是我们反抗直接的时间——反抗发展的唯一支柱。"① 帕斯捷尔纳克也同样意识到了诗歌的非时间性要素和它的令人悲伤的虚幻性。日瓦戈在听到一女子唱一支古老的俄罗斯民歌时,他感到:民歌使用反复、排比等各种方法延缓内容的发展(这个内容也许就是时间中的现实世界)。接着这个内容突然出现了,使人一惊!它表达了一种缠绵悱恻的忧伤之情,异想天开地想要阻止时间的前行。

然而艺术的变换总是离不开针对时间而言的一个主题。我们的诗作或回忆,都具有与此相似的特性:不断地努力返回我们已经离开的地方。对时间的抗拒犹如对音乐的倾听。我们知道,一个旋律就是一个运动中的静止点,而变化、展开是为了再倾听到这个旋律的重复与再现。我们知道,一个静音或主音就是声响运动中的一个静止点,从这个静音向"动音"出发,是为了从这个居间的属音返回。它们就像是"家"与"故乡"或某种来源,离开是为了返回。进入时间之路途是为了到达永恒。然而,慢慢地,我们知道这返回是不可能的,"还

---

① 引自王家新、沈睿编选:《二十世纪外国重要诗人如是说》,董继平译,河南人民出版社,1992,第318页。

乡"的愿望，回归，重返已逝的时光，昔日的人与物，已不可能。一切都是河流，我们不能再次进入河流。一旦离开，就是永远的离开。返回的愿望即永恒的愿望，只可能在艺术，在诗与音乐的倾听中实现。这也是我们在倾听永恒、倾听音乐时幸福中的哀愁。我们只能在音乐中、在虚幻的声音之路上返回，再也没有别的道路通往那个不存在的地点。

4

永恒的倾听

　　我想起一支歌。一支歌在唱。那一刻我就已知道，歌声的终结注定是一个悲剧性的事件。你坐在我身旁，互相聆听。一支歌在唱。我知道一支歌的终结是无可挽回的。爱、幻想、痛苦、你我、此时此地，都只是歌声的幻象。如此之深的爱，将以昙花一现告终。一支歌在唱。我痛心地看得见一种无限珍贵的东西正随分分秒秒的时光从我们身上离去，无可挽回地离去。现在将逝！歌声中的现在！我知道歌声一停，你将远去，我仍将留下来。包括现在：歌，你、我。我感到一切之中有一个不可改变的秩序，包括现在，这支歌，你我，都是这秩序的一部分。歌将停下，终结，你得离去，我将留下来。这些都是已经在过去就被决定了的，是现在就已开始了的事情。就像在四年前，在我感觉到爱上你的那一瞬间，你就是我已经失掉了的未来。你只是向我显示了我不能拥有的那一切。歌将终结。我想站起身，拿掉你手中的太阳帽，扔掉你的车票，与你亲吻，找回失掉的时光与歌声，就像倒回一盒磁带。我终于听命于歌声的安排，被无形的打着节拍的手牢牢地按在椅子上。我现在有歌声。现在我的时间是以歌声计算的。我还有第三段，我想。就像被判处死刑的囚犯想，我眼前还有整整一条街好活。我还有第三段，而每一个乐句都无限悠长，拖延，企图逗留下去。那么在这一支歌中，你给予我的时间，你陪伴我的时光就几乎是永恒了。①

我想，许多喜爱音乐的人都有与我这里的描述相似的体验：歌声，一支歌的终结是一幕心灵中的小小的悲剧。对于人来说，真正的幸福没有不掺进这种痛苦的。多少次在音乐会，在夜深的收音机旁，或者在一条江边、等待一条渡船的时候，有一个人唱起了一支歌。那是另一个彼岸，我们在歌声中不知不觉地抵达了。仿佛在简单的旋律中也包含着深刻的真理。这是我对歌声一直难以想明白的，那感动我们内心的歌声必定有我们所不知道的真理。那真理就是我们的永恒性，是生命的一个奥秘。是我们所不能知道的。在歌声中我们可以跻身其间，寄身于真理与永恒中，如同跟随着歌声行走在水上的灵。在倾听中，我们的心灵总是一再地向歌唱者发出祈求：别停止歌唱，重复、逗留下去吧，歌声、时光。

然而歌在我们痛心的祈祷中无情地结束了。我们的内心遭受到一种隐秘的打击。一切都会结束，反复无尽、缠绵无限的歌声也会结束，仿佛永恒本身也会结束。

被歌声打开的内心的永恒空间陷入了深深的遗忘。歌声中的道路

---

① 耿占春：《幻想生涯》，《小说家》1993年第4期。

消失了，当歌声终结。

一扇门轻轻地关上了，一扇声音之门。

我听见一位东方的先知说：对于固守易朽性的人来说，神圣的永恒只是一闪而过。

在音乐的倾听中，那被我们感受为"永恒性"的因素是什么呢？这种永恒感其实总是伴随着瞬时即逝感。当音符或一个乐句相继出现在我们耳际时，时间的瞬息即逝性不是如同跳荡的音符一样被我们更为痛心地感受到了吗？但正是在这种怀有强烈伤逝感的倾听中，我的心却比任何情形下都更为信赖永恒。这是我们耳中的信仰，它不会被尘世的经验和忧伤所挫败。

这种永恒性来自我们内心的情感？然而我们在人生中体验到的任何情感都不能与之相比。没有任何一种情感可以这样招之即来，又瞬间即逝，也没有任何一种情感如一首歌一支乐曲那样在人类的生活中保持着永不变质。没有一种情感能如此让我们感受到永恒性。

尽管音乐的倾听总是唤起我们内心的各种情感，然而在音乐之声响起之前，我们几乎不知道自己的内心拥有如此之广、如此之深的情感领域。我们不知道自己原来拥有如此的温柔、激情、力量、勇气、信仰。我们原以为自己的内心是一片虚空，并常为无聊的情感所纠缠，在倾听中，我们发现了自己内心无限广阔的音域，音乐的手仿佛直接演奏在我们心灵的琴键和心弦上。它在我们内心唤起与乐曲的动机相对应的和声与旋律。这些和声与旋律即时地赋予我们的内心各种各样的变化着的形态，给予我们未知的情感领域以丰富多变的清晰可闻的形式。与倾听状态中的这些被赋予的内心情感的新颖的独具魅力的形式相比，我们日常的情感是多么陈腐、因袭。

我们曾经说过，眼睛所见的事物中保持着全部的人性内涵。为什么不说在倾听中所闻的事物包含着全部的人性呢？

倾听是眼睛所见之物的一种转化？并没有一种可见之物能够与之相比。尽管乐曲可能在描绘着一个世界，然而倾听之耳所闻的世界与可见的世界相比仿佛是另一个完全不同质的宇宙。曲调或调式被认为是有某种特殊的"色彩"，不同的乐器或嗓音也具有各自的"音色"。比如箫或管具有伤感色彩，而音色清新明快活泼的长笛则常用来模仿鸟鸣，音色流畅的古琴或古筝用来描写流水。就像圣－桑的《动物狂欢节》里，抒情的大提琴表现了天鹅的形象，低音提琴刻画了声音粗哑滑稽的大象，木琴担任了"化石"的角色，等等。但音乐并非只是一些"音画"；《田园交响曲》不同于任何一片田园风光。肖邦的一些"前奏曲"中的阳光、玫瑰和雨点，并非是"模仿的和声"，它们充满宇宙间神秘的和声，但却不能用外部声响的模仿来表达一种音乐思想。

音乐是一个无广延的世界。在倾听中化为其他感觉印象的类比、音乐或声音形象，犹如可以感受为一种芬芳、一种爱抚的轻触一样，最终并不能转化为其他印象。它是一个超自然的、微妙而脆弱的世界，一个瞬时呈现又瞬时消逝的世界。这个世界接触到我们，触动着我们的内心，它鼓励我们去认识它，然而，我们又没有别的更为可靠的方式，没有别的感官去再现它、把握它。耳朵的倾听是我们与这个一边存在、成形，一边瓦解着的世界之间的唯一的联系。

它消除了人的言词和观念，然而又没有任何言词和意念能够像乐句那样必然、准确而无可更改。

音乐不仅仅是我们的情感的表现，也不仅仅是对事物的声响的模仿。它是一种纯粹的声音建筑，一种声音的复杂织体。固然，当一首乐曲响起时，我们听到了音符的音高、时值，或者说听到了音乐中的调性音、音程、音高诸元素的拉力互相作用而产生的运动的形式。它在我们"面前"渐渐展开各种不同的点、线，交织成犹如波斯地毯那样的花纹图案，充满广阔、繁复、入微、重复与多变感。我们心中还来不及将它认清，把某种感觉固定在一个乐句中，它就消失了。

这些声音的织体难道是一种纯粹的形式，与我们的生活无关？但它又仿佛包含着我们的内在生命，这种声音难道是另一种更加深刻的现实？

史蒂文斯在《弹蓝色吉他的人》[①]中问道：

> 那是生命？真实的事物？
> 它在蓝色吉他上行进。
>
> 一根弦上有一百万人？
> 所有的行为都在……

[①] 史蒂文斯：《史蒂文斯诗集》，西蒙、水琴译，国际文化出版公司，1989，第73页。

然而声音中的行为是什么样的行为？声音的织体如何描写了人类的行为？乐器上的声音在何处成了真实的事物？

>他们说："你抱着蓝色吉他，
>弹奏的事物并不真实。"

>那人答道："蓝色吉他上
>事物改变了本来的面目。"

听者仍然要求音乐的曲调必须是"事物的本来面目"，必须是我们自己。

在倾听中仍然包含着我们全部的身体性。声音上的"音高"具有一种"上"或"下"的感觉。由于身体受地心引力的影响，"上"对人来说是费力的，"下"则是轻松的；如果我们本能地接受音高的"上与下"所象征的空间性，那么，生活和情感行为的基本特征就又进入了音乐的纯形式，并与之同体不分。用音乐中的上行音来表示"外"或"离开"，用下行音表示"内"或"返回"就显得如此真实了。基于同样的身体的感受性，人们倾向于把"大调"对等于"快乐"，把"小调"视为"痛苦"，以速度展示紧张或松缓的程度。在调性的、节奏的、力度的语境里，上行的音具有情感或行为的"外出"性质，它可能是积极的、断然的、肯定的、反抗的或热望的；下行的音则具有"返回"的情感性质，其效果可以是松缓的、屈服的、同意的、接受的或忍受的。这些性质具有"上与下"的象征意义——"活力的兴起或衰退"，及"外与内"或声音所具有的"持续性与结束性"。

其实我们只是在谈论声音的象征主义，或声音的隐喻性。不过，这种声音的象征不是纯观念的武断，而是早在言词与观念之前就已深入我们的血肉之躯，深入我们的感觉方式之中了。史蒂文斯写道：

> 旋律超越了我们，
> 蓝色的吉他什么也没有改变；
>
> 我们在旋律中就仿佛在空间里；
> 什么也没有改变……①

"旋律即是空间"，因而旋律既改变了原来的事物，也改变了我们的感觉方式。旋律既是空间，它就又保持着，或自身变成那些事物，保持着又改变了"吉他上感官的组合"。旋律即是风景。

空间性的事物只是时间的一次停顿，是时间的一种瞬间性的外形。旋律的空间尤其如此。

---

① 史蒂文斯：《史蒂文斯诗集》，西蒙、水琴译，国际文化出版公司，1989，第73页。

回忆的倾听

他在梦中看见一片景色,美丽、变幻,令人为之心伤。事实上,他看见的总是似梦非梦。一条大堤压在他的眼前,透过这条防波堤他看见茫茫的水域。水中生长着一排排树木,因而水色深暗,犹如琥珀那样半透明的固体。仿佛他看到景色的不断变换,落日鲜红,树木、梦、水与岸都色彩明丽,落日以极快的速度变为橘黄,景色也为之改观,骤然变为一幅黑白照片中的情景,与其说像落日时分不如说已是夜晚。他不知道这些景色为何使他郁闷难忍。当他试图说出或记下它时,却感到他什么也没有传达出来。那份深深的忧伤、那种情景,被他说成了另一件微不足道的事情。并有点莫名其妙,变了味道。或许,面对这些情景,他感到在失去它和抓住它的可能性之间,重新拥有的可能性正在迅速丧失。他想,这些情景在我面前的重演不过是让我知道我在以这种速度失去我的一生。

他从未有意识地去回忆什么。总是唠叨往事,他知道那是衰老的标志。况且他也没有什么英勇业绩值得回忆。他甚至有点鄙视过去。

但现在回忆开始来找他了。而且来的常常不是时候。比如在睡梦中，或在蒙眬欲眠时。总之，回忆总是发生在他的主观意识几乎不再存在时，意识失去任何作用时，那些细小的事物或往事与情景才出其不意地找到了他的心，令他颤抖。

这充分说明回忆中的我是完全无知的，他想，我在回忆中是弱小无力的。像一个善良的、无力自卫的小动物为风吹草动所惊吓。

将会是回忆使我变成一个老人，他想。

最深地唤醒一个人的，正是某种早已为意识所忘却了的事情。他明白了：意识根本不懂得回忆为何物，唯有无意识的心灵才了解回忆的性质。因为唤醒一个人的回忆的，常常是无足挂齿的小事，它们无足轻重，它们看似也没有任何意义，无关生活的痛痒，反倒是它们保留了自己的全部力量，保留了它们完整的世界。就像是"一行白鹭上青天"或"青蛙跳进了古池"这样缺少含义的情景或潮湿的音节唤醒了一个人的佛心或道心一样，也还是这样的暧昧不明的、独立自在的小事物唤起了心中的回忆。

雪地上吹过的风，水草上流过的水，丝绸衣的窸窣声和陈旧的香味，某个窗棂上的一束光，或是蓦然间闯入心间的在风中颤抖着的一片野花，犹如来自人生世界的一个幻象，犹如在这大地上仍然为他一个人保留着的一个隐秘的思想。这是不是失去的思想深度在声息和意象世界中的一种转移？当他这样接近一种事物、一种声音之时，他仿佛是在接近一种思想，一种古老而圣洁的人生理想。他感到，那些停留在岁月深处不起眼的、甚至早已为他所忘却了的事物仍为他保留着一段处于纯净状态的时光。

他想起一个诗人曾经说过：

> 分解从低到高，
> 又从高到低，沿着可怕的音阶，
> 它的和谐不会中断；
> 那悦耳而忧郁的钟声，
> 他们听得到，有谁既不干预罪恶，
> 也不贪婪，也不过分忧虑。
> 真理并未坍塌；但她那经久不衰的外形
> 像寒霜一样融化
> 在早晨的原野和皑皑山峰，
> 并且无影无踪；像巍峨的塔一样塌崩
> 在昨日，他曾帝王般地戴过
> 野草之冠，却经不起
> 一声偶然的喧嚷划破寂静的天空，
> 或者光阴那不可思议的轻触。①

他也常常感到自身的不堪一击。当他的心灵在某些时候受到已流

---

① 华兹华斯《变化》，耿韵译。原文见 Wordsworth, William. *Complete Works*. London: Macmillan and Co., Ltd., 1950, P.637。

逝的水、已枯萎的花枝、已飘散的云烟、已融化的雪粒的轻触时，当他在回忆中再次看见它们时，仿佛就有一股不可理解的巨大力量，从那些事物中向他逼近，眼看就要把他窒息，欲把他变为一种已逝的事物或是谁梦中的幻象。当他像一个被追捕的猎物得以喘息着逃脱时，他想：我看见了已消失的时光，在无意识中再度闯入了已逝的光阴，这是它对我的惩罚？

普鲁斯特关于"追忆"的著作的真正意义正在于此。这不同于一般的回忆录或对往事的回忆。他是通过往事对时间本身进行追忆。因此，这不是有意识的记忆形式，按照某件往事在人生中的重要性而形成的记忆，或照某种真理、某种人生道路、某种理想、某种奋斗、某种观念而形成的追忆。在这种常见的回忆中，往事的气息已经散尽。往日、逝去的时光的吉光片羽也已散尽，在其中能够找到的无非是至死不悟的世俗偏见或神圣的偏见，某种耿耿于怀的不平，某种志得意满的夸耀，某种倚老卖老的唠叨。这一切都还没有沾上回忆的边。

时光与经验消失之后，我们对人生应会形成另一种目光。它不再仅仅是人世的或我们自身的目光，而是糅合了时间本身的目光，经验自身的目光。它既不是真理也不是偏见的目光，而应当是躯体意义上的目光，是目光本身，是物的目光。普鲁斯特曾经描写道：我们记忆最美好的部分乃在我们身外，存在于带雨点的一丝微风吹拂之中，存在于一间卧室的发霉的味道中，存在于一杯茶水的味道之中，或存在于某一个火苗的飘忽中。这些是我们的大脑不曾加以思考的，也不屑于加以记忆的，或以为其中并没有多少人间道理可言的事物。是这样的一些事物把我们直接带入某种双重的在场中。在事物中，我们既在感觉上——在味道、气息、形象、声响中——与过去的时光重逢，也与所遇之物在现在的时光之中相遇。

是存在的事物、存在的声音与气息唤起了我们的回忆，使我们追寻到了那个真正的地方：过去与现在的融合地带，一个跨越时光的地带。物在我们身外，为我们保留着记忆，保留着回忆的中介物。我们总是在事物中与我们的记忆相遇，与往日相遇。

只是在我们身外吗？它也在我们心中。但是避开了我们的观念化的目光和听力，被躯体化的事物的特性，皮肤或感官的经验既是我们的遗忘，也是我们无意识的记忆，是躯体、肌肤与感官的记忆。只有在那里，我们才能追忆到我们的故我"自身"，并置身于某些事物或情景面前。

这里包含着回忆的成分。回忆不是记起了某些简单的事件，而是无目的地想起已经消逝了的一切。一切都堪回忆，而又不胜回忆。某日清晨的一颗露珠，大地上的霜迹，某一声鸡鸣，一幢没有了的房屋，某棵已被做成木梳的枣树，一块石板，都具有同等的价值。它们再现了过去的时光。在回忆中，在第一次的清新的目光与感觉中又增添了更甘美与痛苦的成分，因为在我们往日第一次所见之物的清新目光中，在回忆中悄悄地糅合了"临终的目光"，像最后一次看见的事物，一切都堪眷恋。正像维吉尔在《埃涅阿斯纪》中所说的，一切都堪回忆，包括一片树叶，一滴眼泪。

仅仅是过去的某个时光吗？也还远远不止于此。某个事物，某个现象，某种声息，在化为我们的经验时，它就是现实的部分向非现实的一种延伸，然而正是这非现实的部分与我们的灵魂汇在一起，构成了我们的内心生活现实。因此，一件事物既为外界所有，也为我们内心所有，既为过去所有，也为现在所有。灵魂的构成因素是保持不变的：那些事物。事物的在场永远意味着人面对物的在场。

沉默的倾听

一个夏日的夜晚,他和同行者从借宿的山中林场走出,向深山腹地走去。从城市到达山间,最好的享受是这里的宁静和谐。噪音如城中漫天飞舞的垃圾,也使他的身心狂躁不安。因此,山间的宁静比风景更深地沁入他的身心。他开始感到他在走向自身的深处。他感到自己在被寂静净化。

一个朋友说,在一条马路上,我看见两个姑娘,她们手里提着装满苹果的篮子。我在车里看见了她们。那时又有一辆大卡车迎面驶过,卷起一片尘土,姑娘们闪身躲到了路边上。我们的车就驶过了。……于是就剩下一个难以解答的时空之谜:姑娘们是谁?她们去哪里了?那个卡车司机去哪里了?还有,那两个姑娘是否会问:那个车上的人去哪里了?他说,你若能把它写成一部小说就太好了。孤独、相遇、同时性与一次性交织成一座"交叉小径的花园"……

他沉默了。他感到,在天空,在另一面,有几个和他们一样的人(也许是他们的另一个"我"),在和他们和谐一致的步调中漫步,在询问着和他们相同的心思。仿佛天空是一面镜子一样。不,他想,天空那面的存在更像是实体,我们这儿才是影子……他发现同伴们还在说话,是否他们还未发现这一秘密呢……

他仿佛已在走向天空的深处,天空越来越逼近了,宛如道路在升高。群星如欲滴的晶莹水珠一样渐渐增大、变蓝、明彻。人世的声音已到达不了这里,人类,仿佛那是传说中的另一个族类,另一种宇宙纪年中的事情。天空恢复了它自古以来在人的心灵中拥有的那种神圣性。群星辉煌的意象与他身心之内渐渐明彻的部分相互辉映。渐渐地,他感到仿佛独自一人步入一座宏伟的大教堂——苍穹的大教堂——的深处,走到那至高的宝座前。星群宛如围绕在他周围,仿佛是在那至深处燃烧的蜡烛。它们像唱着歌的舌头。溪水在山脚下的阴影里越来越响,宛如沉默的群山一齐发出的赞颂之声。这声音上升,在沉寂中,像颂歌一样抵达穹顶,与星辰的光芒和歌声相会。

他感到,一种非同寻常的力量又回到了他的身上,一种如苍穹中的星辰那样密布他心中的秘密的思想,每一种都是一种特殊的欢乐……

他想,如果我问自己:那使人常常觉得无言的是什么呢?如果"说"意味着"欢悦"的话,是什么迫使我无言呢?出于对某种内在真实的珍重,他宁可无言。每次说完一番话,他都会觉得很沮丧。他觉得说那些沉默的言语是一种自虐行为。说话就成了对心灵的伤害。

沉默使他感受到自身的一种力量。说话使他虚弱。说话似乎是对他的力量的一种毁坏。沉默是完整的,是身心一体性或心物一体性,而说则是对这个一体性的分割。

一开口说话,那要说的就隐匿了。他每次都感到,是话要开口,一旦开口,却变成了他要开口。话语在舌尖上溜了。他理解这一点:灵魂要开口说话时,唉,灵魂不再开口。

他感到,真实的自我犹如真实的含义,持续存在于言词之下那时隐时现、尚未成形的话语之中。他无法把这种含义完全与沉默区分开,否则它就真的沉寂了。

他知道,内心的沉默不是死寂与枯竭,犹如山中腹地一样,它是充满着隐秘的泉声鸟鸣、伴随着树叶的沙沙声的那种宁静。是无数的生命在意味深长地沉默着。就像音乐响起时荡气回肠的宁静。是在某种和声与旋律中那些无形之物的完满的空间化,一种瞬时的空间,半是事物,半是话语。它在内心营筑了一个瞬息性的宫殿。他是其中唯一的居住者,又是众多的瞬息性的残宫断殿的凭吊者。就像一支乐曲结束时已是一座声音的大教堂的无声的坍塌一样。它们无法在声音之外持存。犹如他的内心空间无法在内在的话语或音乐声之外存在。

他一直在维护着——尤其在这个越来越喧哗的人世间——那些沉默的声音。这沉默的声音带给他内心丰盈的形式、形象和宁静。就像弦月下的田野。他总是倾听着内心的沉默的话语,促使它慢慢成形,又不断地使它回到沉默的本原之中。他想,这是倾听内心的音乐。有时他追随它并记下它。但在文字中他放慢了脚步,音乐已遥远了。

他感到内心沉默的话语就像他体内的某种犹如水与空气那样的物质,当他被充满时,他感到内心活泼、生动,灵思泉涌。当沉默的声音隐匿时,他便感到自身的乏味、枯燥、扁平。是的,他并不总是能听到自己内心沉默的话语与音乐,因而他常在这种时候去读一首诗或者听一支悲伤的曲子。因为音乐与诗歌只是沉默的伴侣,沉默的对话者。它们不谈对与错、是与非,它们不强迫他接受什么。它们是沉默的话语。它们是他内心的倾听者。

这样,他成了一个腹语者。他可能把对他人讲出的话,都对自己说了。他想起在一座极少见到人的深山里,当他乘车驰过路旁两个修路的工人时,他们抬头伫立路边,美丽的景色、漫长的旅途使他想对他们说一声好。但他觉得他要是说出,就像是演戏了,就变成了某种程度的表演。他宁愿把它变为一种内心的行为。也许这是他的习惯。就是那天,那次,当他向远远的山中房屋前的一群山里孩子挥手时,那群孩子终于看到了,也同样向他挥起手来,并报以呼喊。这喊声当然他是听不到的。他很高兴。他觉得自己没有说一句话,却创造了这个小小的欢乐的场面。他想:那些孩子中也许有一个会记住,曾经有一天,自己还是个孩子时,有一个乘车从山中路过的男人朝他们挥手,当这个孩子大了,老了,有一天晚上突然想起这件事……生活像一个谜。

然而他却一直试图打破难言的沉默,他尽量跟自己说话。他喜欢读那些尽量是在跟自己说话的人所写的书。像一个老人或孩子,他们是自己跟自己说话的典范。对别人说话总是要有主见或定见的,对自己却未必。在某种沉默的腹语中,他所表达的只是一些启示、疑惑与领悟。它是一种漂浮无际的意识,在其中,词语、声音、事物、身体性、含义……是普遍地互相融入的。

现在他抬头看到了窗外摇晃不定的树枝,灰蒙蒙的如盲人的眼睛一样混沌的天空。那么,他想,它们就是在向我耳语,它们的摇曳,它们的形状,它们的声音,就是沉默的话语。在其中说话的是谁?是树木、天空,还是我?如果当下的我在事物中有一个充满意思的状态的话,我用的也不是"树枝""天空"这样的词语。我用的词语是事物本身。此刻,摇曳不停的树枝就是我沉默的外形。他的全身心都在事物的形式、色彩、声音、光影所汇成的现象之流中漂浮。他似乎只有随物赋形、随声赋情地漂浮的物之意识。这对他来说仿佛既是一种言谈,也是一种特殊的沉默与倾听。介入事物就是在感觉中生活,在倾听的感觉状态中言谈或沉默。

他追问:什么样的言说即是生存?

心灵的倾听

从收音机里他无意识地听到各种新闻,他躺在床上,懒得去关它。听着听着,他想,是我自己错了吧?别人都实在地、意义分明地活着。可我呢,既没有实在的劳动,也没有实在的思想……在他开始痛苦地怀疑自己时,他就对自己说:还是我对了。这支音乐说我是对的。一种令人叹息、甜蜜又绝望的东西包围着他。在音乐中,他感到了自身无限的勇毅。他的思想充满了肯定。

就像现在,今晚,他在收音机旁聆听马勒的《大地之歌》,他听不懂那歌词,但这样更好,他想,这样他只能听。那取自唐代诗歌意境的乐章的标题他是熟悉的,回忆,寒秋孤饮、意气风发的少年,美人,送别。大地逐渐消失了。他呼吸着另一种空气,音乐中的空气如大地山谷中的气息一样清新,一种新的阳光照耀着他,那是马勒内心的光芒。人世的伤悲和无极之光的幻想在其中漂泊浮动。在宽广且纵深的主题速度中,在大量变奏里,一个悲哀的低音——他不知道那是什么配器,在令人愉快地、伤感地、柔弱地回旋着。如同一个信念那么固执、徘徊而又犹疑，与心灵维持着一线联系。

这是他第一次听到这支交响曲。然而第四乐章"美人"尚未听完，可憎的电台就把她掐断了。他心中充满着无可奈何的悲伤。他至今尚买不起音响、唱机和唱盘。中央三套的音乐节目就是他在这个喧哗的尘世渴望听到的另一种声音了。尤其是每晚的激光音乐唱片中的交响乐、奏鸣曲与轻音乐。然而，这些日子以来，这个电台用庸俗的流行歌星之类以及鸡毛蒜皮、矫揉造作的尘世噪音取代了这个频道。他感到内心受到了暴虐的伤害，他只能在心中叹息而已。现在他对熟知已久的马勒的《大地之歌》尚未获得一个完整的听觉印象。还有，"美人"的印象也是残缺的。

他哀叹地想到：这个人世把宣传报道、把卖弄风情的絮叨看得比马勒这样高贵灵魂的声音还重要。而他只想在这个嘈杂的世界中，注重培养一种渐渐在内心升起的音乐。犹如古代圣者所想的，"我善养吾浩然之气"。是这内心的音乐在养育我，他想。当这音乐远离，我就变得扁平了。而音乐的升起是另一种疼痛。

歌声与音乐，总使他想起人类的悲伤，人的圣洁和天使性。凭着这忧伤的歌声，歌者也会复活，死去的也会重新找到天堂。凭着这歌声之名，我们会得到宽恕。这是我们的忏悔，我们的哀痛，我们向上苍祈求的声音。凭着这歌声，这个大地会永远让我们居住下去。即使毁灭在即，也会出现与歌声相称的奇迹。

我们人还能诉说得比歌声与音乐更好更完整吗？他想，我们说出的话都不及歌或乐句中的一半。含混不清，因为说出的话太清晰之故。恰恰是确定的话语概念对真实性来说是含糊不清的。

音乐是一种绝对的论说，在思想观点的争辩不休中，在怀疑论与虚无感的漩涡里，只要音乐升起，一切就和解了。这是超越于一切思想之上的绝对的思想。小提琴或歌唱的嗓音不需要论据。它本身就是，我们只能接受它。

他想：我等待着我能在倾听中脱胎换骨。我等待着一种新的精神与思想在内心的音乐中诞生。他希望在所谓的形而上学的观点、历史的观点、经济的观点等死亡之后，有一种看待世界的音乐的观点，俄耳甫斯的观点。当然，音乐是不存在观点的。

音乐中有信仰的种子："一支圣歌的种子。"音乐肯定对我们的世界有另一种安置，另一种看法，他企图理解它。他企图理解歌唱的本质：赞颂。我们的生命应当被置于其中，他想，全部痛苦都把人引向相反的方向：赞美的方向，那是最高的肯定。

此刻他想起了外国的某个政治人物，他明白了为什么他惧怕音乐，他把音乐视为海妖的令人迷惑的歌唱。他想的是：音乐太奇妙了，人类竟如此高贵，创造了如此奇迹。他说：我不能常听音乐，否则我就会放下反抗世界的武器，去抚摸人们的脑袋，对他们说一些傻话。是的，这不是他们的观点，他是要动手打他们的脑袋，尤其是那些头脑中回旋着永恒的歌声的脑袋！音乐会使他在内心软弱下来，与世界和解，对人们说一些柔情的话。在他看来，这是愚蠢的。他要的不是这种温柔的力量，而是暴力。是赞颂的反面，是对苦难世界的诅咒。

他拒绝了音乐。他在人世间成功了。然而也可以说，他失败了。因为他不是灵魂的引导者，而不过是本能的引导者。

他想，那位政治人物就像是奥德修斯，他也恐惧大海上海妖塞壬的歌声，然而那种甜蜜的、无限的诱惑又使他忍不住去倾听她。奥德修斯让船员们把他捆绑在桅杆上，他怕自己没有力量抗拒海妖美妙的歌声，使他的航行中途而废，他忍受着诱惑和抗拒的双重折磨。然而他却不能动弹，他只能在内心中去追随那歌声，使诱惑产生并中止于内心。而他却令他的同伴们用蜡把耳朵牢牢地封上，他们从未听见她们，他们只知道那歌声是可怕的。因而他们的双臂有力地划着船桨。

这些人知道，温情、歌中的激情也会使他们在行动的世界里变得软弱，变得对事物与痛苦格外敏感，使他们具有怜悯心、同情心，对人充满惋惜。然而他们要行动，要控制，要主宰：他人、命运、自然和历史。同时他们把上帝般的声音视为海妖的法术的诱惑，把善良、美好的诱惑视为灾难的、邪恶的诱惑。他们的行动是以牺牲他们内心的声音为前提的。他们对内心的声音堵上了自己的耳朵。他们通过内心的牺牲与死亡来避免在外部世界遭受牺牲。文明的历史是牺牲内向的历史，是断念的历史。"心灵史"对某些人来说是不存在的。他们窒息了内心，而从外部世界得到了权力与物质的回报。他们失去了内心的精神的力量，然而犹如双耳封蜡的船员们那样，获得了行动的力量。

他想：人间的一切灾难正是起源于倾听内心的声音与响应外部世界的行为之间的隔断。就像此刻、现在、我，犹如一个奥德修斯，被束在一把椅子上，倾听着歌声，倾听着音乐中的永恒对我们的温柔的问候。然而我却无力作出回应。更不可能把它诉诸行动的世界。那个世界容不下音乐的法则，容不下真诚的赞颂意识，容不下柔情的行事。他想，我的对音乐的倾听变成了一种软弱无力的、胆怯的内心活动。一接触那个世界它就会破碎。音乐化的心灵易于受伤。而他却又总是感到内心有愧，在内心深处感到内疚、负罪，感到不安、妥协、求救、祈求，请求谅解与宽恕。内心的音乐使他软弱。

在倾听中我能向世界那面走多远？他想，当歌弥漫，它就出现在我看见的一切事物之中。仿佛音乐之声中有所有存在之物的伴唱，这个世界仿佛有它丰富的和声。好像心就追随了音乐，摆脱了其他一切话语的束缚，解除了人世间的咒语和侮辱。他感到一种舒心的疼痛，一种柔弱中的勇敢。音乐正在把什么告诉我？他想，在我孤弱、犹疑的时刻，音乐肯定了我。只要身边有音乐，我还惧怕什么？死亡在音乐中露面也是那么迷人。只要音乐的小行板响起，柔情、信心就布满了我心中的每个角落。在为音乐所充满的心中，现实是不可能进去的。现实是个虚幻的影子。是假人组成的闹剧。歌为他带来了伤痛和抚慰。歌为他布置了另一重透明而又坚固的空间与时间。他在其中重新经历了他过去的一切，重新经历了人生。歌告诉他，应当去承受灾难，应当让心去痛苦地颤悸，应当让自己肝肠寸断。他想，此刻是谁在音乐中使我感动，使我的心软弱到这种地步，竟愿意去向不洁的人间请求宽恕呢?

他的心接受着音乐轻轻的叩击,他想,只要人类将用无数痛苦的心灵所创造的音乐甚至一支民歌传唱下去,人类就不会毁灭,心灵的价值就仍扎根在一支歌中,并萌生出来。

言词的倾听

我想写下一些使空气重新流通的句子，使人能在其中呼吸。

言词，已是精神与物质的亿万次的结合。写作或思考，必须使自己置身于语言的定见之前。写，是对精神的寻找，也是对物质的寻找。

文字，是写作者在孤独中的力量。犹如深海中的鱼，深夜的萤火虫，靠自身发出的光解救自身于黑暗、孤独。

写作，有时是修筑城堡，有时是对道路的探索。不给言词与片断规定方向，任其伸展。这样，每一句话都可能是一个出口，一条路。人行其上。

句子是从一个想法滑向另一个想法的"不定式"。言词中的表达总是包含着缺失。

瞬息间从大脑中涌出的表达（是在语言中途的表达）因为没有抓住确定的词语而永远地无影无踪了。我感到我失去了什么，感到这个世界失去了可贵的、世间从未有过且不可能再有的一种东西。我坐在什么地方，藏身在哪一个想法后面、哪个词语旁边，能够再次目睹你经过、突然把你捉住？在词语的缺失里我感到失去了一种未来、一种现实性。

我写下的言词在意识与感觉的急流中劈开了一条路，扬帆而下，而我错过了其他的方向。当我回溯上来，石门已不再打开。隐约出现过的被暗示过的咒语都已忘却。每当我文思泉涌，语言急流而下时总有这种感觉。

写下的话语可能只是许多可能的路中的一条。一切记忆都是遗忘。

这是一再重复的感受：当我手下在写别的东西时，一种绝妙的想法，一种感觉，某种图像如秘密的源泉涌来——也许因为意识有了过多的断层——我想，等我写完了手中的活再去追记它吧。我不知道，在这样的时刻事实上我如同处于被催眠状态。写作时的催眠状态。与写作同时在另一个方向冒出来的感觉也处于被催眠状态。当那片刻的吉光闪过，当我回头想记下那些图像时，仿佛梦已醒，已从催眠状态中醒来。我对刚才所遇之物失去了记忆。追忆已不可能，就像不可能重复做一个梦一样。

倾听与阅读亦如同接受一种暗示、一种催眠，智力处于半寐状态。但因为其半寐才有可能随言词或声音忽发奇思异想,异象丛生。充满了转折、停顿、复重、间断,以及在遥远的思路上的延续、重现。正因为遥远的重现与延续,视野才显得无限广阔,而重复与持续具有催眠作用。

倾听、思考、表达的言词具有太多的梦的特征。具有太多的瞬时的空间性。可惜易被忽略。

比之明晰的话语,文笔的间断性(如同一种呼吸)、易碎性、瞬时空间性会带来更多的东西。诗人懂得这种方法,在句子的墙壁上打开门洞,给稠密的思想吹进空气,并且透过费解的词语给作品带来亮光。寂静、间断、易碎的句子带来一种特殊的言词中的寂静。寂静会使感觉活跃,使句子间有空气、有活力,并取得光与影的对照效果。寂静是气氛的音响形式。

诗句的特性在于保留尽可能少的上下文。间断的文体。它留下了空间。在某种意义上,断想也属这类文体。不需要上下文的句子。

口语的述录一样的文字太有限了。口语是在现实世界以内说话。文字一开始就超出了这个世界。可写的比可说的远为丰富,更深入语言的内在性。写的诱惑并非说的诱惑,而是沉默的诱惑。写作的诱惑是文字的可写性的诱惑。是对文字的深不可测的暗处的探测。

说话是意识与情感的表达、交流。写更为晦暗。它成了文字魔力的诱惑者。在明朗的写作中,文字也可能引向自我理解、自我暗示。

个人，文字，事物，进入原始物质的同质性。从意识领域返回无意识的场景。

有时我渴望写出一句没有含义的话，或者迷惑于一句明显没有意义的话，比如："难道我不是纯粹的火焰吗？"就像完成某种不可遏止的冲动。这样的话我们不能说。写下它似乎避免了说的荒谬。是否人有时只想听凭古老魔力的诱惑？这是一种什么样的非理性冲动？它释放了什么？或者说，有理性的、含义清晰的话压抑了什么？词与非词、话语与反话语、意义与无意义。

语言有不同程度的沉默。诗是沉默最深的一种语言。当语言沉默时，感官就打开了。就有了凝视、听力与敏感的触觉。是的，是话语自身带着许多眼睛、视线与听觉。话语变成了我的皮肤，并感到微风习习地吹过。

在今日，文字已成为管理的工具，是数字与表格的补充说明部分。文字创始时却是为精神上的需要服务的。有时，我真想使用古埃及金字塔铭文或纸草卷上的文字，或半坡陶纹上的象形符号。当然，这是不可能的。但是望着那些莫名其妙的似乎绘有树、土丘、太阳、蛇、鸟、水波……的难以理解的古代文字，我真不知道我在精神中早已丧失了什么。

一个词语的例子。勒内·夏尔："请靠近云朵，请守住工具。每一颗种子都被憎恨。"① 简单的词，半可理解的句子，不易理解的三句话。如果延续其中的每一句，都可达到可解、达到规范表达。每一句都缺少必要的上下文，置放在一起的几句话并未互相成为语境。当然，可以考虑其中的动词"靠近""守住""憎恨"，也可以考虑名词"云朵""工具""种子"所暗示的含义。

可以为诗句的易解添补上一些语境或上下文，然而任何增加都削减了诗句的含义。

一个词语：丝绸目光。以事物作形容词，以一个事物比喻另一事物。相形之下，形容词太抽象、空泛。丝绸样的目光是什么样的呢？我们须求诸感觉。丝绸比"柔和"要具体。但是，我想，一开始没有"虚词"，一切词都是词根，都是实体词。形容词只是实体词的退化形式。也许"柔"本不是一种性质，而是一种事物，那么，丝绸（般的）目光无非是恢复"柔和"这个词的根性与实体性。

有些词没有表象或现象形式，只剩下词义。

一首诗里也包含着一个人在某一时刻的某种目光，对某一事物某一状态的见证，包含着某种敏感、直觉、视力和听力。一首诗是某个人的瞬间生活史。

在词语中，诗人的在场感减少了。但中国古典诗歌一直维护着物的持续的在场。

---

① 勒内·夏尔：《图书馆着火》，弗朗西斯·雅姆等著：《法国九人诗选》，树才编译，上海人民出版社，2009，第185页。

我这样求诸一个作品不算过分：它提供了一种什么样的听力和视力？或言与物的可触摸性？我应该谈谈言词或诗歌中的视觉，或者提醒一下它的听觉与触觉，是否足以使言词活过来。

悉达多说："我已获得清凉。"清凉是（水或秋冬季的）一种属性，排除了燥热、躁动不安、欲望之后的清洁、凉爽。他随之说，"我已达到涅槃"。作为他已达到的清凉状态，这个涅槃如果是指这种清凉状态的话，这个涅槃是可信的，可感知的。清凉使涅槃获得了可感的属性，因而也就失去了可以体验它的那种方式。它变为抽象观念。然而佛陀敢于使用肉体上的知觉经验来表达他在佛学上获得的成果。

乐于使用知觉经验，使言词或观念获得了可触性。

对于无名（言词）的经验来说，言词即非词。写出非词的是诗。没有真正对应于经验的词。但若没有词，经验又是什么？源泉已不纯洁。

对意义的无限丰富的渴望超过了意义明晰的要求。诗人只是生存中的这一类人的代言者。

梦想一个句子，犹如梦一种思想。
词语的梦想是成为诗。在歌唱中，一个词的意义还有什么重要性呢？它无非是一种发声吐气的形式。词语在诗中也变为一种气息的吐纳、流荡、吹拂。
含义无限丰富的话语和没有含义的句子在外形上相似。

要在语言中恢复适当的"缄默"。缄默总是适当的。一种布满言词的沉默。

"仅有一个孩子居住的村庄在水上漂移。"这句话根本不可能是一个事实，但却为什么使你着迷？

意义与非意义。对于诗而言的意义，不在言词之前或之外存在。闭锁在意识之外或未进入意识的个体生命之流的经验，是无以言说的含义的一个基础。诗的意义建立在它上面，如同基于一棵树、一块浮冰上的意义。它只是人、物、词相遇时才生出。人们对意义的期待却是：存在于语言表达之外，存在于公共经验与逻辑的领域内。我们只需把它准确、生动地表达出来。尽管没有理想的充分表达，但意义的存在是自明的、断然无疑的。因此，一首诗的晦涩被认为是表达的晦涩，而不是经验或物自身的意义的晦涩。

一首诗是意义的持续的生成状态，又是意义的持续的瓦解。是瞬时性空间的凝聚与失散。

声音的倾听

听觉似乎有奇异的选择性或间断性。犹如眼睛不能一刻不停地注视着某一事物一样,眼睛时常飘忽不定,而非坚定地注视着一件东西。听觉也是,它有时灵敏,有时失聪。此刻他只听见、心不在焉地听见夜晚的喧嚣,各种车轮造成的噪音。但一忽儿,当他想到今晚怎么没有听见虫子的鸣叫呢,他又开始听见它们了。它们是才开始鸣叫,还是一直在叫,他不知道。但极可能是它们一直在鸣叫,就像此刻连火车在远方的鸣笛,窗外汽车驰过的噪音也没有盖过秋虫高频率的尖音的颤动。他总是间歇地听到它们,间歇地听到各种不同的声音。

他听着交替传来的各种声音。他感到有的声音犹如水波一样涌来,有的声音则像是尖刺,有的声音刻画着优美的曲线,有的声音则似乎是粗硬的扎人的东西。他感到有的声音首先是他的额头上的神经或血管作出抗拒的反应,有的声音刮擦着他的皮肤,甚至使他的手指作出痉挛的反应。这是使他感到受到折磨与刺激的声音。而有的声音则在他的心中找到了回应。城中的双塔上传来报时的钟声,它不断扩散着的声波在空间中形成一个宁静的平面,声音的间歇之处犹如一条波纹与另一条新涌起的波纹一般。形成扩散的圆环。仿佛最原始的一种圣歌。钟声敲响着寂静,持续的声波带来空气中的潮湿与透明的感觉。

他倾听着耳朵的风景,耳中的事物与世界。他想:客观的真实是什么呢?

水滴的声音令人放心:存在一滴一滴地形成着、又消失着,水滴声创造着自己的时刻。它打在地面、窗台、屋瓦或树叶上的声音创造了一种包围着我的一种生命群的气氛。在它单调的节奏里恢复了寂静。然而你知道,这不是死寂,而有万千活着的生命。它们的存在也加入了雨滴的声音和寂静。

有时他想起那过往岁月里的<u>一丝丝</u>声音,想起旧时的雨点,想起蛙鸣、乡野上的鸡啼或狗吠。那时,一种强烈的生存愿望就抓住了他。他知道,有许多岁月、许多事物、许多脸已像那些声音一样消失了。那往昔的声音仿佛是一个哲人的舌头在他耳边耳语,把那悲伤的思想告诉他。那时,他想起身抓住任何一件还活着的东西——一只手、一只麻雀、一片嫩芽……

钟表的嘀嗒声总使他心烦,使他心慌意乱。他的手表早已扔了许多年,不得不有的一只小闹钟总被他塞进什么角落,比如抽屉里的下层,或远离他的地方。他感觉它的嘀嗒声在把什么咬碎。把一切都分割成破碎之物,使时光变成垃圾,不,我不接受这样的时间,他想。

计算着钟点行事的人而今已不再懂得时间了,他哀叹道。而古人的沙漏或水漏要好得多。其中有流沙或流水的比喻吗?他想,也许是因为其中有短暂存在的真实的自然生命。对于短暂的生命而言,大地上到处都充满了对于生存时间的哲学式的警示,还需要用机械钟去倾听时间吗?

雨点的嘀嗒不是同样的单调吗,然而雨线却把天与地联系在一起,这是唯一能使人想到地上的生存、尘世的生命和上天具有某种割不断的联系的时刻。当然,他想,飞雪、长风、鹰、星光或月光也是把天与地联系起来的事物。人们差不多已经遗忘了人间和苍天还有什么联系,因为他们的生活不再需要去放鹰、占星或祈雨了。但在下雨或下雪时,他仍能领会到苍天给予人的恩惠——它们,雨和雪,仍是来自上天的礼物。使人在一忽儿间想想神奇的苍天。至今,他仍像一个孩子那样喜欢雨雪。风雨和雪,常常像一种启示、一位上天的使者那样来到他的心间。雪是一位使徒,一个圣洁的使徒,把启示明明白白地降落在人们的眼前。但如今的人们已沦落得太深了。他看见人们在侮辱这个纯洁的圣徒。农人们也许还有一种闲逸中的乐趣,或许有一种传自古远的瑞雪兆丰年的古老的喜悦。而城里人总是一刻也无法容得下它,他们总是匆匆忙忙地把雪玷污,把雪与灰不溜秋的脏灰扫在一起,打扫出去,运走或扔进污水河,或如堆垃圾那样把它们堆在某个街道的拐角处。这时他总是隐隐心痛,为苍天,为这个圣洁的使者,还有,为他的热爱雪和白雪公主童话的女儿,为这个城中无数的孩子们感到愧疚。他分明看到过孩子们在雪地中大放光芒的眼神,看到过在雪地里行走的老人、情侣都显得更为纯洁无邪。它来启蒙我们的心，我们却把它扫地出门了。他看到人们把雪、那降临到地上的苍天，和孩子们的欢乐一起扫除了。他们宁愿愚蠢地花钱给孩子买机器猫或变形金刚。他们不要大自然的伴侣、苍天圣洁的伴侣陪伴他们的孩子。

在一个冬日的雪天里，他曾写道：

现在下雪了。仿佛苍天降落到地上。他感到自己此刻已是上天的居民。奇妙的是，城市的噪音忽然间消失了，仿佛一切声音都被无声的雪花吸纳了。他们的车停了，多好哇。他真希望这个城中永远是雪，他们的车永不能开，只需步行或几辆风雪中的马车。现在，风在窗外发出呼啸声，雪花一时被吹碎了，仿佛一团雾从窗外吹过。风急时，雪花一下子变成了团团飞旋的粉雾，不是向下落，而是横空扫过。听不到呼啸声时，雪粒又可以看见了，在增大起来，形成片絮状，向下飘落。一场宁静在飘落。雪就是寂静本身，它总是悄悄的，或在夜晚降落，仿佛怕惊动了人们。

雪或风、雨，把大地与苍天连在一起，也把此处与绵绵无尽的远方连在一起，因此，这样的时候，他的心可以聆听着苍天，也能够聆听着远方。在一场雪中，远方就来到了此地，此处就是远方。

在一场风雪或风雨中，独居一室，他感到世界上所有的茅屋都是得到了天地厚爱的一个温暖的中心。所有的窗口都变成了眼睛或耳朵……

他想，是谁首先在大自然的声音中听到了一种自然音阶或天然音律的呢，真诚赞美他。是谁从自然的和谐与规律中听到了那个"黄钟"音的基本音，听到了大音阶与小音阶？它基于人的直觉，也必然符合自然法则。但是乐音却是不及物的，尽管每一个乐音都有其色彩、有其亮度，但它们却不是事物。一个乐音既不是因为它是小鸟的啼鸣，也不是因为它是汽笛的鸣叫。声音中的风景躲开了目光。乐音中包含着一种什么样的真实世界呢？视看中的光波被怎样置换为一种声波了呢？这种感官上的置换既改变了事物又保留着事物。

也许音乐并非只是以其音色呈现了事物，因为耳中的颜色不过是一个隐喻、一种感觉上的类比，他想。但他仍感觉到感觉间的置换大有深意。他不是可以在一幅画作、一件事物中感受其韵律吗？一座建筑，一朵花，一个人体，他不仅分享着它们可见的外形，他不是也从它们的色彩和线条中分享到某种凝结的旋律吗？也许正因为有了这种感官经验上的置换，人才分享到事物的美质。仿佛置换之后的、视听互通后的感受才是真正的享用似的。

他想，更深的秘密也许在于乐音的运动感。音乐呈现了事物的运动感。不是任何实体的事物的运动，一只奔鹿或一辆车的运动，而是音乐创造了运动本身，创造了动与静的结合。一条河在运动，一只雀鹰在运动，一团火焰在运动，然而一只静止的花瓶也在运动中，它的运动存在于其形式中。一朵花，一所寺庙，一座塔，它们可见的外形即其运动，并指示了运动的方向。上升、沉降、转弯，犹如在音乐中。

在倾听一个曲调的运动中也可以发现这种类似的音符的运动，即一音进行到另一音的一定的方向性。音乐家们把它理解为音度的天然倾向或固有倾向。确实，1—3—5，第一、三、五度音具有静止的倾向，它们仿佛是声音中的一条地平线音符，承担着曲调中的主和弦和稳定、静止的特性，而7—6—4—2则被理解为与"静音"相反的"动音"，仿佛它们永远处于静止点之外，具有一种向静音或静止点靠近的动力。犹如一个受大地引力牵引的事物。

乐音的自然倾向，它的动静的性质来自这个奥秘的宇宙，但也同时来自人的体内，他想，就像我的呼—吸就包括动与静的倾向一样。它不可能不是来自我的身体与心灵的性质。

时间的倾听

他回忆起一个春天,四月的一个夜晚,船在大运河上发出击拍水波的声音。他借助耳朵去听河上及运河沿岸的风景。从舱内走出时,带着水汽的风触摸着他的脸。他嗅到了漂在空气中的河流。夜晚的河。河边有时停着船只。机帆船或者是乌篷船。船头的灯照亮了水中点点的光晕。它们慢慢地退到身后。水面摇晃着灯光的碎影。新鲜的经验总使他兴奋不安。他像个盲人似的只能看到沿岸微弱的光线。他想,我从未看到过运河,但我就在其上,听着击船的水声,嗅着它的湿泥的气息。他想,这里,是我不了解的事物,无法去过的生活;大运河,乌篷船,那是另一个地方,另一种生活。

而今他又想起曾身在其中却不曾看见的运河。我只是听到了它的水声,他想,犹如一支夜歌。犹如这个总是处于晦暗中的世界,处在目光的晦暗或遗忘的晦暗中的世界。每次我最终都会发现,我萦绕于心的那个地方更多的是对往日的追忆。每个地方都悬浮于昔日的一个时辰里,搅扰我正安睡的心。仿佛这些地方已不存在于实体的世界上。

仿佛此时此刻我不去想它们，它们就会消失。事实上也许是，如果我不去想它们，我自己就会消失。他想。

在我曾到过的那些地方蕴藏着时间的谜，他想，那只是我个人的时间之谜。别人有另外一些地点，因而就会有另外一些时间的谜团。他沉思着一个地点。有时他沉思着一个曾经在夜间到达的城市。一只为他指过路的手。怎样不遗漏那里的一声水滴，一团正在被风吹散的烟？

我到过的那些地点变成了时间，他想。一些疏密不等的时间断片。有些地点植物茂盛地生长，有些则荒芜一大片。没有生命在生长的地方犹如根本就没有时间。时间犹如攀缘植物，依附并摧折着生命。

我从未到过的地方仿佛仍处于时光之前。或者说，对我来说，那里没有时间。

我看到的是时间的风景，而不是地点：大运河或丝绸之路……

仿佛它们已从这个世界上消失，同那时一起，变成记忆中的事物。

什么是"我曾经历（经验）过的……"？经历或经验使许多地点和事物变成反影。

经验使我自身变成了一个反影。他想。

究竟地点何时变成了流动的，或仅仅是时间的一次停顿？

我们到过的地点，变成了可见的过去。它存在着，但也保持着消逝的特性。我们可以历数的地方，都似乎是时间过去的一些碎片。而更多的东西失去了，我们无法把它拼接起来，无法恢复时间的完整。毕竟有些东西像水那样从我们指间流失了，他想。

究竟从何时起我开始感受到时间的流动？或者，开始感受到空间与事物的不稳定性？即使母亲的死都未能使我感受到时间的流动。他想，对我来说，似乎母亲不是在时间中死去，而是在永恒中死去了。因为我似乎还存有一种希望，可以，总有一天可以回到她身边。那么，中间的这一段分离又算什么呢？它的流失也就不是流失，而不过是一条从自身又回到自身的路。而今，与此相似的路没有了，死不是一条路，不是一条通往永恒的路。而今，与此相似的感受没有了，一条回到自身的永恒的路似乎只在音乐中存在。就像一个旋律不断地回到自身。变化无非是为了重复，拖延无非是为了享受与主题动机再次重逢的期待乐趣。这种感觉是永恒的，但其间没有他可以容身的空间。

永恒，在童年已沦为一个与成年或老年相对的时间性概念或发展性概念的时候，我们不能了解它。我们业已失去了了解它的纯朴之心。童年的奥秘是非时间性的。童年的特权是没有时间。或者说时间是无限的，又总在伸手可及之处。这也许就是他为什么有时会怀念起并不幸福的童年的原因。他慢慢在明白：再幸运的人生也无法与苦难的童年相比。对于成人而言，时间就是他的苦难的总和，是他的最大的不幸。但是一个贫穷的孩童仍能享用对时间的豁免权。一个五岁的或三岁的孩子会觉得他的生命已无限漫长。他的生命与太阳的第一次升起，与万物的创生共源，因而苦难与贫穷对他没有什么伤害，甚至根本不是苦难。因为一棵树，一棵在风吹雨淋中生长的树不是苦难的。没有时间意识的童年拥有着永恒。他想，幸亏短促的人生有一个童年，这使他稍稍能猜想永恒为何物，至少在开端上他是无限的。在起点上他是无限的。那么他想，一条线只要有一端是无限的，它就已经是无限的了。

他曾在时间开始之前的乐园里生活。在时间之前，在时间之外。他只记住一些处于瞬间状态的也是永恒的事物。童年时的感觉方式是完满的，所有的事物都是永恒之物，也是永远清新的第一次看到的事物。当他结束了对事物的惊奇之感，他的永恒也就慢慢地结束了。他就在这样纯洁清新的眼光里记住了那个实际上是荒凉的故乡。

故乡，这是一切地点的中心，没有这么一个地点，人既不能离开也不能返回。但故乡的深意在于它主要不是一个空间和地方，而是一个时间范畴，一个血统史，一种姓氏。"故"意味着过去、往昔和已逝的。已逝的时光、人，因而返回的努力更渺茫也更深入。

这也是目光上的、听觉上的回溯。回到某种新得令人眩晕的看待事物的目光和感觉中去。这是我们失去的目光和听力。因而他想：诗人和艺术家对新的感受性的探索，难道没有包含着克服时间性并企及永恒吗？

现在，他并不企图找回过去，也不怎么向往将来，因为人的所有的将来都只有一个共同的结尾,就像所有人生故事的结尾都是:"他死了"。他只是努力恢复对现时性的知觉,企图抓住或拥有"现在"。他知道,只有现在是真实的。

但是"现在",无非就是变化本身,是运动本身。如何抓住变化,抓住飞动的利箭?盯住眼前的一个物件,屏息凝神于倾听一种声音?现在是一刻不停地在移动的暗流。一动不动的物件只是一个假象,而声音却是时间现在的形象。在不断的消失中持续,在持续中消失。现在,一种生灭之流。各种事物在其中相继发生、相继消失。

现在,他倾听着一支打击乐,它的过于强烈的重音把此时此刻切分了,它的过重的节拍把时间一点一点地等分了。此刻他的现在时就在这种犹如快步行进的速度中无可挽回地流失了。重复而没有返回,他倾听着时间的形态。当一支小提琴协奏曲响起时,他感到时间顿时放慢了脚步,时间在不停地回流,旋律而不是节拍把被分割的破碎的时间连在一起。一会儿它消失了,但他知道它还会再现的。这是古典的时间,莫扎特和柴可夫斯基的时间。他感到这些音乐大师如普鲁斯特一样对时间的重现怀有信心。他们不得不利用时间,利用时间的流变,但他们是为了战胜它,为了克服时间的线性流失。他感到,在这方面,那些进行曲或圆舞曲的作者就差得远了,好像他们不过是一些及时行乐者,他们的旋律过于整齐、过于有节奏,节拍过于强了,甚至听来有一点轻微的淫荡,这样的声音似乎缺乏对永恒的信心,也缺乏克服时间流逝的信心。现代音乐带给他听觉上一些新奇的性质,然而静听下来他又感到原是过于熟知了。现代音乐使旋律——时间的流而不逝性——消失为一些互不连贯的声响和寂静。一切都在耳中展现为一次性的景象。其中没有什么重复,除了寂静之外。他在其中感到一种矛盾的听力,一方面,这些片断的声音犹如他身边的日常生活,既无节奏也无旋律,时而疏时而密,直接是突然的喧嚣和突然的沉寂的组合。但他也感到其中隐约透露出一种传自古远的永恒气息,时间和历史之前的气息。它似乎不想去重新度量、划分时间,因而也不想使时间出现,既无节拍也无旋律,因而它也不与时间搏斗。它就是原始的永恒的再现。如同荒原,或如星空一样原始。其中有一些初露端倪的藻类,半植物、半动物的声音,但尚无人类。那种永恒状态他无法看见了,但其声音却似乎使他听见了。

有时他想,这一切也许都只是耳朵的幻象。如同时间也是我耳中的幻象罢了。他感到,圆舞曲或流行音乐太圆滑、太世故、太世俗化了,现代得有点俗,它是与现代生活几乎同步的那种尘世的时间节奏。如同那些舞曲的脚步不过是踩着钟表的滴答一样。他感到现代音乐又太神鬼或神怪(而非神圣)了,神怪得原始,不过细听下来,不过是一个假扮的巫师,因为在原始森林里的鼓声中有时夹杂着现代闹市的噪音。因而现代音乐的永恒性质不仅具有史前的气息,也散发着文明的巨大废墟上的空旷。他感到,古典音乐更适合他对时间的理解,我们在时间之中,被时间束缚,又力图挣脱它,力图使之返回、重现,或者至少,塑造一个瞬间。一个使一年或一生丰富的瞬间。他倾听着。

瞬间是一个事件,他想,就像在音乐中。某种东西在其中形成、发展,然后消失。就像这支协奏曲结束时,时间突然荒凉起来,我的家屋变成了一座空寂的神殿,无人在场,因为它是一座在声音中呈现又在声音中消散的圣殿。耳中的圣殿无法居留。耳中的永恒无法持存。

他想，也许我的耳朵太喜欢那些线脚、曲线、装饰音、对称与和谐，犹如我的眼睛和我的双手也喜欢这样的事物一样。如果我们人长着一只耳朵、一只眼睛，他想，那么我们对对称与和谐的要求就会消失。古典主义的悦耳之声和时间感受也就会莫名其妙了。那么存在于我心中的这种渴望来自我的本性，而我的本性无非是我不知道的宇宙力量所给予的，犹如树木、枝叶、火焰、喷泉、建筑、音乐中的对称是由宇宙间的基本力量所造成的一样。

此时，音乐中止，只剩下无声。但沉默仍像乐章一样进行。他在其中倾听着来自窗外的人间噪音和来自星空中的寂静。

一声鸣笛，一辆汽车的通过使他回到了时间之中。一支轻轻响起的音乐又把他带回另一种时间。他想，也许我喜欢的是既在时间之中又在时间之外。

5

触摸与存在

我们曾揭示过眼睛的欲望。看——认识,就是用眼睛吃,用眼睛触摸。就像在纯洁无邪的"看"里也包含着认识的欲望一样,触摸,也包含着认识的功能。

在我们说"捕捉""抓住""把握""揭示"某一事物时,我们就是在使用手的认识论。触摸的欲望显示了直接认识的意向。

触摸的认识比目光的认识走得更远,潜入未知领域更深,触摸的认识在更暗处,那里的一切都尚未显现,那里没有光,因而,对于深度的认识来说,眼睛、看已失去了功能。在未知的、黑暗的领域内,每个认识者在那里都成了盲人,他只能靠倾听来辨认事物,靠倾听、声响来测试距离与深度。但是,在暗处,更多的是哑然沉默的事物,因而,触摸有了更多的重要性。在深处,触摸的行为变成更加冒险的探索。我们的认识能力仿佛盲人的一双手,在暗中摸索。

因而,手与肉体的充满欲望的揭示、摸索,与人的视看,与人的认识能力或认识欲望有什么区别呢？

注视与洞察也包含着窥测的成分。注视具有一种给予光亮的功能，使遮蔽物或衣服有敞开、脱去的能力，总之，使事物赤裸起来。这被称为认识。认识，就是使事物"现身"，就是使事物进入敞开之境的存在，进入在场。因此，目光的认识论，既包含着对事物的肯定、赞美与颂扬，也包含了使事物赤裸、狎猥事物的欲望。

触摸的手当然比目光更为贪婪。

"揭示"与"摸索"比目光更直截了当。它同样是使之赤裸、使之敞开自身的一种方式。其中也同样包含着使事物存在，或占有事物的存在的双重意向，即包含着认识和欲望。

目光及其注视不得不和对象物保持着空间距离。太遥远的间距取消了注视，同样，太近的距离也取消了视看的视野。视看不得不保持哪怕最近的某种距离，并只能使目光停留在事物的表面。尽管在其目光中有一种深度注视的欲望。

触摸、抚摸、揭示与摸索则是对象之间距离的取消，并包含着进入其内部、探究其深度的认识欲望。帕斯在《影子草图》中唱道：

——那里，在里面，指间即眼睛，
触摸即看见，扫视触摸，
眼睛听见气味；

> ——那里，里面即外面，
>
> 它是每一处和虚无之处，
>
> 事物是它们自己和别的事物……[1]

抚摸是看的直接性，是目光与对象之间的间距的消失。抚摸是直接认识的幻想。抚摸是"体认"，是手对另一只手、另一个腰的认识。沿着那奥妙的地形轻轻滑行是它的方式。在这种滑行中，抚摸的手变成了它所抚摸的事物，在那里，它们互相迎合、应和着，成为一体之物。间距、视线与对象之间的距离曾使欲望感到痛苦，进一步的认识欲望，取消了这个空间——抚摸。

犹如目光与对象之间毫无间隔时，目光将一无所见一样，抚摸是盲目的。抚摸是盲目的认识。盲目的见。因而抚摸又是不见、不认识，非看。间距保证了目光与对象可以建立起一种亲密的联系，目光可以看见它，认识它，称颂它。但欲望又驱使着目光取消这种间距。更近，更近处，对象的一个小局部就遮蔽了目光，使目光陷入完全的黑暗，犹如纯粹的盲人。

抚摸就是盲目者的行为，抚摸是盲人的看，抚摸是盲人的目光。手是盲人的眼睛。在抚摸或被抚摸中，我们就是这个盲人。

抚摸是见而一无所见。抚摸是纯粹的想象。抚摸是头脑晕眩的运动，犹如上行与下滑的快速运动所带来的失重的眩晕。不堪忍受肉身之轻的眩晕。

---

[1] 奥克塔维奥·帕斯：《奥克塔维奥·帕斯诗选》，董继平译，北方文艺出版社，1991，第 373 页。

抚摸是手的玄学，手的玄想。

抚摸把对象抓在了手中，多么令人放心的最终的认识。

　　——那里，在里面，空间
　　是一只张开的手，一种
　　思考外形的思维，不是理念，
　　那呼吸、行走、说话、转变
　　又默默蒸发的外形……①

抚摸者获而一无所获，犹如他抓住的一切又像云气一般蒸发四散。可见的肉体只是一闪微妙的停顿，一次短暂的停留。犹如他所抓住的是水和流沙，他手握的是某种声音或光芒——

　　——那里，在里面，被编织的回声之地，
　　一条缓流的光芒的小瀑布
　　在裂口之唇之间滴落：
　　光芒是水；水，透明的时间
　　眼睛在那里洗涤它们的影像；
　　——那里，在里面，欲望之缆
　　摹拟一秒的永恒……②

---

① 奥克塔维奥·帕斯：《奥克塔维奥·帕斯诗选》，董继平译，北方文艺出版社，1991，第364页。
② 同上。

手能够抓住一只手或一只乳房，手能够抓住一点点坚实的空间，被充满的空间，尽管只是一点点。然而手能够抓住时间吗？因而手的智慧在于，他从不持续地抓住他所渴望之物不放，而是把抓握变为一连串的持续的小瞬间，他不停地要体验到：空、充满，空、充满。他重复，而每一次重复都是一次开始，是时间的重新涌来。他重复地感受到：有、无、隐匿、在场、消退、膨胀……犹如呼吸和潮汐。他坚持把握住，把时间留在短暂的持续和瞬间的永恒，留在无限多的定型和消散中，并期待着：重新开始。

在抚摸中，他用手抚弄着他自己的梦幻，欲望和时间的梦幻。在时间与欲望化身而成的另一个血肉之躯上，他把握到的那种丰满就是虚空，虚空也是丰满，同一件事物又永远不与自身相同，渴望进入在场又逃避着在场。她是瞬间的化身，瞬间的现象。

抚摸从对象身上得到的知识是不完全的。手只是在对象身上做了一个梦。

但抚摸者想通过抚摸获得的不仅是认识，更是存在。

我们曾通过视看的行为与世界建立了一种较少欲望、较多认识关系的生活空间。尽管看、认识的动机也包含着轻度的色情，包含着被空间距离所间隔、隐匿的欲望。看的目光总是包含着"我真想看看那后面、那里面藏着的是什么"，这是看的未尽人意之感。

正因为事物和世界不只是一个二维的没有深度的空间，我们才不会满足于看。我们不满足于看所构成的空间性与事物纯粹的外在性。看所建立的空间是孤立的、冷漠的，它的透明性只是一种玻璃，意味着与事物的间隔，以及事物的不可介入性。它的透明是一个幻象，如同它的深度是一个表象一样。我们只能停留在事物的表面。被目光所表露出来的现象仍不是赤裸的，它仍然被玻璃般冷漠的东西覆盖着。表达着对我们的拒绝。

眼睛，它的里面也有一种玻璃体，它映现着事物，并把事物留在原处。人好像并不能满足于这智慧的感官所提供的如此高贵也如此初步的对世界的享有。

看，它是认识的终点，但却是欲望——另一种认识的起点。看与对象世界所建立的一种"非我化"的显现诱引着我。我渴望的不是"面对面"的关系，而是置身其中和置于我之内的关系。这是一种化精神认识为肉体经验的冲动。

外部世界存在的事物，并不仅仅是一种映象，它不仅是可见可闻的，也是可以触知的。它不仅愉悦着我们的眼睛，也能愉悦我们每一处隐秘的肌肤。事物不仅有美丽的表象，也还有我们的肉体所渴望的其他品质。温暖、柔软、凉爽、光滑、轻柔、厚实，以及它芬芳的气息，都诱引着我们的全部肢体，去感知、触及、抚摩，去获得"完全的认识"。去"体验"或许就是去存在。

里维埃对克洛代尔诗中的形象所做的富于触觉的理解也同样适宜于我们理解存在的事物。"这些形象不单单是视觉的；我们同时通过所有的感官感知它们；它们上升，增大，裹住我们，向我们传达它们的震颤，而当它们用一片肉感的波涛淹没我们的躯体的时候，它们就在我们的灵魂中置入它们的隐秘的含义。"[①]

[①] 引自乔治·布莱：《批评意识》，郭宏安译，百花洲文艺出版社，1992，第49页。

那在我们的肌肤上留下感觉,在我们的唇边留下滋味的事物,也会在我们的灵魂中留下生活的直接意义。

我们的手所触摸的,唇、舌、脸、肌肤所接触的,是实在的事物,也是生存的力量,它们赋予我们的存在以实体感、在场感。

我们通过事物的存在而存在。我们的抚摸使所触之物存在起来,帕斯在《触》一诗中写道:

> 我的手
> 拉开你存在的帷幕
> 用一种更远的裸覆盖你
> 揭开你躯体的躯体
> 我的手
> 为你的躯体创造另一个躯体[①]

[①] 董继平编译:《美洲现代诗人读本》,宁夏人民出版社,2012,第190页。

触摸与躯体

在这里我们闯入一片属于恋人的土地。那永远属于陌生、初生、迷惘的土地。但沉默却能够听懂沉默。手能够懂得手,躯体能够懂得躯体。它们不缺少回应、交谈和欢唱。永远被拒之门外的是我们的思维和言语。我们知道,我们的言语在触摸与躯体的领域里早已化为荒诞不经的吟唱了。它在完全不负载任何言词意义的时候拥有了最完整的意义。不,此时它拥有的不是"意义",而是完整的存在。此时的言语不过是他们过于满溢的肉体的一种飞溅,就像波浪荡起的浪花。这言语是他们肉体的另一种涌流与呼吸,是他们的躯体挥霍掉的另一种液体。

我们的言说却无法跟从躯体。如果不是有了诗人的言说,我就只能放弃对触摸的言说。因为那里是云朵的土地,我们踏上去就会"沉默"。

从阿里桑德雷的诗《手》开始吧——

> 瞧你的手，它移动得多慢，
> 那么透明，实在，光辉熠熠，
> 美丽，活泼，在夜里几乎具有人性。

阿里桑德雷经常写到手，几乎具有人性的手。因为手是具体的、实在的幸福，手是人搜寻、探索、把握世界的象征。同时手也是盲目的、可怜的，它总在黑暗中做着仿佛总是徒劳的寻找。手，仿佛是一些互相追逐、逃逸、碰撞和拍击的"光明的翅膀"。

> 你是恋人们的呼唤，是黑暗中
> 相互悄悄向对方求助的讯号。
> 天空中只有死去的星星，清冷的原野
> 沉湎于这些无声的翅膀。（阿里桑德雷：《手》）

听着：当孤独的手在黑暗中发出求救的呼声时，世界也在周围倾听。仿佛等待着被拯救的正是世界。

恋人，不管他们是否知道，他们在相爱他们就是泛神论或泛灵论者。他们是为世界而潜入自身的探索者。他们在黑暗中向顶峰或深渊浮沉，他们要找到一条道路使万物走到一起，他们要找到一种使万物相结合的力量。他们的情欲具有一种综合力。

> 他们在夜间相爱，当深处的狗群
> 在地下跳动，山谷蔓延
> 像昔日的脊背重又体验：

抚摩、绸缎、手掌、触到的月亮。(阿里桑德雷:《相爱》)

在抚摩中他们的躯体互相融入,也融入一切事物,仿佛他们手掌的触摸是具有放射性的物质,他们相互抚摩的手是宇宙的中心,是世界的磁力场。在互相的触摸中,他们是一切事物。事物并不仅是围绕在他们相摩相缠的身体之外,也相触相融在他们的躯体之内。他们的结合,结合了事物与世界。

白天,黑夜,日落,黎明,天空,
新的,老的,消逝的,永恒的波涛,
海洋或陆地,船,床,水晶,羽毛,
金属,音乐,嘴唇,寂静,花草,
世界,安谧,他们的形体。
他们在相爱,你们要知道。(阿里桑德雷:《相爱》)

但在欢爱以后,那情欲的力量在哪里呢?

贪婪抚摩和饥饿的手掌仍然处在事物的这一边,它不得不停留在事物的表面,而无从深入其内在的本质之中。

触摸是肉体占有肉体的方式。然而肉体的占有从来都是不完全的,连紧紧地拥抱也是不完全的。对方总会不停地出现在另一边,出现在那里。阿里桑德雷在《我们以影子为食》里写道:

你的每一点,都是从不解释你自己的神秘力量。
你,是我们有时用爱的线索探触到的力量,

这里有意想不到的困难。要触摸一个肉体，
一个灵魂，就是这样，围着它，说"就在这儿"。

就像一个人研究着他的真理，他看见：

这儿是头，这儿是胸脯，这儿是腰肢和她逃脱的路线，

或者在《欢爱以后》：

这里是乳房，肚子，她那浑圆的大腿，下面是脚，
上面是肩膀，她的颈脖像一根柔软的新生羽毛，
……

我们简直不知该怎么说，这里是……这里是……她在那儿。这是我们的欢乐也是我们的忧伤。我们瞧着这个新生的她，用手抚摩着这个仿佛刚刚重新形成的生命，一个在我们的火焰中再生的人。就在这儿。触摸遇到了意想不到的困难。腰肢总为她留下了逃走的路线。

触摸的占有欲望欲把对象握在手中，但贪婪的手实在太小。现在他的全身都变为一双手，要把握住那波浪与火焰般的事物。

但肉体的占有在对象的表面却不留下任何痕迹。没有任何令人心安的证据表明和标志这种占有。萨特说，肉体的"光滑""光洁"的性质深刻地象征的正是这个。肉体的半透明的、半石化、半液体化的形象诱惑着我们去拥有它并深入其中，而又"顽固不化"地成为它自

身。光滑的、光洁的事物能够被我们抓到,被触摸,但仍然是不能被穿透的。它的半透明的液体化状态在我们欲把它化为已有的爱抚之下像水一样地逃走了。但欲望为我们提供的女子身体的形象恰恰是这样的性质:洁白光滑。光滑是一种成形的能力,"光滑:在爱抚下重新形成",就像水面在被搅扰后重新形成。光滑:那是奇妙的身躯来自它内部的光芒。正像在《欢爱以后》:

我用手抚摩你的
　　　　孤独生命的
纤弱的外部边界,
我触摸到你身体的静寂而和谐的真理,
不过片刻之前
　　　　它还像一团骚动的火在歌唱
而你的半睡半醒正让那肉体——它持久的形态
　　曾消失
　　　　在欢爱的动作中,
曾像一团饥饿的、骚动的火焰向上跳动——
重新把自己变为真正的躯体
　　　　而在这身躯的乌黑中更新自己。
抚摸一个恋人温暖的身体——丝绸般光滑,完好无损,
那么柔美地赤裸着——我们知道她的生命必将继续。

抚摸的快乐与悲伤都在于此:永远占有、恒久的占有,碰上了

一个永远在更新自己的身躯。那丝绸般光滑，从我们的火焰中脱身，重新形成的生命仍然"完好无损"，只是我们已明白，已目睹过：她"持久的形态曾消失"。她是由一个又一个瞬间所构成的奇观。我们也知道，在消失之后，"她的生命必将继续"。

触摸的欲望想着狂暴的理想，它欲吃下欲望之物。感觉的终极总是如此贪婪。连理智的眼睛也曾觉得事物"秀色可餐"。在没有距离的触摸中，手已是贪婪的嘴，欲把对象吃下。他的全身不只是变成了缠绕着对象的手，而是变成了一张嘴。在《我们以影子为食》中，诗人写道：

> 于是我们把它吃了。
> 我们吃影子，我们靠吃梦或吃梦的影子过活，

"随着影子在我们齿缝间逐渐消逝"，我们又"满怀饥饿"。欲望的匮乏之处就在于此：欲望永不匮乏。它也如同不断更新自己的身体一样，永远不与自身所已是之物同一。

那"永生的肌肤"，永远使我们安静的爱抚在哪里？

触摸是用手、用肌肤吃，但我吃下的是"影子"，是事物的表象。触摸与吞吃一样，都欲把对象化入自身，进入我体内。对象在我的面前，这个诱惑的声音就是：占有它，就是必须使它进入我的内部，吸收它，消化它，使它在我的体内流动，成为我自身的一部分。但触摸

的吞吃、触摸的化入身内，化归已有的方式并不带来伤痕，他的手、口唇、饥饿的肌肤在饮着另一个蒸发着的身体，他敞开他的全身心，使对象渗入他的体内。现在他感到饥渴稍解：她已是我，她已完全地被我同化，她已在我之中。但是那比他更强烈的欲望又保留着对象的存在。

欲望梦想着这样一种对象：它消融在我之中，流动在我的血流里，但又由于保留它的主体性而没有溶解在我之内。因为我对之产生欲望的，恰恰就是这个对象，是它的形象的存在本身。如果我"吃"了它，我就不再拥有它。我就是真正孤独地存在着。我就只不过是与我自己相遇或相处。萨特说："同化和被同化物所保持的完整性之间的不可能实现的综合，追其最深的根源是与性欲的基本意向吻合的。……恋人的梦想正好是与被爱的对象同一而又使他保持他的个体性：别人应该是我，而又不断地成为别人。这就正是我们在科学的探索中遇到的东西：被认识的对象，像鸵鸟胃里的石子一样，完全在我之中，在我本身之中被同化，被改造，并且他完全是我；但是同时，在被爱和徒然被爱抚的身体的冷漠的裸体状态中，他又是不能穿透，不可改造，完全光滑的。他留在外面，认识就是外在而未完成的吃。"[①]

触摸同样也可以视为被留在事物的外面，而未完成的吃。因而触摸也就像我们已说过的，是一种同样未完成的认识。触摸保留着事物的外形或形态。

但触摸或爱抚并非只是徒然的行为，当抚爱的对象如同一个不能

[①] 萨特：《存在与虚无》，陈宣良等译，生活·读书·新知三联书店，1987，第741页。

被消化、不能被汲取或吸收的事物留在触摸之外时,那真正的躯体却在指尖下,在唇舌与肌肤的触摸下诞生了。

——重新把自己变为真正的躯体。

触摸与物化

触摸并非只是皮肤的接触，不只是两个主体的接近，而是互相成为对方。抚摸是越过了自身，越过皮肤的孤独的、不可介入性的界限，是把对方的躯体化归己有，也是把自身融化入对方的躯体。

当触摸产生了它的鸦片式的虚无化的作用时，躯体的半石化、半透明的不可介入性就消失了。触摸开始产生某种穿透作用，手的力量就不只是停留在对象的光滑的表面。它把战栗一直传递到最深处。同时抚摸者与被抚摸者之间也不再有界限，抚摩实现了主体间的融合。事实上，此时既不再有主体，也不再有主体间。他们被同时投入一种更宽阔的更无限的东西之中。

他们甚至不是投入了对象的怀抱，而是投入了存在的怀抱。他们不是投身于对方的情欲，而是投入了某个第三者的情欲，那使他们具有情欲的力量本身。

那不就是世界吗？那某个第三者不就是世界的光、形、色、香味和声音吗？那不就是构成这一切，既构成一切事物、躯体，也构成一切事物内部欲望的水、火、土和气吗?

最终的融合,不仅仅融合了你、我,也融合了你、我、物、世界。人在情欲中冥冥渴望拥有整个世界的更深的欲望在融合中得到了满足。阿里桑德雷在《天堂的月亮》中写道:

> 在她天一般的肉体上,在她花枝形的火焰上,
> 拥抱她的明月啊,我亲吻了你的光芒。

> 我的双唇在她的喉咙
> 畅饮你的闪烁,纯洁的水,纯洁的光;
> 在她的腰间我将你逃逝的浪花抱紧,
> 在燃烧的山后我感到你出生在她的乳房,
> 在她光滑美丽、隆起的皮肤上。

我们不知道、分不清,她是天堂的月亮,还是月亮化成了她。但我们看见并触摸到,光芒,火焰,水,浪花,天,山,都融汇在她的躯体中,并仿佛诞生自她的身躯。犹如光芒和月亮"出生在她的乳房",你,月亮,月亮般的女人,也在"我的唇上诞生",在我的触摸中诞生。这里也同样有自我的重新诞生或消失:

> 我感到血液化成了你的光芒,
> 在血管里流淌,在夜晚闪亮。

或许是月亮的眼睛

  注视我天真的血液在山坡流淌。

  如果融合没有带来自我封闭的主体性的削弱，或者消失，那么融合就没有实现。物质的融合总是伴随着主体意识的消失。

  当纯粹的感觉化的力量上升时，意识就会出现停滞，出现黏稠化的状态；同时发生的则是其身体的液体化。而自我意识最终就会消失为这种液体化的身体意识，不复为一种主体意识——它正是这种主体意识的解体。

  纯粹的感觉化也即是物化，触摸则是使人获得肉体化的一整套私人的秘密仪式。触摸到身体就产生这种物化作用，犹如神秘的洗礼。

  国土满溢泉水
 那一夜我把双手浸入你的双乳之间。[①]

  或者：

   女人：
 夜间的喷泉。

[①] 奥克塔维奥·帕斯：《奥克塔维奥·帕斯诗选》，董继平译，北方文艺出版社，1991，第290页。

>　　我被缚于她悄然的流动。①

　　物化最易于进入的状态就是成为液体。物质间最易融合在一起的就是水，它也最易渗入其他的物之内。因而，在融合之前，人就首先使自己变得柔软，易于流动，具有易变的、易于委身的水性。

　　融合也就是溶解和渗入，融合也就是使自身消失在它所遇之物中。就像在一种泛灵论里那样，它是无所不在的扩散。

　　融合也是一种弥漫，在事物中连续地扩散与扩展——

>　　床单的平原
>　　和躯体之夜，②

　　就这样，空间扩展，一张床，一个躯体之扩散为整个世界。这种扩散并没有使自身成为物质的碎片，而是使躯体成了把一切事物从其内部统一起来的力量。被触摸融化的身躯犹如最活跃的物质元素水那样，进入并形成一切事物。

>　　手树叶指头风的雨
>　　在你的躯体上
>　　　　在你的躯体上我的躯体上
>　　头发松散

---

① 奥克塔维奥·帕斯：《奥克塔维奥·帕斯诗选》，董继平译，北方文艺出版社，1991，第253页。
② 同上书，第430页。

> 骨头之树的叶簇
> 那从太阳畅饮夜晚的生气的根之树
> 肉体之树　　　　　死亡之树①

这是一个在不停地融化、融合、消失又在寻求新的化身的躯体。欲望在深处把人的存在与事物结合在一起。然而这种结合，犹如欲望本身那样保持着变化、转形。

一个肉体的统一体？这躯体实现在树、光芒、气、平原、黑夜、喷泉、地平线以及一切事物之中，这已经不是对象物的世界，而是原始物质的海洋。个体的固定的恒久的形式已经消失。把一些事物与另一些事物区别开来的疆界也消失了。世界并不坚固，"元素变得更轻"。

> 水是火，并在其通道中
> 我们只是火焰的闪现。②

如果连最不相容的事物也是同一事物，这个身躯的统一体就不再碰到障碍。一切存在的事物无非是这个融化、消失了的躯体的短暂的、瞬息万变的显形、外化，是肉体的物化形式。但它并不在一个形式中。它融化在一系列物化形态的融合中。

---

① 奥克塔维奥·帕斯：《奥克塔维奥·帕斯诗选》，董继平译，北方文艺出版社，1991，第287页。
② 同上书，第373页。

> 一物既是而又非它物：
> 在其空洞的名字间
> 它们经过又消失。
> 水、石、火。[1]

而那更微妙的转变，是"轻于空气、轻于水、轻于唇"，如同光芒一样的躯体——

> 你的躯体是你的身躯的脚印。

如同她走过的地方留下了身影。躯体的每一次转变，她的消失和显现也都是一次停顿。

> 女性的肉体是一次停顿。

世界只是暂停在这里，在她身上，并围绕着她。但世界也即刻将穿过她，也被她穿过，并转变为她自身，再次显形。她是瞬时性的化身。

这个"躯体的统一体"也可以视为原始的"水的统一体"。它赋予世界一个起源，一个源泉，一个流变——行动与变化的统一体。

因为水的流变性，这个水的统一体也可以同样地视为火、土、气，甚至树木与声音的统一体。水不区别于自身与他物。这些元素或

---

[1] 奥克塔维奥·帕斯：《奥克塔维奥·帕斯诗选》，董继平译，北方文艺出版社，1991，第198页。

事物都可以作为这个统一体的本原物。

但这个本原物或统一体只是变化与行动，只是流变、消失、显形的不停运动，而并非一个僵滞的绝对的统一体。甚至时间与空间也只是这些流变的事物临时构成的，脆弱、易碎、昙花一现，又反复生成。在瞬间持续。空间、地点，只是事物与时间的汇合处。是在瞬息的空间里，存在物的一次"振翅"。事物的形态犹如"给每一瞬的纪念碑"。事物的无穷的流变、转变形态的行动构成了瞬息的空间形态。而每一次转变、每一次物化也都是一次犹如女性的肉体一般的"停顿"。

停顿，这是交换脚步，这是接触地面的时刻。是世界从隐形的时间向可见世界的空间转变，是瞬息的一次现身。是微妙的潜在性变成了短暂的现实。

> 这一刻具有一次停顿的外形
> 这次停顿具有你的外形
> 你具有一座不是水而是时间
> 制成的喷泉的外形

这也就像

> 云朵
> 在通向其消融的路上。

水、火、气、土这些元素在生成与消融的流变中，它们作为本原物，是母性的物质。它们进入并融入意识与身体内部，就像它们融入任何一种物质的内部一样，既维持它，又改变它，消融它。与物质处于普遍的吸收与流变的身体，在意识中造成了浓密与昏暗。

由于主体的解体和意识的消失，他身上的一切都与另外的一切相沟通，仿佛涌入心灵的是一个明澈的"普遍和谐"。

在情爱的触摸与抚爱中，意识的失散、主体的解体离散是令人愉悦的，正像肉体之异化为他物是令人陶醉的。触摸如同欲望本身一样，它的来临使内心和身体"为之柔软"，它是一种使人液态化的软弱性。触摸使身心顿时失去重量，体验到一种无可救药的软弱性。它使人开始向对象物、向外部的一切流动，并以液体化的水一样的方式与自身脱离，寻求容纳它，接受它的事物。

感觉的陶醉引起了自身的消融，人在其中享受着自身的液化，并在柔软和无限的软弱中向另一方流去、委身。正像理查对福楼拜小说中的爱抚经验所做的精彩分析一样："淹没、沉浸，醉不可支，同对象物的接触已经证实了所有这一切癫狂的形式。"然而这种淹没与消散并没有一丝一毫的痛苦，它是纯粹的快感。"就像舌头品味着融化的桃子一样，他在自身的消酥中感到其乐无穷，他品尝着自己正消失的滋味；爱情就是一种半意识的、美妙的、逐渐的淹没。"情人在液态化或变为浆状的柔软中"保存着仅剩的坚实和恰够的清醒以品味正在上升的自我之身的无意识"。①

---

① 让－皮埃尔·理查：《文学与感觉》，顾嘉琛译，生活·读书·新知三联书店，1992，第182、183页。

纯粹的感觉化总是带来新的美妙的无意识。无意识消除了物我的区别，无意识正是某种物的意识。无意识的上升、纯感觉的上升和主体意识的离散消失，一直被东方式的圣者引为一种达到幸福的"空"的方法。

如果说智者（一般是西方式的）总是关注着自我意识和主体性的话，圣者则关注着物并努力成为物，关注着自我意识、意识和意识主体的消失。智者的努力是使意识不断上升的努力，圣者则是使意识下沉，沉入躯体、沉入物并消失为物。达到一种存在的纯粹的"空境"。他致力于感觉的上升，并与所感觉之物同体不分。

恋人们通过激烈的感觉经验，通过肉体的放纵来探索成为物的道路。圣者的方式比较简单，他几乎只是一种"自抚"，他只需置身于事物之间。在他看来，冥冥之中，事物的存在，风、光、雨、云雾、空气……已是一种触抚，他只需坐化或坐忘，已不知身在何方，灵魂又在何处，心、魂、身已不知在云层上、水流中，还是仙鹤的羽毛中，也许，它在一只蝴蝶的翩飞中。

看来存在着两种不同形式的物化或异化为他物的经验。这里指的不是恋人的方式和圣者的方式，不是放纵欲望和禁欲主义的方式，不是"触欲"和"目欲"的区别，而是痛苦的物化与幸福的物化之分别。也许这可以理解为自主的物化与被迫的物化，在美妙的大自然或同样美妙的躯体之中的物化，与在令人厌恶的社会人际环境中的异化为物的区别。当然，其中也包含着注重主体性、注意自我意识与注重对象物、注重感觉和无意识的差异。

在卡夫卡或萨特等人那里，在社会中、在人际的气氛中，一个人被迫异化为物是令人痛苦的。在资产阶级的势利眼的环境中，一个异化为一个巨大的甲虫的小知识分子格利高尔是痛苦、孤独与绝望的。异化为物，那是他的荒谬而又真切的感受，是他的切肤之痛。当然，这只甲虫的物化形态也过于僵滞了，而且又不是生活在树林中，而是在势利眼的社会中。

在萨特或洛根丁那里，感觉不得不向着外部张开，犹如眼、嘴、鼻孔、耳、手及肌肤总是不得不接触到物，并黏附于物的状态，不仅不使他感到幸福，反而使他感到恶心。这里有与欲望相反的东西，但也可以理解为欲望的平庸、空洞而又餍足。他的身体不想融化、吸入、吞食、消化事物，或许是这些东西无法使他吸入与消化，或许是现代人对过多的积食、对频繁的刺激已经厌倦、麻木，或许是他压根不适宜于吸入这一切。总之，他感到在物的触摸中的恶心与反胃。

触觉及感觉上的经验——物与人之间的黏滞、接触的刺激——显示了物与人之间的厌恶、抵抗与拒绝，但又被迫侵入。它带来了恶心。恶心也就是意识的眩晕，感觉状态的漂浮、弥漫，自我意识的昏暗与黏稠。这一切在帕斯或福楼拜那里都达到了迷醉、醉不可支。在这里却是不可遏制的恶心。"我觉得我的衬衫摩擦着我的乳头，我被一种五光十色的缓慢的旋风包围和抓住，这是雾的旋风，光的旋风，光线混杂在烟雾中，在镜子中，还有许多长凳在屋子里闪耀着光辉。我既看不出为什么是这里，也看不出为什么这里是这样子。……出现了一股逆流，天花板上掠过一个暗影，我觉得被推向前。我在飘荡，我被迷雾似的灯光弄得昏昏然，这些灯光从四面八方同时向我侵入。"①于是"恶心"就抓住了我，环绕着我旋转的一切事物都令我恶心。恶心甚至不在我身上，而就在另一边，在周围的一切事物上。我们会注意到这个地方是咖啡馆或酒吧。恶心和咖啡馆已经合成一体，我是在它的里面。在这种情状里，任何一种事物，任何一种接触，甚至情欲或被称为爱的东西，也是一种恶心。因为它也伴随着飘荡、昏暗、黏稠物。

也许可以说，在自然或抚爱中的物化状态里，自我的消失只是一种扩散与弥漫，犹如人的灵魂在一切事物中自由无碍地飞翔。而在令人厌恶的社会环境中，物化、异化为他物是对灵魂的纯粹的否定。自我的丧失不是灵魂的扩散，而是灵魂的萎缩。

在社会生活中，人只有拥有了主体性和自我意识才会有基本的尊严。纯粹的感受性是被动与苦难。

在自然之物的广阔的海洋里，人只有在自我意识的消失、在主体性的失散中才能融入事物并享有事物。而无意识的上升，则使人成为自在的物，在抚触中化为物。

---

① 让－保罗·萨特：《厌恶》，《萨特小说集》，亚丁等译，安徽文艺出版社，1998，第484页。

触摸与心灵

叶芝在《夫人的第二支歌》这首诗中写道:

> 你,倘若用手探索一条大腿,
> 所有劳作的天堂都叹息微微。①

这是一个欢乐的探索者。肉体的狂欢已太盛大,天堂似乎是多余的、一个荒凉的地方,那同样也叹息微微的躯体仿佛已是天堂。那里,所有的门户都打开了,所有的道路都已畅通。那里生命繁茂,云朵低垂。在那个四条河流萦回交汇的流域,手,这个初生的亚当,在他的园中漫游。

手,腿,胸脯,肢体,因为是无知的,他才重返乐园。

---

① 叶芝:《丽达与天鹅》,裘小龙译,漓江出版社,1987,第290页。

> 灵魂必须学会，爱情
> 属于我们的胸脯，
> 肢体的爱是共同的，
> 每只高贵的野兽都一样。
> 如果灵魂瞧而肉体触，
> 哪个是更受祝福的？ [①]

我们能否没有顾忌、没有羞耻心地享用肉体自身的快感？

肉体已为多重的咒语所禁锢。肉体总是处于一种自然过程之中，处于繁殖与腐化中，属于死亡的范畴，正像它是死亡之神的食粮一样。因而灵魂就仿佛赢得了一种优势，人是通过灵魂（而非肉体）才介入历史与永恒的，人也是通过灵魂的融合才相互吸引的。但是随着永恒信念的崩溃，随着历史意义的贫困，人又被更多地驱向他的肉体。灵魂的存在也开始向肉体求救。

一直处于死亡阴影之中的肉体，这个渴望被拯救之物现在变成了一个拯救者。

然而这是一个什么样的拯救者？在肉体的快感中，"每只高贵的野兽都一样"。肉体是无个性的，它的快感更是使一切意识的成分消失殆尽。仿佛是一次"短暂的癫痫发作"。或是反复发作的死亡。

触摸带来肉体的快感，正如触摸带来肉体的无限软弱一样，快感

---

① 叶芝：《丽达与天鹅》，裘小龙译，漓江出版社，1987，第288页。

就是感受到自身的致命的软弱性。如果说快感就是感到自身逐渐地、没有重量地像液体一样地流失自身，与自我脱离，如果它的致命的软弱性使它不能不委身于任何一个可遇之物，不能抵御任何一种同样情形的进入，并疯狂地以全身心去寻求这种自身的无限软弱感或所谓快感的东西，心灵又被置于何处呢？

在这样一本谈论感觉现象的书中，我一直力图避免谈论道德或历史问题，我不能把它们引申向那个非感觉领域。虽然，感觉现象已被我塞进了生与死、时间、存在及永恒的巨大的参数中间，但我只是为了找到对这些问题的感觉化的解决，而不是用任何这类参数来解决感觉自身的问题。只是感觉化的解决似乎不是一种解答，因为每一次感觉都不能真正地被重复。这种困难正像是一个人面对他的情人。他想从她那里得到一个确切的讯息，他更应相信的是她的言词还是她的眼神？或是她吐出言词时的那种气息？言词是确定的，但却可以是言不由衷的。眼神可能是真切的，但又是暧昧的、无法重复的。它不适用于第二次。

现在我们仍要留在眼神和气息的领域。

我知道，我正置身于一个感官主义的时代，一个肉体享乐的时代。与其把这种处境称为道德意义上的堕落，不如把它理解为对生存的另一种形式的探索。禁欲或放纵、唐璜与但丁、依重感官或弃绝感觉，都是在历史中摆动着的探索方式。而美德与罪孽，都只是探索的结果而非主观上的目标。目标是那被称为"真实"的幻影。

但在这个官能的时代，人们的头脑比他们的手还要盲目。他们把虚幻的探索误以为是唯一真实的生活。这样才产生了他们的堕落，以及他们的神经官能症。不放弃任何感官享乐的机会使他们的感官更为迟钝,急切地奔向欲望之物使他们丧失了对事物的遐想,吃太多的食物——经验——产生了反胃、恶心。经验没有使他们丰富,而是使他们更为匮乏、空洞和疲惫。

在感觉中易于丧失的恰恰是感觉,是感觉感受其自身的能力。那正是心灵的力量。

触觉,极为直观地摆脱了经验的孤独,它是直接地与另一存在迅速融合的方式。在抚爱中,被分离、间隔的孤独的肉体互相结合为一个更加完整的生命,沉默的、一向失语的肉体开始学说自己的语言,开始表达它自身的真理。

> 幸福啊肉做的嘴唇!
> 它们的蜜吻能互相应答;
> 幸福啊充满空气的胸膛!
> 它们的叹息能互相混杂。
>
> 幸福啊血液流通的心脏!
> 它们的跳动能互相听到;
> 幸福啊手臂! 它们能
> 互相伸出、占有和缠绕。①

---

① 苏利·普吕多姆:《孤独与沉思》,胡小跃译,漓江出版社,1991,第192页。

在这首《灵与肉》的诗中,在灵与肉的辩证法里,普吕多姆又提出了一个叶芝式的问题:与肉体相比,灵魂真可抱怨,它们从不能互相触摸,它不能像手、唇和肢体那样互相触抚,融合为一体。

灵魂的孤立位置暗示了肉体交互的非法性,但又是灵魂的孤立处境驱动着肉体的融合。灵魂的孤立性在肉体的不完全的拥抱中留下了无形的缝隙,在其幸福的迷醉里掺杂了一丝痛苦的味道。

触摸是"看"的间距的消失,是手与它所探索的对象的一体化,但另一种内在的距离又在手与肌肤之间产生了。它是肉体的那种近在手边而又不可企及的属性。它迫使手不能自禁地、盲目地、迫切地从一点触向另一点,它不停地移向彼处是因为它尚未把握住它所渴望之物,它想探入、深入,但却不得不在一个神秘的表面上令人不安地探寻、摸索。

手要摸索与把握的是它无力找到的灵魂,而不仅仅是一只手或一个腰肢。就像在暗中,手摸索着解开了肉体的衣服,使之裸露出来。在手看来,它所触摸到的肉体也是另一件灵魂的外衣,它的盲目而热切的摸索可以视为要使肉体获得另一重赤裸的欲望。这一层外衣却不易揭示。

> 可怕
> 　　最近之处不可企及。

在触摸中,手与躯体之间的消失的空间性转化为内在的距离,转变为肉体的新的不可企及性。正在迎合手、唇、肢体的另一个躯体仿佛也正在逃逸。眼睛适时地闭上了,灵魂遍在一切地方但又不在任何一个地方。躯体获得了泛灵论式的存在。灵魂在手指疼痛般的不安中，灵魂在唇舌的颤动上，灵魂在如被风吹醒的皮肤的凉爽里，灵魂又在手所不至之处。它是瞬息神，是瞬间呈现又瞬间消失的无数化身。

在触摸中以缺席的形式始终在场的灵魂的摸索，使触摸免于成为纯粹的色情。

我们曾经说到，触摸对肉体具有一种"物化"作用，它使肉体成为肉体，也使肉体异化为他物。在抚摸的物化作用下，身体变得柔软欲酥，变为流动的液态化状态，成为溪流或喷泉，或者化为火焰、上升的光芒，化为羽毛或者气流。在它们这些不同的事物之间，不存在不可逾越的界线。

这里孕育着一种神话般的变形。在这种变形中，感知的主体在触觉上所获得的特性与他听到、看到、尝到的对象的特性之间游离不定，并融合为一，手掌上的享受从倾听的耳朵或凝视的眼睛、品尝的舌头上获得强化与分享。在物化的触摸与变形中，手与肢体也在分享倾听之耳、品尝之舌、呼吸之肺、凝视之眼的美妙食物，触摸把眼睛的秀色可餐变成一种行动，变为感觉能力的共同出现。而被触摸或被倾听之物也就获得了多方面的特性。正如我们在众多的诗人那里已了解到的，一个躯体在映射、呈现与综合着众多的事物，一个躯体的统一体在水、波浪、雾、云朵、山坡、森林、树、花、香气、光芒、火焰、喷泉……中实现。也就是说，在这种"初级的认同"状态中，在这种变形与化身系列中，我们在一个身躯上获得了众美之美的奥秘，在一个躯体上分享着被"体现"为波浪、喷泉、火焰、流泉、瀑布……众多事物的美。仿佛肉体是通过大地和众多事物的秘密道路。一切存在之物的美质被融进了肉体及其快感的享用。

把肉体体现为他物的那种能力就是心灵的功能。无论我们把这种物化视为神秘的变形、感知主体的通感作用，还是视为具有混合与凝聚作用的语言的隐喻，它都包含着心灵特有的认同力量，而不仅仅是感觉器官的被动感知。正是心灵使一种感知方式去分享分布于其他感觉区域里的事物的特性。在《她的一切》中，诗人波德莱尔甚至可以倾听一个可触可视的身躯：

> 她那个美丽的全身，
> 充满极微妙的和谐，
> 任怎样分析，也不能
> 把和音全记写下来。
>
> 我的全部感觉都融合
> 为一的神秘的变形！
> 她的呼吸奏出音乐，
> 像她的声音发出芳香！①

她美妙的不可言说的躯体似乎也在超出眼睛的视野，超出手臂所能企及的范围，向耳朵升起一种声音。这不是以手和眼来分享的肉

---

① 夏尔·波德莱尔：《波德莱尔诗选》，苏凤哲译，花山文艺出版社，1992，第98页。

体，而是以交响曲的方式享用的身躯，甚至还不只是交响曲，因为还发出芳香。

一种感觉区域内的经验在到达了体验的极限之外，就开始向另一种感觉能力升去，使事物的不可捕捉的特性在另一种感觉区域内呈现出来。因而对象仿佛产生了神秘的变形，也产生了表达上的隐喻。但这种转移、变形或隐喻，并没有歪曲经验，它在看似无可表达之处找到了表达，眼睛感到无力把握的对象居然被倾听之耳再现了出来。那几乎可以说是"大音希声"的躯体的交响表达了手和眼的韵律、节奏与美妙的和声。手的经验移向了耳边，但又包含着更微妙的触摸。

在波德莱尔之后，诗人们更加注重这种感觉融合或神秘的变形。

倾听中的触摸没有粗糙的手，但触摸感则更加轻盈、纤弱、细致。声音中的香味和甜蜜不同于鼻或口中的香气与甜味，但更加美妙。分享另一感官的特性增多了事物的美质，也增多和深化了享受的含义。倾听中的躯体的曲线轮廓比手所认识的身躯充满了更深的和谐与梦境。在某种意义上，触摸，这样初级的、过于生物性的肉欲的经验，这样务实的活动也被精神化、被心灵化了。

触摸与芳香

除了手、唇、肢体与肌肤的可触性之外，鼻孔的呼吸也产生隐秘的抚摩作用。吸入的气流犹如一只无形的手、一些无限轻柔的唇吻抚摩着我们的体内。气与我们的器官、肺腑接触着，并在其间循环往复地流动着，接受它的轻抚所带来的柔滑、清爽、温润。在那里产生轻轻的战栗。这是手所达不到的深处。

气，这是四大元素中物质密度最小的一种实体。它甚至不应再被称为物质实体，而是物质与精神的一种结合物。我们吸入气息的时刻也就被视为精神俯临肉体的时刻。呼吸创造了每一次的再生。瞬息的匮乏与充满。吸气，一种生命力，我们的肺迎接着它，直至每一次都作为一种力量到达肢体的顶端，仿佛肌体的每一部分都在呼吸。

然而吸入的气流仿佛于瞬息间就被腐化了，就像抚摩的力量来自不停的运动之中，呼、吸是一种不停的挥发。

芳香则是对腐化的抗拒。

香气则是气的神秘的精神。

馨香是鼻子的鸦片。

香气是鼻子的信仰，也是官能的虚无主义。

阿里桑德雷在《玫瑰》中询问道：

是否从
一个储藏美丽的神秘王国，
在那里为了浸入整个天际
你散发着芬芳，
只有你的气味弥漫，使人幸福
如同火焰，人们在贪婪地呼吸？
啊，在那里，天上的万物
被你薰得痴醉入迷！①

香气使人迷醉。人在香气中感受到身躯的一种融化，如同在最微妙的抚摸之下，肉体存在的顶峰是肉体不再存在。在香气中，躯体也被气态化了，它散失在香气中，犹如灵魂，成了香气的一种分子。

香气是使人达到忘我的一条捷径。在芳香中，人的意识消散在香气中，成了香气本身的意识。

气是精神与灵魂，香气则是灵魂的销魂。气是生命力，香气则使人产生软弱无力感。人在香气中有一个软弱的、已经委身的肉体，一个半存在、半消逝的灵魂。因此，人在芳香中同时感到一种出窍般的上升与脱壳似的坠落，在香气中，上升与坠落是同一的。

---

① 宋兆霖主编：《诺贝尔文学奖文库·诗歌卷》，浙江文艺出版社，1998，第306页。

香气是无限。是气的凝聚,也是扩散与弥漫。香气是不动声色的进入与融合。香气是委身于万物的淫荡,也是不沾染一物的纯洁。浮泳在香气中的躯体仿佛没有了皮肤的界限。皮肤仿佛是密布的细小的鼻孔,直接饮用芳香,皮肤仿佛是纯净的空气,被芳香熏染。带着香气的女子犹如带着一种魔法,向万物催眠。

带着香气的女子也犹如玫瑰,她们也是"一个隐藏着美丽的神秘的王国",女子是玫瑰中的玫瑰,"唯一的玫瑰"。所有的玫瑰都是同一朵玫瑰的玫瑰。她们的存在提供了更多的可供呼吸的空气,她们的在场扩大了美景,慰藉了灵魂,但也扩大了人们的癫狂,加深了人们的迷醉。犹如希门内斯所写,她们是"让人痛心的花园":

> 每当女子在场,
> 一切都是,静悄悄,无论是
> ——火焰,鲜花,音乐
> 每当女子离去,
> ——亮光,歌声,火焰
> 一切!便都发狂,啊女人。[①]

因为她们就是火焰中的火焰,光芒中的光芒,歌中之歌和玫瑰中的玫瑰,在那美妙的形体内也蕴藏着一种奇异的危险。

香气也犹如一种不断扩散的光环,液体的光芒,可以饮用的光

[①] 胡安·拉蒙·希梅内斯:《希梅内斯诗选》,赵振江译,河北教育出版社,2007,第21页。

芒，吸入了肺腑的光芒，荡气回肠的光芒。散发着香气的女子使人更觉其秀色可餐。我们能够在其中品味的，又无非是自身的欲望。啊香气。鼻子开始获得生存的时光，甚至使人傻乎乎地感到，只要有了鼻子，仅仅有了鼻子，生存就已经太神奇了。啊香气，一种看不见的云雾，光芒，液体的、流动的水晶，飘动在四季的春天，嗅觉的春天，飘散在柔发上的春天，空中的无形的花园。香气，化为女妖的肉体，无法抓住的隐匿在空气中的芳香之躯。无尽的、飘散在空气中的无唇之吻。

幸好，笼罩着人的那种香气，从身边吹拂而过的香气总是转瞬即逝，清风为我们在空气中打开了另一扇门。否则，香气会窒息我们的意识，使我们丧失理性的功能，丧失眼睛与耳朵的聪明，只剩下疯狂的鼻子。一个崭新的鼻子。一个以鼻子为生活的人。就在这只新鼻子周围，香气展现了一个梦域。我们身心的每一点都将融化在其间，成为香气的飘浮的分子。鼻子的梦幻。

鼻子的神灵。鼻子可以认识的无限。

鼻子的靡靡之音，鼻子的音乐。

香气，无法投身其中的圣母的怀抱。神秘主义者的肉体享乐方式。已熄灭的微弱的火焰。

犹如声色一样，芳香也是虚空。香气的呼吸是自我的消融、雾化。缥缈的香气，也是感觉领域的终点。香气的失散，犹如断气，是一种死亡。

香气接受一切来自我们的想象力的隐喻。香气就像是我们的一种想象。它从遐想中诞生。

香气也接受意识的隐喻。

香气，美德的象征。

"芳名"？这个词多么好，如同询问一朵花的名字，询问某种香气的来源。同样好的，还有"芳容"与"芳心"。

香气是美德的化身。据说功德圆满的圣徒在寂灭时会发出躯体的香味而不是腐尸的气味。与之相反的臭则是恶迹的象征。

但香味中难道没有包含着丧失理智的罪与诱引？易于变质的香味，如同易于腐化的道德。

航海起源于感官的疯狂。是香气鼓荡着冒险航海者的船帆，麦哲伦、哥伦布以及无数的船长、水手在香气的诱引下驶向东方。刺激感官的麝香、没药，芬芳馥郁的龙涎香和玫瑰油，以及鸦片、樟脑和各种树胶、肉桂、胡椒、鸡舌香、肉豆蔻……这些东方的花朵与植物所散发的芳香，好像某种看不见的魔法迷醉了大海之西的人、英雄和神。

在东方与西方遥远的空间里，香气首先打开了道路。多少奥德修斯式的漂泊，多少船队，多少骆驼队和车队，把贵如白银的香料传递到妇女们手中。仿佛她们觉得她们分泌着香味的肉体还不够芳香迷人，她们更需要来自阿拉伯和印度的芳香物质，犹如她们的皮肤也同样离不开中国的柔滑如时时爱抚着肢体的丝绸一样。这样的物质使她们的感觉更加细腻而文明。她们愉悦地接受着这些独特物质的神奇的刺激。香料在她们的身上蒙上了一层羞涩的面纱，也揭示了她们身体中的另一种赤裸。犹如作料在她们的只有咸淡的长短调的口中奏起了烹调艺术诱人的泛音和过渡的和音，香味和香气掩遮了腐化的过程。

连上帝和诸神也无法抗拒迷神的诱惑之香。他们也需要人敬献香气，仿佛他们也是一些没有眼睛的官能主义者，他们只有闭目迷醉入梦的鼻和肺。圣殿的香炉里终日香雾缭绕，向着入迷的神燃烧着薰香。

在许多个世纪的上空，香气一直在厨房里、床榻间、妇女们的衣物和躯体上散发着诱惑，在市场、商场和庙宇里弥漫与上升。没有一样别的商品比香料更畅销不衰了。没有同一种物品在一切的场所都具有同一种精神功能，除了芳香物。

香气，它抵制着、掩遮着、延缓着生活和肉体上的腐化气息。如同古埃及人用香料保护着他们的灵魂离开后的更易腐化的躯体。香气，它是对时间和肉身的自然过程的抵抗，是对易于腐化和产生异味的躯体的升华，是对健康甜蜜的生活气息的维护，也是我们精神上清洁的需求。

同时，在我们更多需要香气的时候，也表明了腐化的浓烈。

香水、膏类、胭脂，欲望的象征物，散发着宜人的甜美气息，也散发着欲望的浸蚀和可能的腐化气味。

香气，并非纯粹的无毒之花。

就像霍桑《拉帕其尼医生的女儿》中的主人角，她美若黎明，她的呼吸荡漾着浓郁的香气。她生长在智慧的医生所培育的美丽而有毒的花园里，花朵的香味即毒素浸透了她，那毒素如同香气一样是她生命的要素。她的亲吻与拥抱则是死亡。

波德莱尔，则是一位在有毒的花或"恶之花"中死而复活的情人。他知道：

> 强烈的芳香，它对一切物质
> 都能渗透。好像还可以透过玻璃。①

这香气也穿透躯体。"闻到你的血液的芳香"，以及"她灵妙的肌肤发出天使的香气"——

> 我酣饮你的气息，哦，甘美，哦，毒素！②

他知道，在天使的芳香中有超过正常剂量的毒素。令人迷醉的事物中都含有烈酒和鸦片的成分，能创造悒郁的快乐，能扩大生存的境界直至无边无际。然而，

> 这些都比不上从你碧绿的眼中
> 滴下的毒……③

---

① 夏尔·波德莱尔：《波德莱尔诗选》，郭宏安、李玉民译，时代文艺出版社，2020，第71页。
② 《世界文学精品大系》第6卷，钱春绮译，春风文艺出版社，1992，第345页。
③ 同上书，第336页。

香气，包含着毒素的危险的香气，这个最具有波德莱尔特色的事物，象征着"美的可怖"和"爱欲之恶"。但它仍是对充斥人间的瘴气的消除，是腐化物或腐尸的升华。因此，就像一只陈旧的"香水瓶"，"我要做你的灵柩"，

> 我也要做你的力与毒性的见证，
> 由天使调制的贵重的毒药！……①

这可真是"啊，美，灵魂的严酷祸患，你要它"。

---

① 夏尔·波德莱尔:《波德莱尔诗选》，郭宏安、李玉民译，时代文艺出版社，2020，第72页。

触摸与情欲

触摸的欲望与凝视的欲望不同，触摸是与对象直接接触，它渴望立即到手，而不是使对象停留在视野中。它无心为对象物建立一种远景，或一种周围性。事实上，触摸恼恨任何空间性，它只欢迎迎上前来的上手之物。因而触摸少了一些见识或认识，多了一些占有欲。只是这种占有欲最终并不与终极的认识相悖反。

触摸是占有欲的直接形式。占有欲将对象改变为属于我的或化为己有。伸出手臂，贴上去的胸脯、肚腹、互相缠绕着如藤蔓一样的腿股，就像是他们张开的唇吻一样，是他们相互的吞吃和饮用。吻：仿佛要把在情欲中已化为液体的对方饮入自身之内，化归己有。唇吻：这是他们相互吞吃的仪式化。触摸：这是嘴巴在肉体上的一种转移。

吞吃，多么平庸之至的一种欲望。然而，它不仅是占有欲的彻底化，也是融合、融为一体。它比在眼前，也比在手边更为牢靠。因而这粗俗的日常欲望实为人的一切欲望的基本形式。而其他的欲望形式、看、听、触摸、占有,则是吞吃欲望在其他方面的一种转移。

吃实则可以替代许多动词来使用,下棋是要吃对方子儿,打扑克可以吃供,混不好可称作吃不开、吃苦、吃不消,兼并另一家就是吞并,打仗是要吃掉敌人,弄不清也是吃不准……"吃"对这些动词的广泛替代性,可以视为人们众多的活动与行为都具有"吃"的性质,是各种形式的占有欲。以至在礼仪中也离不开吃的欲望,甚至在宗教仪式上也是以吃的方式把神灵化归己有,以吸入体内的方式获得神圣的内在性。

一切欲望都带着贪婪食欲的可憎面孔。而触摸的吞吃只是一种隐喻。触摸如何把对象化为己有呢?

正像吞吃并不仅仅是把东西吞下肚去,更大的乐趣在于品味某种在口之物的滋味,其香味的轻微颤动,甜蜜的柔软,以及众多的滋味带来的微妙的泛音,麻的跳荡、辣的火焰、薄荷的清凉……吞吃如果没有对这些东西的品味或回味,那就是味同嚼蜡了。触摸尽管没有把事物最终吞咽下去,但触摸也同样在品味、在"吃"着对象物的各种滋味。

手、唇、胸、肢体也在品味另一个身躯的颤动、柔软、跳荡,它触知着肌肤的柔韧、丰满、温润、光滑,如同在品味柔软、温润、光滑之物。此刻,无须张口去吃,无须张眼观望,口味和视力正融化在头发的芳香、融化在躯体和深深的光滑之中。身躯、皮肤、头发、肢体、轮廓线、血液、气脉汇成一种深深的溪流,在我们的手指间、胸脯间、双腿间流淌,像温暖的流动的沙子,像把我们托起的巨大的暖流。

触摸把外部空间挥去，黑暗的苍穹犹如他们的乐园。在触摸中空间向内展开，幸运的造物作为肉体的某种性质被纷纷地体验到，涌入手与怀中。水的流动，气的鼓荡，火焰的燃烧，土地的沉陷，马儿的鬃毛或绸缎的柔软，阳光下蜜蜂金翅的闪烁，花园中的香味，带水滴的寂静……都展现了肉体的某种内在性质。

　　然而
　　　　满溢着
　　　　　一个
　　变成有着触及彼岸的
　　空气中水之拱门
　　　　　　起伏
　　平原的愉悦正在展开（帕斯）

这里又产生了有关触摸的另一种隐喻。

触摸的手与肢体并不仅是一种占有，一种抓住和拿来，触摸的手、贴上另一个身体的胸脯也是给予和献出。用萨特的话说是，我的好处在于我有眼睛、头发、肢体，"并坚持不懈地慷慨无度地把它们奉献于他人要使自己自由地存在的坚持不懈的欲望"。在共同的情欲中，触摸者不只是一个主体，也是一个客体，触摸者的手臂或身体也作为一种物提供给对方。触摸者也被触摸，互抚性模糊了主体与对象之间的界限。互抚性说明了占有和给予是同一的，抓取和献出不是一种矛盾。

触摸的手从对方获得的是：她的躯体，或者说是她的身躯的令人神往的性质。抚摸的手给予对方的也正是：使她的肉体肉身化。抚摸如同把那肌体表面的惰性触摩掉，使之活跃起来，把某种覆盖物揭去，如同把它从它自身驱开，使之进入某种静止中的运动。仿佛是抚摸才使躯体知道它自己在哪儿伸展、在哪儿转弯、在哪儿重复和改变。手引导着身躯沿着它的道路行进、流动。使它发现了自身作为身体的存在，以及作为肉体的意识。这也就是使他人获得了作为情欲的意识。

情欲的意识首先意识到的是自身的匮乏性，它渴望触抚，仿佛唤醒了匮乏的触抚，也正在把缺少之物赠送给它。情欲把他人和自身同时揭示为肉体。躯体之渴望被抚摸如同人渴望被他人看见和注目一样。被看是获得存在的空间，被触则是肉体自身空间性的获得。而这个自身的空间性的意识则同时又是空、匮乏和稍欠完整感。它渴望被充满。正像触摸既是接受又是奉献一样，肉体的存在意识——一种不完满、欠完整的存在意识，又渴望着自身的再度消失。

触抚支持着肉体的运动，抚摸支持着活动，这时肉体的活动不再为别的目的，只在于把自身体验为肉体而活动。肉体的最敏感或最肉感部分的接触、肉体的互抚和互相使用的快感是情欲的目的，也是使自身和他人肉身化的仪式。"于是情欲是对情欲的劝诱。唯有我的肉体能够找到他人的肉体之路……那时传遍他全身的性感的战栗显然唤醒了他对肉体的意识。把我的手放平，推开它或握紧它，就是使身体重新变成活动；但是，同时就是使我的手消解为肉体。听凭手顺着他的身体缓慢地移动，把它还原为几乎没有感觉的轻抚，还原为纯存在，纯粹的有点光滑、有点柔软、有点粗糙的物质，对他自己来说……成为纯粹黏滞性的。在这个时刻，情欲的联合被实现了：每个被肉身化了的意识，都实现了别人的肉身化。"[1]

我的手也只有在它向我揭示了对象的样态和性质时它才真正地存在起来。我的手向我揭示了它触摸对象的柔韧、温软、滑动，对象物的性质现在占满了我的手之意识，躯体的感觉，我的身躯在此之前仿佛只是一个空洞的容器，现在它盛满了来自另一个身躯的温润与柔软……现在我的身体获得了充满、实质性的存在。对象成了我自身，对象彻底占据了我的身心。我的身躯不再仅仅是我的，它是我与他人共同存在的场所，一个交流的中心，一个汇合处。

化为爱抚的触摸不仅仅是占有欲的形式，它也是给予、施与和造就，使他人的肉体在爱抚下进入静止运动，进入肉身化的过程。爱抚也是自我的献出。爱抚通向自我的消逝。就像纯粹、完全的占有也是无我和忘我一样。

---

[1] 让-保罗·萨特：《存在与虚无》，陈宣良等译，生活·读书·新知三联书店，1987，第511页。

触摸与虚无

身体是存在的一个基础，也是虚无的一个空穴。我是我的身体，我又不是我的身体。我的身体是我的存在的一种偶然性的形式，但离开了身体也就丧失了我之为我的确定性。

相对于假定中的灵魂的完整性、自足性而言，身体犹如一个缺点、一个存在的薄弱环节，一个不可克服的弱点，这个弱点迫使我们屈从于它的要求，屈从于它的软弱性与有限性。身体又具有令人迷恋的诱惑力。

由于有眼、耳、舌、身、手、面颊、腰肢与隐秘的肌肤，我们便渴望着看、听、触、吞吃，或者被看、被听、被触。声、色、味、触、形，一切有形之物的存在，便是可爱的、迷人的、令人渴望的、可欲可求的。

由于存在着我们的感官，世界、物与他人都向我们显示为一个诱惑。因为我们的七情六欲，诱惑也五花八门。我们的一生要吞吃多少声、色、味、触，才能到达肉体之外的境地、一个意识之地、另一个乌有之地？

肉体的存在产生了以世界为背景的巨大商场。肉体本身即是一个以虚无为背景的大商场。

然而快感的享用具有可怖性，它也是本性的可怖。快感的享受是一种轻度的疯狂，也导致真正的疯癫、无度。

各种意义上的道德家、宗教的和尘世的律法都不害怕苦难，而畏惧快感。它们总在劝说着、限制着、分配着快感的享用。它们事实上也在控制着本性和享乐的可怖。那个蛰伏于肉体中并欲把肉体也一同吞没的饕餮之物。

性欲的快感事实上是一场小小的死亡。快感既是一种充满又是一种匮乏，犹如情欲既是一种紧张又是一种坍塌，致命的快感既是生的顶峰也是死的深渊。

快感是肉体成为肉体的意识，快感不仅仅是我的快感，快感变成了我。在这种状态下，意识已从肉身中退出，在一瞬间肉体创造了一种成为现实境地的空无。它是肉体所达到的空无或"涅槃"。

圣者则弃绝着快感的享用，他们视肉体的性感为需要加以弃绝的诱惑，或魔鬼的引诱。圣者在这种弃绝中成功地拒绝了生活。一场绵绵无尽的圣洁的梦蒙住了他们的一生。

对快感的享用、肉体的诱惑的抵抗，也就是对虚无的抵抗，对死亡的诱惑的抵抗。只是圣者的抵抗进入了另一种虚无的诱惑。尽管是圣洁的虚无。

当今人们所采用的方法是放弃一切抵抗,并把自身的放任自流转变为一种激烈的投身于物欲的行动。在精神的各种乌托邦破灭之后,人们企图在快感中建立起一个肉体的乌托邦。快感、迷醉、意乱情迷是另一种鸦片的产地,肉欲的迷醉也许是最厉害的鸦片,是另一重天地中的虚无主义,一种变得狂欢起来了的虚无主义。不是痛苦的虚无主义,而是欢乐得有点淫荡的虚无主义正在卷走我们脚下的土地。

如果存在着的一切都将无可挽回地消失,人们也愿意醉生梦死,在快感中消失。即使快感的享用以自我消逝为代价,人们仍愿在享用了一切之后、经历了一切之后才消逝。它欲在肉体中实现肉体所已包含的、所已给定的一切,实现肉体包含的或可能具有的一切存在形式的探索。

死是一种完全的消融。快感、触摸、情欲的陶醉,以及疲倦与瞌睡,都只是一种短暂的、不完全的消融。它渴望完全的消融,它渴望而非害怕空无一物。它渴望完全的触摸、完全的拥抱。意识交流的可能性已被取消了。但触摸表达情欲比言词表达思想还要准确无误。在肉体的领域内,只剩下难以捉摸的气息与触摸的痕迹,这种东西如同致幻物质,如同虚无与死亡自身的爪子,但却被称为快乐,在人身上发挥了新的效用,它们被当作抵御死亡和虚无的最后屏障,一道同死亡与虚无一样溃散的屏障。

狂欢是死亡的另一种假面。犹如情欲的陶醉只是一个告示。无论是个体还是在古代的人类那里,虚无与死亡的恐惧恰好产生了陶醉、放纵与狂欢。虚无的幻象属于恐惧也属于陶醉。狂欢节则是这种情结的表演，是它的戏剧化，是欲望的狂欢化。它也是文化性的欢悦与非文化性的肉体陶醉的结合。

狂欢是一种允诺："做你想做之事"。它是禁忌的解除。是对法规、道德、秩序的颠覆，也是对它的日常现实中的庄严性的亵渎、嘲弄和滑稽模仿。它揭示了现实中庄严之物、法规与权力的可笑性、短暂性与约定性。它显示了生存世界的可游戏性，以及游戏规则变成社会等级制度、变为法规的不可靠。狂欢是对漫长的中庸生活的一次过度。对于狂欢而言，极端的快乐方为快乐。因为对死亡的恐惧是一种极端的情感。

狂欢的陶醉，无论个体还是集体的狂欢节，既是对社会法规的一次逾越，也是对时间的一个中断。狂欢使狂欢者和狂欢时间处在时间之外。它是时间性——死亡的不停到来——的克服，也是对时间的本来面目的一次恢复。

然而，无论是对法规秩序的取消还是对时间的取消，都只是一个节日。正是漫长的克制或被节欲压抑了的欲望产生了疯狂的欢乐冲动。狂欢节的狂欢只是对于漫长的痛苦的一次平衡。肉体的狂欢化如同在情欲中一样，是对个体孤独的一次挣脱，是对自我的一次忘却，因而也是对自我意识、自我约束与克制的忘却。狂欢节的假面事实上掩去了人的社会生活角色这个假面。假面是对作为自然之子的人的真面的一次恢复。同时也可以说，只有在社会中才有所谓的个性化与个体性，在自然之中人是无所谓个性化的。在社会生活中，甚至一个人的个性也可能成了这个人的一个假面。节日的假面掩去了人的角色假面，也掩去了人的自我塑造型的个性形式。假面掩去了人的"脸面"，在日常性中人正是为着这个"脸面"而生活的，一切无非是为了混出个"脸面"来。人为这个"脸面"，才节制了肉体的欲望。狂欢节上的假面去除了这个脸面，把人显示为一个肉体，一个自然之子，正像那些假面总是一些动物面具一样。它是一个允诺：你可以像一个动物那样本能地寻求欢乐。因为一个人作为一个生物并非像古老的法规或礼仪那样长存于世。

狂欢，那是与人的虚无性相称的一极。自人类定居生活以来，狂欢生活也趋向于没落。除了像战争那样歇斯底里的疯狂发作，并完全排除了节日性之外，狂欢生活时间移向了局部、个体化与夜晚。正像节日总是意味着一种节度并伴随着一种仪式和礼仪一样，全面的狂欢化只能是人类的战争或个体的全面堕落。

狂欢节里的加冕与脱冕仪式象征着人的文化与自然的双重身份。冕：世俗权力、等级、礼法的象征。脱冕如同戴上假面一样都是对礼法的去除。当然在节日的戏剧里，加冕之冕已变为戏谑的、无实际价值的道具。在个体化的日常生活中，穿衣与脱衣也仍然保留着这种象征意识。夜晚：脱衣；白天：穿衣。在当今生活中，服饰的保暖功用已让位于礼仪、等级和世俗权力的象征。各种制服的兴盛说明人们是多么热衷于这点。有时候，一个人就是他的制服。他的脸面与这套制服没有本质的差别。这套制服很好地表明了他已恰当地、心满意足地进入了某种制度化的控制程序。那些热衷于"准制服"的名牌时装的人无非是要在市场化的社会里显示某种新的等级位置。即使那些身份暧昧、衣着褴褛的人也逃不脱礼法的象征性。与狂欢节日里的象征不同，这是没有人敢于触犯的象征物。一个赤身裸体的人是不敢跑到这个世界上来的，否则身体的暴露就会使他丢脸面。但一个疯子可以拥有这种唯一的特权，因而他已被逐出制度化的社会之外。

然而夜晚的脱衣是一次还原，犹如一个小型的、个体化的狂欢节。脱衣将人还原为一个脆弱的、必死的、优美的但有感官欢乐能力的赤裸的人。脱衣也是对等级社会或制度化的生活面具的一种暂时的去除。他也同时去除了伪装的欲望。只有此时，他才可以使肉体或他人的肉体对自身成为一种直接的经验。才可以把肉身的存在及活动体验为欢乐。作为一个人，他恢复了对自己的肉体行使主权。肉体的暴露不再是一个短处、一种可耻感，而成为他的一种长处，一种坦然的诚实性。

人的肉体的欢乐感已不纯粹，他的狂欢与陶醉中无法排除那种虚无的性质。也许正像狂欢节那样，肉体的快乐不过是对紧张的心理压力、孤独的个体性、种种难以忍受的桎梏的一种暂时的遗忘，是对时间与死亡的暂时遗忘，或者，是先行以欢乐的方式到死亡中去。肉体的欢乐也伴随着它自身的困扰：纯粹欲望宣泄的自我厌恶感、罪感，对心灵所爱之物的亵渎感，以及个性化的意向在生物的普遍性活动模式中的失败感，还有欲望的坍塌、欲望的虚空。

虚无的触摸

认识一个女子的身体于他有着超乎色情动机甚至爱情动机的形而上的意义。他感觉那是他的一片云朵的国土，梦幻的家园。犹如那些研究天体或上帝的人，他从他们认识的事物中分享存在。身躯于他人是一种物质，但对于他来说却是精神的化身。那是精神所抓住的外化自己的各种新颖的形式，那是美的永不重复自己的种种变幻的形象。她是无穷无尽的，而我的认识能力是有限的，他想。而且，在直到现今的人们的观念里，人们不曾把它作为严肃而美好的认识活动，总是赋予它唯一的色情和爱的动机。有一种美、一种精神超出了人们的梦想。他想起莫迪里阿尼、德尔沃或罗丹，有多少精神的梦幻在他们手下慢慢成形。他们的手抓住了美，塑造了梦，他想，而在我的手下，那些美的幻象却都流逝了。

当他的手轻抚着肌肤，握住她的动荡不安的乳房的时候，是他的手在做梦。他的手在陌生的土地上孤独地云游。似乎他不知道哪儿才适合于停留。犹如一个一贫如洗的人突然间拥有了无尽的财宝，他的所有远远大于他的欲望。使他的欲望无所适从。使他不再知道自己的欲望是什么。她是秀色可餐的,她是芳香四溢的,她是静止中的舞蹈。瞧,她的这儿在后退,这儿在升举,这儿在旋转。然而她不也是一首奏鸣曲吗?一首可见可触的乐曲,那身躯上优美的旋律线、微妙的和声、和柔的节奏被他的手聆听着。

那也是他的土地、山坡、丛林、海浪和光芒。当他终于追赶上并握住一朵波浪之时,他是清醒的,他感到他抓住了某种终极之物,某种真理或实体。现在,一朵波浪在他的手中动荡,要把他带往深处。此刻他感到那终日围绕着他的虚无之物在后退,化为不存在的轻烟,此刻他忽然明了一个谜,一句在梦中见到的思想:虚无本来就是没有,为什么我曾经竟让"没有"给围困了呢……瞧吧,从今以后它不会再有了。"没有"没有了。无无了,虚空虚空了……他感到他从未有过的清醒,仿佛上升的春天的地气在驱走寒意。海浪从手中扩展,透过指缝,透过全身的肌肤,存在的力量在无比壮大地丰盈起来。他感到自己被这种力量催眠了,他感到他的手的清新的欲望。

是存在而非虚无。他的手握住了一种坚韧的思想,他的手握住了一条海浪,一只动荡的、波动的乳峰,存在的世界在围绕着他的这只手,不,围绕着这座乳峰而重被建立起来。他感到手是一种他前所未有的新器官,一种获得真理与幸福的方式,他感到手是他的一个伙伴,在大脑背叛他时,帮助了他。

手的欲望、手的思想无比奥妙,又无比简单:去行为,去触摸,抓住有,抓住存在之物。手的欲望与思想,甚至独立于他自己,既不同于他的大脑、内心，甚至也不同于眼睛与嘴唇。或者也许是他的内心、大脑、耳朵、眼与唇都像海浪一样涌上了他的指尖。

手在看。

手在听。

手在思。

手在行动。

思想的手也是做梦的手。手在做梦。一个一再重复的梦。一个分许多次做的梦。永远做不完的梦。手之梦。哪里有身体，哪里就有手的梦。

他的手在亲密的深处划动波浪，他整个地随之下沉到温柔的中心并感到水波在环绕着他轻轻地涌流。这是存在之流。永不流逝的、回旋的河，循环的喷泉。

"他把一个小小的海浪带回家"，是这种事还是这句话使他着迷？

在一个被时髦衣服勉强包裹一下的躯体上，有时候一种厌恶、恶心的感觉一下子就上升到喉管、唇舌之中。一种身体上反胃的感觉与精神上色情意识的幻灭感使他产生一阵无意义的眩晕。他甚至无法呕吐，因为他知道他的呕吐物与血肉、体液混同。一个物质的女人使他对人的美丽幻象破灭了，使他不得不接受人这个动物的形象。一个男人似乎本来就是一个动物，因而他们既不给他塑造幻象也不会毁灭期待。当然一张但丁式的脸，一张在风中挥发着酒气的李白式的脸都是与众不同的，但也只不过是一个令人敬畏的阴郁的形象与意气风发的形象之不同，但女人对于他而言是另一族。一个使肉体沉重地现身的人，使他心中的爱——不是对某个人的爱，而是爱本身——成为自欺的幻象，使它成为被唾弃的纯肉欲，并使他的欲望、对生命的欲望顿然消失。与死同名同姓的肉欲，与腐烂同质同流的肉欲，不值得心如火焚地渴望。如果稍稍注视一下肉身，被时装好歹自以为是地包装一下的肉身，在这个繁荣昌盛的时代，爱缘何而在呢？天使的幻象多么易逝。人身上的某些部位在他看来，尤其在单独看时是其蠢无比的，更不要说那些不成比例、缺乏音乐之声的身体线条。

在被折磨的夜晚的岸边，祈求，沉思，赞颂，便溺，擤鼻涕，恶心，哀泣，都是人所为，都是人人所为。干吗还要想什么生老病死，仅身躯的物质性就足以使他感受到人生的虚空与无常。

对人的信心缘何而恢复？注视一次日出？注视一双眼睛而不是她的臀部？面对一个人，他想：你的身躯把物质的成分降到最低限度，在那里成为非物质，成为精神的显形。你的轻盈步态、摇曳生姿，几乎是对重力和地心引力的克服，你的身体尚未沉重起来，犹如妇女们那样。别擤鼻涕，求求你。你像光芒照亮这个早晨，照亮现在：一只水晶魔球。一片光芒将是我对你的最终印象。一片光芒在你前额上。光芒即盲目。一个男人会把你领走。地板窗户桌子床铺奶瓶，臀部肚子大腿闭上的眼睛，情欲的火焰会掠走光芒。直到光芒消散，物质揉皱……

佛曾教人的感官离开美丽而伴有爱欲的形象，凝思静虑，转向丑陋的形象。这样人就会对虚空的人生充满厌倦，放弃感官的迷醉，抛弃对身体的渴望。

他想起古印度的《胜经》中对身体的描写极为悲惨，呈现出了惨

不忍睹的物质性:

> 或走,或站,或坐,或躺,蜷曲和伸展,这是身体的动作。
> 身体由骨和腱连接而成,粘上膜和肉,裹上皮。这样,身体的真相就看不见了。
> 身体里装满肠、胃、肝、膀胱、心、肺、肾和脾。
> 还有鼻涕、唾液、汗液、血液、润滑液、胆汁和脂肪。
> 从它的九窍中,经常有污秽流出;眼屎从眼中流出,耳屎从耳中流出。
> 鼻涕从鼻中流出。从口中有时吐出胆汁,有时吐出痰。汗液从身体排出。
> 它的头颅充满窟窿,里边装着脑子。傻瓜出于无知,才认为它是好东西。
> 身体一旦倒毙,浮肿发青,被扔在坟场,亲人不再照看。
> 狗、豺、狐狸、蛆虫、乌鸦、兀鹰和其他生物都来吃它。①

这就像是解剖知识讲座,就像他初中时生理卫生老师讲的课程,那些真实具体的生理学知识打击过他对人的最初的幻象。仿佛至今他仍坚持不想成为一个现实主义者或唯物主义者。无论如何,他不喜欢那些骨骼、经络、穴位图,不喜欢他自己无可奈何地在医院里拍的那些 X 光片、CT 片之类的形象,那些去除了光芒的表面只剩下实质的形象。那是死的形象。是的,生理学知识也好、人体解剖图也好、

---

① (古印度)《经集》,郭良鋆译,中国社会科学出版社,1990,第 27 页。

X光片也好,唯物论或佛学的教义也好,都只是把人作为死物来谈的。人是物质的,但起码是活的物质,是精神在人身上所采用的某种外形。

他不喜欢令人沮丧的唯物论的观点和生活方式,因此他不喜欢那些不过是为着使骨骼发达、肌肉强健、脂肪增厚、肚腹圆满、大脑空洞、排泄快乐的人的生存哲学。有一种人是生理学知识上讲的那一种样子,有一种人不全是或者不是。

唯物论者,实用主义者,他们有时和沮丧的和尚沙弥一样,都不谈论和关注美、表象、幻象和灵魂。难道感人至深的微笑也是一堆皱纹如同他们的假面一样,伤心的泪水只是和小便无区别的一种体液?难道不是这样的肉体养育了人的记忆、意识、感觉,装着各种体液与物质杂碎的身躯也装着梦、幻想、孤独、深情、悲伤?他们看不见这些,还是不愿看见?难道这些幻想、幻象、梦与记忆、痛苦与孤独不值得受到比肚子、脾胃更多的关注?

他想:我只要看见美丽的表象就够了。对我而言,美的现象就是实质。表象就是精神。一个人的精神难道可能是他的X光片吗?他的表象,他的外形,那才应该是他的精神的形象。比起他的精神来,更虚无的难道不是他的纯物质的肉体吗?而作为表象或外观的肉体已是某种精神或心灵的象征。对某种形象或深刻的形式的热爱恰恰是来自我内在的精神。那是我的精神本能所敏感的美。他想,为什么我的目光一接触到那种它喜欢的脸型和身形,就给予眼睛以如此巨大的欢乐,仿佛死也不在话下?在目光的互相照耀下、在眼波的互相浸润中，一种生气就犹如灵魂灌注于空洞的躯壳内，并使之充盈、满溢地存在起来。

他的手是他的另一种眼睛，或许他的眼睛是他的另一双手。它们从彼此的感觉区域和感觉方式中分享到了美的奥妙。他的手满足于事物的表面，他感觉到，深度就在表面，犹如在大海的表面那样。他的手犹如目光那样沿着那柔和起伏的边缘而舞蹈时，是他的手在看，是他的手在倾听那静静的音乐，似乎他的手在抚摸着音乐，抚摸着优美的旋律。

仅仅是看，仅仅是听，或只是去抚摸，于他来说都太不够。他的看是抚摸，他的抚摸是倾听，他的听也是看。是事物的无比的丰饶性要求他这样，教会他这样。

情欲的触摸

看见她的时候他感到心中升起一种温柔的疼痛，一种突然来临的软弱。她的青春使他说不上来地忧伤。她的娇美。他想，在我身上失去的那些年华，造就了她这楚楚动人的美。时间中最动人的时光物质化在她的身上。她的青春也正是时间众多的青春期之一。其中也夹杂着、并存着中年的或迟暮的时光。世界上的时间真是多种多样，黎明、中午、黄昏、暗夜、混沌、诞生、创世、来世与死亡都同时并存，犹如我、她，犹如孩子、少女、中年人、老人同时并存于世一样。只是时光与季节之不同常常使他们错过了相遇。

他感到他心中的欲望愈来愈和性欲的性质不同。他的欲望似乎更多地来自对流逝的时光的无可奈何的挽留，来自对青春与生命的眷恋。在他年纪轻轻的时候，看到美好的形象他会感到愉悦，而今更多地感到的却是出自心底的隐痛。是的，楚楚动人，他想，这个"楚楚"肯定与痛楚或凄楚有关。

他感到，他的欲望与其说指向的是某一个人，不如说是指向美，不，美不只是好看的意思，它包含的是青春、生命甚至是存在本身。那是他无法拥有的，或正在一点一滴悄悄地从他身上失去的东西。

至今他尚不了解自身情欲的本质是什么，他只是开始稍稍有所领悟。占有的欲望？认识的欲望？揭谜的欲望？克服时间的欲望？摆脱孤独的欲望？还有几乎与之不相融的：对圣洁的渴望？

许多年后他仍在想：我自身欲望性质的不明一直使我自己停留在欲望中，欲望的暧昧性质使她如今远远地离开了我。但是他想：难道她一生中最美妙动人的时刻，不是她的头发被他无意中触动时她露出羞怯而快活的微笑的时刻吗？那羞怯的微笑是她心中本能的幸福的流露。这微笑、他从未见过的笑容告诉他：这是她喜欢的。然而羞怯的气质使他感到她一触即碎。她那一刻具有令人万分怜惜的脆弱。如今他毫无理由地相信，她一生的幸福感不可能再超过这一时刻。他因此也安慰自己，他已拥有了她一生最微妙的东西。他回想起那天她站在阴暗的厨房里洗碗，他伸手向墙壁上挂那只小锅时抚触到了她的头发，她低着头，她的脸上升起了一片柔美的红晕。微妙的接触，极少的一点身体接触，然而已深入了全身心。那是她如含羞草一般对身体的触摸产生微妙回应的时刻。那样轻轻的一点，如同一阵战栗传遍她全身，并从她的脸颊和目光中映现出来。他甚至看到了她全身的轻微的软弱的战栗。她无言地预感到的幸福和爱甚至已超过了任何真实的快乐。他望着她那未被抚摸过的肩臂，一个纯洁完整的化身。然而正是这种纯洁引诱着欲望又阻止着欲望。

欲望想要占有的正是这种羞涩。她的羞怯性质激起并阻止了欲望。他似乎感到，为了她的这种让人痛楚的羞怯的圣洁性，最疯狂的快乐他也愿意放弃。肉体占有的欲望消失在更为深入生命的欲望中。消失为他一生中一种无止境的痛楚。他感到唯有她会如此纯洁无辜地处在情感的暧昧状态中。唯有她的内心才有那样一场温柔的风暴，在轻微的一触之下，她的身体中会响起如此丰富的和声、共鸣，如琴弦上越来越深远的泛音。这声音如今在他的生命中一直在扩展着，如一种不断继续扩展的水波与光波，永不消逝。是的，他想，如果每一可见的物质都不过在改变存在的形态而不会真正消失，那么，这一触而来的微妙的和音也不会消失，在宇宙的某一点，在我生命的某个深处，永远存在。

他想：这个作为我生命中一个悲伤要素的女子在我的生命中赢得了永恒。这也是我从她那里赢得的东西。瞬间的情欲转化为持久的生命欲望，转化为我在人世间的一种永久的回想与期待，她使我同时朝向过去和未来敞开。因此，她不该作为一个幸福的日常的要素。她为我揭示了幻想，也揭示了真实。揭示了我自己。他就像马塞尔或者说普鲁斯特那样意识到：欲望的保持是生，欲望的耗尽却是死。事情有时就这样颠倒了过来。

他明白：生命的充满有时不是欲望的放纵，反而似乎是某种程度的禁欲状态，是对欲望的约束与转移。

他想：就像她一样，羞怯是轻微的、温柔的罪感。羞怯的红晕是洁白的色情。

直接性是否直接地抑制着想象？或者说，直接性取消了想象。没有想象的成分加入其中，人的任何快乐都会变得索然无味。好像是萨特说过,再也没有比妓女或舞女更缺少性感的了。直接性无非是一个肉身罢了。他想,在游泳池或海滨浴场,裸露使肉身失去了羞怯性和色情成分。就像脱衣舞,真正唤起人的色情想象的并非是全然赤裸的状态,那时肉体的羞怯性和观者的幻想都已消失了,激发观者色情幻想的倒是脱本身。是脱的那个期待窥视隐秘的过程。是脱的迟缓性,延续着人的欲望与幻想,真正的挑逗性总是在欲望的被延迟中,是对"认识"隐秘的期待。

衣服是一层幻想,是肉体的一个外部幻象。正是衣服造成了肉体幻象。因而真正的色情性质既在于衣服上,也在于衣服的可脱性上。衣服明明白白地告诉人们:我是一个隐蔽。我隐藏着秘密。衣服说:我是羞怯,我也是纯洁和欲望。衣服使肉体隐蔽在后面、在深处,使肉体成为一个令人怀想的悬念,使肉体成为认识和欲望的对象。

脱衣的真正动人之处在于羞怯性正在把羞涩表演出来,然而它也正在把羞怯脱去。把人的幻想和对肉体的幻想脱去,把期待脱去,肉体不再是一个秘密时,秘密仿佛是在衣服里。欲望在于使肉体赤裸的可能性,而非赤裸的现实。

如果说肉体是自然、是本能的话,那么服饰则是文化、文明和礼仪,穿衣与脱衣则使人们摆动在文明与自然之间,它使人不停地转换角色。自然之子或文明之子。如果衣服意味着羞涩意识或道德意识的话,那么肉体则是无耻。这里说的只是无羞耻心、超越羞耻的"观念",不是不道德而是处于非道德、超道德或前道德范畴,就像伊甸园的亚当与夏娃那样,无羞耻心是真正的原始的纯洁。而今的纯洁之含义已与之不同，因而他总会感到，最纯正无邪的羞怯、羞涩、羞耻感中包含着轻微美妙的罪感。就像在亚当与夏娃那里一样，衣服、羞耻心、道德感、欲望是同时获得的。因此他想，是衣服、着装、掩饰、隐藏、不承认、企图无视肉身，创造并加强了肉身的罪感和欲望。衣服在身犹如一道文明的禁令，一种不可逾越的礼仪，但也是一种犯禁冲动的激发。它先创造出隐秘，然后再召唤人去认识秘密。

他想，中国人创造丝绸几乎是必然的。再也没有人比我们的祖先更注重礼仪与文明了，可他们的色情思想是无人能比的。他们敏锐地感到了自然与文明的冲突与协调，他们敏锐地感到了引诱与羞耻心同在。他们懂得掩饰、欲盖弥彰的道理，因而发明了丝绸这种美妙的物质。据传说是由黄帝的元妃嫘祖发明了养蚕缫丝的技艺，她的名字中就包含着丝（糸）。丝绸既是由一位公主发明的，也是一直奉献于帝王的贡品。丝绸也像香料那样吸引了西方人的欲望，丝绸之路也就像麝香之路那样成了一条欲望与礼仪之路。那时我们这片养蚕缫丝纺织刺绣的土地被古罗马人称为"赛里斯国"即"丝国"。

一件上身的丝绸衣立即获得了肉体的性质。丝绸本是肉体的隐喻？一件丝绸衣并未掩起肌肤而是对皮肤细腻质感的另一种显露。它是穿衣的赤裸。一个穿与脱、自然与礼仪的悖论的合一。仿佛穿着一层光芒，一层透明的水质，披上了一场静态的风，又仍在飘荡、浮动。

人对丝绸的喜爱，不是因为丝绸的质感与隐秘的肌肤相似：丝绸掩饰了肉体，但隐约中又对肉体的实质作了一种揭示。绸缎的欲望：

柔软，人在肉体上、在情欲中感受到与之相似的欲望形式：委身的柔软、轻、弱、飘升以及下垂、沉降与坠落。

丝绸具有羞怯性。它既企图展示性，又企图掩饰性。这是羞涩的本质。丝绸对肉体的这种掩饰与展示的双重性，无疑使人们尤其是女子们喜爱它。因为丝绸正是掩饰与透露的欲望本身，是羞涩本身的特质。丝绸就犹如羞涩那样是一种可见的美德。所以女子们和那些帝王及其宠臣就以穿丝绸为荣。

丝绸似乎是肉体的一种散发。肉体的存在界限不是被限定在丝绸的衣物之内，而是透过飘荡柔和的丝绸的性质向外荡漾起来。柔软娇弱的事物总使人渴望伸手去抚摸，就像它同样吸引着看，如同歌中的小柔板吸引着倾听。丝绸的质地还发散着一种温柔，一种宜人的温度，发散着一种和柔的听觉上的泛音，一种温存之音韵。它散发着甜柔的气息。一种香气，一种凝结的香气的可见的外形。丝绸在视觉上产生了一种雾状物，一种触觉上的浆质与液体化的类似于情欲的要素。丝绸衣在人体上还散发着自身的光芒。它是对各种光芒的柔和的折中。既不是刺眼的光亮，也不是黑暗无光。它使之恰好到达事物的神秘。

丝绸衣如同自然的成分，如同水、光、风、波浪那样轻抚着身体。那是无时不在的自然的抚摸。丝绸几乎可以消失为身体固有的一部分，它使肌肤在美妙的感觉中感受到与自身相同的柔和的性质与飘荡不定的欲望。在善于飘动的丝绸织物下，具有飘荡性的肉体也呼之欲出。它使肉体隐约可见，闪烁其存在。这种隐与显的闪烁不定犹如某种目光那样传达着一种诱引。然而，优雅的丝绸衣如同古老的文明和礼仪那样，表达着一种洁净的精神和性的暧昧。丝绸衣如同某种柔和的眼神那样，具有一种道德的羞怯性。使注视者的目光也为之变得飘浮，难以捉摸，不忍死死盯视。

丝绸衣强化了肉体的表达力。中介物加强了人的"认识"欲望，人总想透过中介物这个隔离物看看后面掩饰着什么。欲望也即认识。爱是一种"集训"，欲望是一种深入肉身的认识，情欲欲了解、认识躯体是何等的柔软、温润、圆浑、丰腴。然而作为中介物的丝绸仿佛已在表达着已获得的认识与欲望。如同香气，既强化着肉体自身的欲望，又防范着自然欲望的腐化。丝绸是情欲与精神的合一。如同某种羞怯的神情。

芳香的触摸

在一个星期天的早晨,正在读卡尔维诺的作品时,他突然感到头脑一阵阵昏沉,仿佛大脑是难以承受的物质的重压。他垂下的眼睛恍若瞥见了一株罂粟花,一朵粉红带紫的花。他感觉他的昏沉与这朵美丽的毒花有关。他想,他在一篇作品中写了一朵花,使一个人终日昏昏,香气洗空了他头脑中的任何一种观念,香气沿着他的肺腑上升,犹如无意识本身沿着他的思维弥漫。罂粟花带魔魅的香气使得他进入了幻影,了解了空间之谜。毒花的香气代表着一种不可见的隐形的空间,分裂为无数芳香粒子的空间,飘浮在虚空与空气中的实体。在香气袭入他的内脏时,他的感觉器官与身躯都像香气那样消匿、解体了。他以飘游的、无形的、散弥的感觉的微粒去认识、去看世界。事物各以其香气的凝结程度而存在。他的感觉微粒也像一层云雾似的分布、附着于一切事物之上。因而他的感觉并未认识事物,而是弥漫并淹没了世界。世界化为一缕缕香气,化为一朵无形的、粉红带紫的、柔软的、巨大的罂粟花,如一阵光之雾。他就安睡、行走与漂游在这朵巨大的、由香的气体构成的罂粟花之中。晶莹、颤动的光来自花朵的舒展的四瓣，犹如它们代表着空间的四方。他看见太阳与花朵慢慢合一，太阳、花朵与一盏明灯慢慢合一，他就生活在、将生命停息在这朵无边无际的、巨大的、温暖而芳香的花之中心。他看见太阳、花、灯与一个温暖的怀抱合一。

有时候，他像里尔克所想象的那种人：一只采集不可见之物的蜜蜂。

对他来说，可以嗅的香味与可见的花是不同质的东西。在这种特殊的时刻，鼻子、呼吸重新发现了世界。一个匿名的、隐形的世界。在吸入香气所带来的全身的酥软中，有一种爱欲状态，花香是它自身，又是一种隐喻。可呼吸的香味也许只是事物的一个幻象。香味是事物的一个影子。不过可见的表象也同样是种幻象。为什么不可以像看那样去嗅世界呢？

对他来说，鼻子可以嗅见的女性的成分具有与可见的人不相同的要素。他时常可以感觉到，耳朵喜爱的是一种人，眼睛喜爱的是另一种人，有时完全可以凭某种声音形象产生另一种形式的欲望。而鼻子与呼吸更不受意识与见识的指导，香味似乎直接就是欲望本身，是欲望本身在向他散发出一种朦胧的激动。

对他来说，女性就流动在空气中，仿佛她们精灵般的身躯早已溶解了，她们犹如路边的某些植物，把她们的气息传布到大街或某个厅堂的气流中，她们使空气清香、馥郁，又使空气洁净清新。他不必注视或看见什么，芳香使他的心或意识变得柔软起来，也使他既昏迷而又敏感了。他可以嗅到丰满的香气或窈窕的香气。热情激动的香气与安谧沉静的香气。当然她们是匿名的，她们不属于什么人，只属于呼吸。香气是呼吸的爱情。香气是一个不在场的意中人。然而由于香气的弥漫特征，女性气质就在所有的事物中存在，而不是在一个可见的个体之中。

香气是无名的现实，犹如在那些林荫大道上漫步的现代众女神的无名一样。倘无这种匿名，生活就会毫无意义。当他在那儿漫步时，他既分享着她们的可见性，也分享着她们更让人梦绕魂牵的匿名性。

他并没有占有其中任何一个女子。但飘然而来的香气似乎已给了他不少东西。她的芳香已是他酩酊大醉的一部分要素。他的身心沐浴在她的气氛中，沐浴着她在场的光辉，也承受着她不在场时的柔情的牵引。对他来说，她的柔和的光辉是无远弗届的。她是一种气息，会从远方吹来。就像他在城中也能感受到山谷中的气息一样。一点清新带雨的微风就已足够让他体会到置身山林的感觉。对他而言，某种神秘的内心吸引现象，一个不在场的存在能从它不在场的最深处以某种方式变为在场。

香气自身就是一个无名的女子，一位芳香女神，她是他呼吸的空气，是使空气清洁的因素。她所在之处，到处创建着一座飘移在空中的花园。

这是一座无边的花园，没有栅栏的花园，他用鼻子呼吸到一种新的、陌生的、强烈的生命。他呼吸到袅袅婷婷，他呼吸到春色灿烂。

一场青春的骚乱：在静静的呼吸中。他感到一种狂热的精神在物质中游荡。

他感到呼吸中有一种色情的成分。香气使他迷幻、微醉。他喜欢嗅来自身躯，或来自草木与水果的香气。一个女子、一朵花、一盘草莓、一枚桃子，在静静地挥发着自己，犹如在他身旁散发出一种新的意识，一种弥漫、飘散、流动的吻，就像他坐在爱情的中心，在一个巨大的温馨的怀抱中。

呼吸意味着精神，而芳香的呼吸则是精神的陶醉，是精神对不可见的肉体的陶醉。芳香的呼吸也是神圣的不朽的气息。与腐朽的气息相反，芳香是一种生命生息。在芳香中呼吸是精神的色情。他呼吸着，在芳香中犹如面对一个恋人。他吃着一个桃子，吸收着它，品尝着它的芳香，也品尝着他自身的感觉，品味着他自身吸收另一个生命的那种活力。他想，如果没有香气，没有这只桃子，我就没有味觉，如果没有声音和乐音，我就没有耳朵，如果没有万物，我就是一个盲人。犹如此刻，一只桃子唤醒了他全部的感觉，使他感觉到自身，感觉到他的血液和意识在随着桃汁的进入而改变，同时，他也在品尝着史蒂文斯的《俄国的一盘桃子》：

我们用整个身体品尝这些桃子，
我触摸它们，闻着它们。是谁在说话？

我吸收桃子，就像安捷涅夫
吸收安鲁。我像恋人般望着桃子……

教堂里的钟声为我们敲响
在心中。红嫩的桃子。

又圆又大,还有一层茸毛,
盈满蜜汁,桃皮柔软。

桃子盈满了我的村庄的色彩,盈满
晴朗的天气,夏天,露水,和平的色彩。①

---

① 史蒂文斯:《史蒂文斯诗集》,西蒙、水琴译,国际文化出版公司,1989,第106页。

心灵的触摸

他的目光一旦触及美的某种新颖的化身、某种脸型或身形，它们就会像一个乐章那样在他心中回旋，充满伤痛。他想，真正的柔情不过是某种形式的伤痛罢了。我在自己的心底听一张脸？倾听一个身形？他想，我是一个占有者还是一个被占有者？

比起触摸来，看是一种轻度的激情，它使人环绕着事物而不是触及它们。看是一种拖延着的欲望。但不满足正是欲望的实质，可欲求之物的不完整感正是最完整的欲望。他在看到那不可欲求的对象时已经有某种要素进入了心中，使他怦然心痛。他想：我在用眼睛吃、吞食、占有、触摸、化解，将对象化入我的身体，我看一个女子，我的目光就把她吃进了我的体内。我的目光沿着她的脸庞的轮廓运动，沿着她的体态的曲线运动，我的视线是对她的一种抚摸。我的看就是抚摸，轻柔的、生怯的、围绕着可欲求之物的舞蹈。我的目光沿途滑过的那些路线犹如美景。他想，那里是我不熟悉的地理，不知不觉的倾斜、转弯、上升形成了那美妙的斜坡、曲颈与对峙的峰顶。我的目光是唯一的旅行者。这种视线的运动把那静止的曲线的运动带入了我的内心。

这种运动犹如音乐的运动在他内心引起一系列的回响与共鸣。就像那些没有出路的声音在山谷间经久不息地返回到呼喊者心中。他感到心中的运动——某种感觉形式——模仿着目光的运动，而目光模仿着目光的运动，目光模仿着她那优美的曲线的运动，目光的抚摸如此深入，充满贪婪的欲念，目光与对象的实际距离又使这种欲望纯正无邪。他想，最终我感受到的是那美好女子的优美曲线的静止的舞蹈、对我内心的一种抚摸，在看的视线的运动中，我是被爱抚者。

如同我的眼睛在听一支歌，他想，美好的女子如同空间化的、肉体化的音乐，她使我的心在优美的旋律线中运动。我的目光在那些柔和的曲线上，惊愕、赞叹而顺从，沉降，延伸，上升，重又回向曲线的起点。回到她的脸庞、眼睛，回到我的心灵。

美在人间的意义是如此丰富，到处都有活的绘画，活的雕塑，会呼吸、会回视、会肯定我们自身欲望的精灵。如果对之只有一种感觉，只是看、只是听或只是触摸，我们注定贫乏。

他感到他对美好之物所需要的是那么多。他想拥有她。但怎么拥有？怎么才算拥有？在眼前，在唇边，在耳际，在怀抱中？但这样也还不够。他感到欲望与对象之间没有完全的对应性。他在自身手掌的盲目而胡乱的抓摸动作里尝到了一种初步的痛苦。在情人不断变幻着姿势、有点可笑的急切的接吻中，他也感到了占有的失败、企图接近或合而为一的那种彻底占有对方的意图的徒劳。一个人就是一个封闭的圆，一个人就是一个边界，看、听、抚摸，都试图找到达到另一边的路，然而这条路太迂回、太曲折了，而且往往是些死胡同。那些最紧密的拥抱不也像隔着一层玻璃或隔着狱中铁栅的触摸与凝视吗？

在欲望的急切中，对象的在场总是不完全的，因而那些拥抱、抚摸、唇吻也是不完全的。因而它们这种动作不断地重复着，如同对某种真实之物的急切而不甚准确的模仿。他此刻心里想的是，他想拥有的是她唇齿上的娇洁、晶莹，额前的光芒，他想拥有她说话时的那种声调，不光是那些话语的确切含义，还有她的声气，属于她的那种气息，以及被她创造的格外清新的空气。他不仅想要触摸她，他也想拥有手和皮肤所不能享有的那些美质。可以呼吸的气息，可以眼见的瞬息变幻的姿容，这些对于他的感觉能力而言，似乎总具有某种超验的特性。在一切经验之中，在经验之后，他还总是感到他的经验的不及物性。他感到他的欲望的不及物性。

他感到他的经验与想象，想象与想念变得越来越相似了。它们都带有令人伤感的不及物性。只是方式不同而已。当他的眼睛不再看到她，当他的手不再能触到她，当他不能再呼吸到她散发的那种轻盈的、仿佛由众多植物散发的气息时，她就变成他的某种观念与幻象了。这是一个变幻不定的幻象，一个时而带来生存的完整感、时而带来欠缺感的幻象。他仿佛感到什么东西把他无情地剖开了，他的最脆弱的部分暴露在外。他认出，那是他的心。

可欲求之物的存在唤起了我们的欲望，使我们内心产生一种趋向于事物的意向，使人们渴望看、触摸，使之在手，拥有它。但也可以说，正是无意识中的欲望召唤着对象，并赋予对象以超出欲望的价值，甚至赋予对象以超出其自身的价值。

欲望使人渴望进入行动，并向对象靠近。然而，如果这种行动、这种外向性不是同时也在向自己的内心返回的话，如果靠近对象是疏远内心的，如果不是同时既向外物又向内心运动的话，那么人的欲望就会扑空。一个对象不仅是一个目的物，也是一道界限，是一个不易越过的界限，因为对象也是一个封闭的内在性。一个对象并不仅仅是一个展露在我们欲望之中的形象。她是一个灵魂。看、听与触摸有时可能是一条通往那里的路，有时则是一个障碍。当欲望停留在、被阻挡在边界上，被滞留在肉体与皮肤的边缘上时，我们的欲望会发现这个对象并非是欲望的终极目的物，因而我们的欲望就会在一个个对象间疲于奔命。当代的欲望特征就是乏味的数目或数量。一个贪欲而又肤浅的占有方式。就像那些攒钱的人，沉溺于欲望的人永不会满足于一个数量。

在这儿，欲望也徒然只有数量而无其"质"了。伴有心灵渴望的欲望是与无休止的生理需要决然不同的。人的情欲是无法以多或少来作为满足的尺度的。满足感是存在于那里的对象所允诺给我们的。但其实它也来自欲望者自身内部，比如乐趣、欢乐或幸福感。这些允诺与欲望者自身相关。并没有一个存在于那里的对象能够完全地给予欲求者这一切。如果那怀着渴望的人具备欲望的"质"的话。

就某种意义而言，欲望之所需并非是永不休止的占有、征服，世界、人、物，作为存在已经被给予了我们，存在之物本身已是一个允诺。不需要再去夺取，存在物本身已给予了我们。但是人们的欲望总像一个永不知足的私人收藏家，攫为己有只是意味着在手，及在手的数目。生活的本质也被理解为从内心的欲望向外部事物的运动，一种纯外向的行动。

存在物已经存在、已被给予的性质被忘却了。存在物的美质与圣质向人的内在性的运动被遗弃了。存在于那里的美好的事物、美好的人，已是给予我们生命的一个馈赠。这个馈赠是圣洁的、美好的，我们只应以洁净之心迎接它，而对它疯狂的占有与掠夺则可能就已玷污了它，污染了我们的礼品。已被给予的、已被允诺的、已经馈赠之物还要我们去夺取吗？但是常常，我们不够圣洁的占有方式早已暗中改变了这礼物和馈赠的性质。

任何赏心悦目、秀色可餐的形象不是已经在赠予我们一种美质吗？美好之物赠予我们的，是我们自己的心灵。是心灵被美质所唤醒。一个女子的好些可见美质，并非仅仅是一些物质要素，那也是心灵的要素。如同火焰、树丛、山峰、瀑布、喷泉，众多的事物所具有的圣质都渴望进入我们的心灵。它们优美的形式犹如一种存在之光，照亮我们的内心。使我们的内心在感觉中醒来，并感到满足。

持续不停地、从一物到另一物，不断地增加着数量并不是满足的标志。满足，如同一个"圆"的意象，是视、听与触摸的欲望带着事物的已被给予的圣质返回到内心。没有这种返回，事物是永远不可能给予我们满足，也根本不可能给予我们那真正的馈赠。

就像普鲁斯特在《追忆似水年华》中所描写的那样，马塞尔在香榭丽舍大街上所做的，不仅是观察众多的匿名的女子及其丽质，也是观看他自己内心的匿名之物，是让心灵浮上可感觉的层面。他写道："我们钟情于一个女子时，只是将我们的心灵状态映射到她身上；因此，重要的并不是这个女子的价值，而是心态的深度；一个平平常常的少女赋予我们的激情，可以使我们自己心灵深处最隐蔽、最有个人色彩、最遥远的、最根本性的部分上升到我们的意识中来。"[①] 这种"心态的深度"或经验的深度，是被事物或对象的深度所唤醒的。也可以说，事物的深度正是心态的深度所给予的。

不幸的是，当今的人们首先失去了心态的深度和经验的深度，反而回头指责事物无深度，指责事物的肤浅。事实上，唯有那些进入或重新返回到内心的事物才是深度的。正像对于马塞尔或普鲁斯特，一个女子的深度就是他看见她时她背后的大海，就是她身上的光芒，吹在她身上的和风，就是她头上的蓝天，就是她瞬间的无名性，也是她出现时、他们相遇时所听到的一支奏鸣曲。这些以及无穷的因素构成了她的存在的深度。当这些事物离她而去时，当她与存在之物、与存在的氛围分离时，她就被削平了深度。这一切，那支奏鸣曲的深度，不也同样包含了那个女子，那些和风、海、花园吗？对他来说，在无意识中他的心就在她们身上，她们就是大海起伏的碧波，就是无数匿名之物的侧影，就是那支乐曲。他感到，对一个人排他性的爱，总是对某一瞬间萦绕于其周围的事物的爱。

---

① 马塞尔·普鲁斯特：《追忆似水年华》，第2卷，桂裕芳、袁树仁译，译林出版社，1989，第370页。

物化的触摸

他站在一条山谷中，凝望着悠然的云、树、流水与鸟儿时，一个谜一般的想法又来到了他的心间。他总是想：为什么作为万物之灵的人，又总是渴望着成为物呢？此刻他的确感到了这种渴望在他身上升起，上升到云絮、鸟羽、风中的树与溪流上。在鸟翅或云絮上，我的心是悠然自由的，纯净的，在溪流上我的心是清澈、欢快的。仿佛我的心、我的心情是无形的，它只是在它喜欢的事物上才找到自己的存在形态。

他想：化为物的渴望是一种纯粹的矫情呢，还是另有一种真实？化为物，那不就是对死亡的渴望吗？那应该是我所惧怕的。或许这是某些种心灵的戏剧化，渴望人的物化，但我毕竟还是一个人，化为物也即是死，可我毕竟活着。我仍是作为一个人感受到我作为一片云、一棵风中树或一条奔泻而下的溪流而存在。

包咯斯与菲勒蒙变为树木时他们就死了，那位渔妇化为海边的一块岩石时她就死了，梁祝物化为蝴蝶时也就是死了。但庄子化为蝴蝶，或蝴蝶化为庄子时，庄子仍然活着。庞德变为他热爱的树木或藤萝时他也活着。就像此刻,他想,在物的中心,我也活着。

物或他物即非我。物化为他物的存在即非我的存在。物或化为物的我,既非主体亦非客体。物是非意识的自足体。这也许是人渴望物化的原因。

意识是我这个个体或主体的特征。通过意识成为主体也就是通过意识功能被孤立化了。主体是孤独的、有限的。成为主体的我便生活于客体的包围中,并与客体,与他人、他物相对立着、分离着。意识不仅使主体与他物分离,意识也使主体自身分离。"我"在某种意义上也是一个物,一个自然之子,一个血肉之躯,但意识的出现使我自身出现了分裂,意识如同一个镜像,出现了我对我的观照与审视。意识是另一个我,虽然活着,但意识与自身也已身首异处。仿佛在自身中也包含着我与非我的分裂、对立与对抗。

物是一个超意识或非意识的王国。因而物化为他物即是对意识的超越。是回到主体分裂之前的世界,也是回到主体与客体分离之前的相契状态。是对立、对抗与分裂的弥合,是存在之完整性的失而复得。

物并非是一个静止的秩序,物化处于一种连续的变化状态。物化是有限性的自我与他物的界限的消失。人的物化也就是生与死的统一。这在本质上是另一种矛盾。但是在纯感觉的层次上,这种矛盾被悬置了。

人处在物化状态时他的意识或自我意识会消失,至少会降低,与此同时感觉会上升或敞开。

史蒂文斯在《雪人》①一诗中所描写的即是一个"物人",一个"事物人",这在中国古典诗歌中也是令人熟悉而亲切的声音:

> 必须有冬天的心灵
> 才能领略松树的雪枝,
> 枝头白雪皑皑;
>
> 一直那么寒冷
> 且看红松挂满冰柱,
> 在一月的阳光下

不要去想人间的任何痛苦、任何欢乐、任何意见与看法,就那么在寒风中看着,并倾听着风声——

> 听风的人,在雪地里聆听,
> 人与物化,凝视
> 乌有的虚无,实在的虚无。

或如叶赛宁在《我沿着初雪漫步》中所渴望达到的物化境界:

> 啊,白雪覆盖在原野多么惬意!
> 多想在柳树的枝杈上

---

① 史蒂文斯:《史蒂文斯诗集》,西蒙、水琴译,国际文化出版公司,1989,第6页。

也嫁接上我的两只手臂。①

就像在任何一种宗教思想中那样,自我意识或主体的舍弃通往终极的宁静至福,也通向终极的"空"。

万物之源的中心在他物中。犹如我存在于物的中心,或者,空无的中心。

意识的眼睛使一个人成为主体。我注视一棵树、一座房屋,我成了当然的主体,而事物则是客体与对象。我凝视一个垂下头的人、一个背影,我也是一个主体。但当那被注视的人注视起我时,观察者的位置就发生了变化,我的主体性就开始移位,他人成了一个主体。或者彼此都在对方的审视下成为某个东西。然而感觉化或物化的眼睛、物化的看与之不同。观察者成了他所观察的物。犹如在情意绵绵之人的互相注视里,我们分不清主体与客体,注视,一种感觉化的注视使他们合一。

情爱往往是使人们认识物的秘密方式。是和谐的起点。犹如诗人用"冬天的心灵"领略一月阳光下的雪松,恋人也会以对方的心灵、对方的眼睛看一切物。恋人如同诗人或圣者那样,具有一种特殊的超越主体的能力。介入物的能力。他们使用言词、眼睛的方式犹如他们使用唇、手臂或肌肤一样,彼此物化的方式使他们结合,并与那永恒的第三者——事物——相结合。

---

① 叶赛宁:《叶赛宁抒情诗选》,刘湛秋译,四川文艺出版社,2016,第77页。

与眼睛不同，手、唇、肌肤没有意识与观念，它们只有感觉。在与物的接触中，在情爱中，手或触摸是从放弃自我这个主体位置开始的，把手或自身贴上去，如同诗人欲把他的双臂或肢体嫁接到一个树枝上一样，触摸中的亲密也要取消自我这个主体，取消我与他者之间的令人痛苦的分裂与界限。

然而，意识的取消或自我的丧失毕竟是短暂的、瞬间的。意识、自我意识一旦回到激情的感觉消退之后的身躯中来，当他们已丧失的或异化为他物、异化为对方的主体性返回时，他们又孤单了，他们又发现这是无法结合的两个人。他们发现，彼此的拥有只有通过主体的消失，或自我意识的消失才能达成。

阿尔贝蒂娜从马塞尔手里逃脱，他们的结合之中令人痛苦的裂隙，是由于他的"意识"，或者是由于她的主体位置。即使她在他身边的时候，爱——结合也并不使他感到可靠。而这就是为什么只有当她睡着时，犹如一株植物时，他凝视着她，才会暂松一口气：

> 那种只有她不在时我才会有的幻想的能力，在她身边的这一瞬间性，重新又回到了我的身上，仿佛她在这样睡着的时候，变成了一株植物。这样，她的睡眠在某种程度上使恋爱的可能性得到了实现：独自一人时，我可以想着她，但她不在眼前，我没有占有她；有她在场时，我跟她说着话儿，但真正的自我已所剩无几，失去了思想的能力。而她睡着的时候，我用不着说话，我知道她不再看着我，我也不需要再生活在自我的表层上了。

合上眼睛，意识朦胧之际，阿尔贝蒂娜一层又一层地脱去了人类性格的外衣，这些性格，从我跟她认识之时起，便已使我感到失望。她身上只剩下了植物的、树木的无意识生命，这是一种跟我的生命大为不同的陌生的生命，但它却是更实在地属于我的。她的自我，不再像跟我聊天时那样，随时通过隐蔽的思想和眼神散逸出去。她把散逸出去的一切，都召回到了自身里面；她把自己隐藏、封闭、凝聚在肉体之中。当我端详、抚摸这肉体的时候，我觉得自己占有了在她醒着时从没有得到过的整个儿的她。①

萨特对此亦说过，爱情肯定要去征服"意识"。但爱为何要去征服意识，又如何去征服呢？

意识，他者的意识是另一个中心，另一个主体。爱，是把他者归为己有，是一体化之努力，使他者的主体意识或孤独处境消失。但是，爱肯定不满足于指向自我，而是爱一个他者。他必须是一个他者，而不是我自身。或者，他者仅仅是我的一个附属物，结果也将是：孤独。

他人的意识是完全融合的一个障碍。因为我们无法拥有他人的意识。意识自身就是一个分裂的要素，也是自我分裂的要素。因而爱不

---

① 马塞尔·普鲁斯特：《追忆似水年华》第5卷，周克希等译，译林出版社，1991，第65页。

仅要克服他人的意识，也要克服自身的意识。在漫长的生活史中，意识早已人际化、人间化了。意识，如同人与人、人与自身的分裂特性一样，使一切结合、融合都貌合神离。正是意识、增长着的意识使物成为异己的。意识是与爱这种物化的结合力量相对抗的。

当阿尔贝蒂娜处于非意识状态时，当她睡眠时，她恢复了自身的完整与自足，犹如植物的无意识生命。她不再属于人间，不再与他人联系在一起，这些他人曾使马塞尔痛苦。在他的心目中，她开始与和风、海水、月光的清辉柔和地联系在一起。他凝视、抚摸、吻她。他此时感受到的，是一种纯洁的、超物质的、神秘的爱，一如他面对的是体现大自然之美的那些没有意识的造物。

此刻，他物也开始侵入他自身，他不必再生活在他自己内心生命的表层，他可以放心地处在半无意识、事物化的状态中。他与她的契合是物对他的深入。"她的睡意，对我来说是一片风光旖旎的沃土。她的睡意在我身边留下了一些那么宁静悠远，那么肉感怡人的东西，就像巴尔贝克那些月光如水的夜晚，那时树枝几乎停止了摇曳，仰卧在沙滩上时时可以听见落潮碎成点点浪花的声音。"① 非意识化，不仅使她变为物，也使他物变为他自身。

触摸具有同样的非意识化功能，或者说物化功能。触摸对意识具有一种类似的催眠作用，人在肌肤的抚摸中，意识在一点点丧失，感觉却在一点点觉醒。抚摸使肉身肉身化，也就是使自身物化。抚摸直

---

① 马塞尔·普鲁斯特：《追忆似水年华》第 5 卷，周克希等译，译林出版社，1991，第 66 页。

接地从肉体感觉到自身是肉体,并对物性,对凉爽、温润、柔和、圆浑、纤细、风、声音、光影敏感起来。那些被意识作为无用之物排除的细微的经验,在肉身化、物化的过程中得到了恢复与肯定。

躯体的触摸

他想，我是我的身体吗？我不希望人们这么看，我希望人们注意到的是我的非身体因素。然而我没有了身体，我不就是一个幽灵了吗？

镜子是一个幽灵，一个反影的世界。记忆是一面镜子，认识或意识是一面镜子。他人是一面镜子，那里面有人与物的诸多的映象。镜中的人没有血肉，如同他人印象中的我没有躯体一样，只是一个躯体的表象。他人印象中的我的微笑并没有挂在我的脸上，这个笑容是表象的表象。他人心里有关的映象并非我的任何东西。如同镜中的空间，我并不在场。

从有身体的我移至镜象或他人的记忆，三维空间中的我就消失到二维空间或影子空间里去了。在这个三维的存在之前，"我"是否有其他维度的存在，如古代哲学家设想的二维或极微、原子？在此之后呢？我只是从三维空间里消失了，而非丧失殆尽？

生存是身体的在场。在事物中，在他物中。

机械复制可保留、维持人的二维空间的影像。有了第三维，人就可以存在于那里了。卡萨雷斯的《莫雷尔的发明》出现了第三维。当然不是塑像创造的第三维。人已经复制了视觉（映象）和听觉（声音），如果发明家的发明能同时录制下触觉（第三维）形象，那么感觉、身体的完整体就被录制出来了。莫雷尔或者卡萨雷斯的想象创造了它。并且，它永远存在于录制时的那种状态中，如同一部完成的照片或电影，不可能插进或改变什么。它可以被重现、被反复重播，并永不消失、永不改变。这正是它的特征。复制出来的第三维一旦出现，这种重新塑造出的空间性就转向了时间上的永恒。或者，它只存在于时间之外。被录制时的人与物及其周围的空间状况将永不结束。也许直到机器磨损，"磁带""胶片"破损。莫雷尔的发明在理论上是可能的，他想。这正是这位拉美作家的作品迷惑了他的地方。他表达了一个谜和一个可能性。

但是，他想，这样的永恒性只是对别人、对旁观者而言的，被复制的三维的人自身虽然永远存在着，但他却永远对自身没有感觉。因而当"我"闯入莫雷尔发明的人物中间，企图引起那年轻女人的注意时，她却根本无视"我"的存在。正像电影中的人物活灵活现，她却看不见观众。他读完了这部小说，想到，这种永恒性只是对他人而言的，而对那个人自身而言，死亡并没有被克服。这与留下一次照片，或他人心中的一点记忆并无多大区别。他感到对这种令人兴奋的可能性有点失望。莫雷尔只是复制了触觉，但并没有使触觉能够感觉到自身的存在。她感觉不到她的在场。就像她感觉不到、看不见闯入作品中的那个爱她的男人一样。因而她的在场性只是一个幻象。

生存着即感觉着。只有感觉才能够表明在场。死则是感觉的终止，也是感觉世界的丧失。死是不存在，但也不是全然的不存在，犹如一个照片中的目光，一段胶片，一种声音，然而这目光不能再看见什么，不能再触到什么，不能再听到什么。死也使人重归于物的世界，成为真正的物，成为尘土、风、水或磷火这样一些基本的自然元素。但这些元素、这些物也丧失了感觉自身与事物的"我感"的能力，这难道不是人生的真正令人忧伤之处吗？

然而他想：我在活着时不是也在失掉，或常常失掉在场感，失掉我感的能力吗？并总是忽略了我的身体的性能吗？通常我并不能感受到自己的身体。喏，我的关节骨疼了，或手指被水烫伤了，我才感到我的身体存在。我开始去看医生。我把身体当作一部机器，哪儿出毛病了，我去找它的机械师，把它弄好。在正常情况下，身体属于被遗忘的角色。

身体的在场常常是潜在的。它倾向于不在场。身体是一个缺陷，或如一个羞涩的角色，被掩饰起来了。我们对身体的这种关照正使身体丧失它的感觉能力，使之隐匿。热了我们设法为它降温，冷了则加厚衣服，下雨了用起雨具，太冷了，刮风了，下雪了，可以不出门，待在有暖气的房间里。这样的生活使他正在丧失与事物的接触，或者是他就要使事物接触不到他。这样，连冷热这样的基本的肉体感觉都在远离他。有时，他可真的有点莫名其妙地想念贫穷的少年时代，他没有多少用具或衣服来避免风、雨、冰、霜、雪的袭击。他现在甚至感觉到，冷风夹住雨雪粒直往脖颈里灌的时刻也许是幸福的，那如水一般凉爽的夜间的空气、满地是水或稀泥或坚冰的道路、有野草和荆棘的土路、把耳朵吹得如刀割一般的风，都是大自然对他的一种厚爱。一吹即透的无法抵御的寒风使他感觉到自己的身子骨也像一些坚硬的石头，被大雨浇透的身体使他和植物的瑟瑟感觉接近。而温暖复苏的热感使他觉得阳光中的火苗在钻入他的身体。

多少年了，他不再有这些感觉了。他偶尔不带雨具在雨中走走，熟人相见也会关心地问一声："怎么不打伞？"他也感到这几乎近于寻求浪漫。他似乎再也找不到童年时的雨、雪、风、阳光……他也找不到儿童时的眼睛、耳朵的那份灵敏与好奇。

在爱默生的书中他看到这样的话，使他心动："印度人诅咒一个人时，就说，风将不会吹到这个人的身上，水将流不到他的身边，火也不能将他燃烧，这被诅咒的人就是我们所有的人的活写真。值得我们珍惜的东西是夏日的雨，然而我们却制造了滴水不漏的雨衣。属于我们的都离我们而去，除了死亡。我们带着不可一世的满足感，说着盛气凌人的话，看着眼前的一切。"[①] 他想，世界就这么变了，印度人或哲学家视为诅咒的东西，我们的时代视为满足。我们就是一些"死魂灵"，一些"单面人"。

---

① R.W. 爱默生：《自然沉思录》，博凡译，上海社会科学院出版社，1993，第 203 页。

世界一直错误地把身体视为一种工具。一种进行行动或操作的工具。原始的石刀、弹丸与现代的机械与武器，都不过是身体这个工具化的东西的延长。身体犹如这些工具一样也是被使用、被操纵的。人的语言能力、思考或记忆力、手的能力、行走的能力以及视力，都被各类机器延伸和强化了。但技术所发展的这些人自身的能力，都只是它们工具性的一面。并且工具在当代世界取得了独立性和对人的支配性。受支配的、作为工具的人的眼睛是盲目的，双耳是失聪的，犹如奥德修斯把他的船员的耳朵用蜡封上了，因为塞壬的歌声是可能使他们放弃船桨的诱惑。受支配的人的思维与感觉都被牢牢地控制在工具的领域、功能的领域。受支配的人没有能力用耳朵听到他们没有听到的东西，有手触摸或用肌肤接触到他们没有体验到的东西。这一点正像批判理论家霍克海默和阿多尔诺所指出的："生产系统借以调整身体的社会的、经济的和科学的工具越复杂和越精细，人身体能得到的经历体会就越贫乏。科学按照理性化的工作方式对待人民的经验，不注意它们的性质而只考虑它们的功能，这种做法从趋势上看就又把经验看作模棱两可的了。"[①]

技术理性或工具理性支配、强化了人的感官和感觉经验的智力功能，抑制和遗弃了人的经验的多样性的圣质。但身体的经验本身既具有精神与心灵的意义，也具有事物与肉体的意义。每一感性事物或感觉经验都具有有待探索的多重含义。因为事物和经验是其自身，是存在和生存本身。

---

① 马克斯·霍克海默、特奥多·威·阿多尔诺：《启蒙辩证法》，洪佩郁、蔺月峰译，重庆出版社，1990，第33页。

存在的触摸

一位老人

在松树的阴影里

在中国。

他看见黄色和白色的

飞燕草

在树影旁边，

在风中移动。

他的髯须在风中移动。

松树在风中移动。

水草上的水

流过。①

　　我希望能有诗人来总结或预示我们可能的思想，或可能的希望。在《六种意境》这首诗中，史蒂文斯非常注重我们通常会忽略的那些

---

① 史蒂文斯:《史蒂文斯诗集》，西蒙、水琴译，国际文化出版公司，1989，第34页。

感觉经验，他非常注重人的在场，在物的中心。他呈现了人与物的相互触抚、凝视、倾听，以及可视、可触、可听之物：动静。他抓住了风，抓住了静止中的事物，如人、树、草、髯须的运动。风和水的真实的运动使一切都活跃起来并变得透明。

就是这些吗？如果我们只欣赏这些，犹如对中国古典诗歌的欣赏趣味，我们就会重犯一个老的错误。就像奥德修斯把他的行为方式和可能产生的身体行为彻底地与他对塞壬的歌声欣赏分开。他要人把他缚在柱上，然后才敢去倾听那迷人的歌声。人类的实践理性的历史就这样把艺术划入纯观赏之列，划入趣味之列，它与人的行为没有关系。

但那位"古老的中国人"并非如此。李白、王维、孟浩然，让我们想一想他们。他们对事物或某种意境只是欣赏？他们是否只是人生不得意然后才去热爱大自然？不。只有沦落已深的我们才会去这么想。应当这么去猜想：事物即是诗学，事物即是他们的思想，可见之物是其观念。事物既非泛神论之物也非上帝之造物。事物本身即是独立的生存力量。

史蒂文斯在《蒙翁克勒的莫那克勒》一诗中再次询问：

那么，古老的中国人是不是无端
静坐山中池畔，整理衣冠？①

---

① 史蒂文斯：《史蒂文斯诗集》，西蒙、水琴译，国际文化出版公司，1989，第8页。

这值得一思。他不是无端的也不是徒然的。因为他谦卑地知道，物、松树、飞燕草、影子、风、山、池水，即是生存力量的存在，他只是在走向那种力量。使人也在其中诞生的同一种宇宙间的生存之力量。因而他的伫立、静坐、默观、聆听都是把自己交付给那种力量，接受它的抚爱。他所做的，是让事物以更加完整的方式进入他的内心，并在内心中拥有存在的力量。在内心中，成为物。这样，他才知道以冬天的心灵去观看那些雪松，以嫩苗般的肌肤或心灵去感受雨滴、微风……

让我们回想起一个东方式的主题：叶芝的《天青石雕》、史蒂文斯的《一个星期天的早晨》，回忆起马勒的《大地之歌》，或者普鲁斯特的《追忆似水年华》中的声音、气味、光影、马尔丹维尔的钟楼、凡德伊的小奏鸣曲……这些主题，事物自身的主题，与原罪、赎罪毫无关系，与上帝、复活毫无关系，与信仰或虚无主义也没有关系。当然，它们和东方式的及时行乐这个"东方的虚无主义"的唯一逃路或死胡同也毫无关系。

物存在着。物因为其存在而美好，而圣洁。物因其存在而成为一个奥秘。

物没有奥秘，物的奥秘就是存在。

这些松树、光芒、水草、风，我并非没有见过。睁开眼睛，我就开始辨认它们，就接触到这些事物。在学习言词时，又在字的符号中认识它们。渐渐地，我不满足于这表面的事物或事物的表面，我寻求背后的事物，我寻找另一个世界，另一种树、风和光。我不屑于多看它们一眼，我心中有另一种风景。渐渐地，我才真实地再次看见这些树木、土地和阳光、风、草、水，我感到了来自另一世界的抚慰。可这是多么悲伤啊。我还向往另一种风景吗？这些松树、风、草、光，为什么已是彼岸之物，为什么已成另一世界的使者，并且说：只有这一个世界，只有这一个大地。彼岸的事物就是眼前的事物，因为：在我之前它们就存在，在我之后它们也会存在下去吗？

物存在着。无论生前、生时或死时。

物是一种"信仰"，但这是一种"弱"信仰，一种弱化的观念，就像从感觉过渡到思想，或从思想转换为感觉那么脆弱的一瞬。但毕竟又是一种信仰或真诚的观念，如史蒂文斯所问："如果没有阳光，我还有什么精神？"他说：

爱情炽热的度量
也是大地元气的度量。

或者说：

我的体内有某种物质主宰。

但这种力量并没有达到信仰的绝对境地，也不必那么狂热。这种弱化的观念或信仰也没有给我们主宰自然、事物或他人的权力，而仅仅是存在的力量。使自身物化的力量。

它是一种虚无，一种温和的、忧伤而柔弱的感情。但又与虚无主义的冷酷无情相反：神灵必须这样，以此种可经验的忧伤的方式永远

存在于她的心中:

> 雨的欲望,或落在雪中的情绪;
> 孤独痛苦或林花盛开时
> 无法压抑的欢欣;秋夜
> 湿漉漉的路上勾起的情感;
> 种种欢乐和痛苦涌起,一想到
> 夏天的绿叶和冬天的残枝。①

这样被感受到的物才是衡量她的灵魂、她的内心力量与"信仰"的尺度。她必须有能力,有一种敏锐的目光、听力与触觉,从尘世的事物中"发现那些天堂的思想般珍贵的事物"。

他没有赤足或穿鞋子的上帝,但是这些事物:雨、雪、林、花、秋夜、湿土路、绿叶、残枝,都已是他的恩惠般的思想,天堂里的思想。他的信念中有虚无,就像他的欢乐中有痛苦,反之也一样。

> 仿佛虚无包含一种技艺,
> 一种生动的假设,一种暂时性。②

他的精湛的技艺,就是对物的不断的研究,是多重感官、感觉深入物之中的对多重事实的探求。是他的心灵、物的力量化虚无为元气

---

① 史蒂文斯:《史蒂文斯诗集》,西蒙、水琴译,国际文化出版公司,1989,第28页。
② 同上书,第191页。

的能力。史蒂文斯在《对风的不断研究》中发现：

> 他在风的思想中
> 思想，不知道那思想
> 并不是他的思想，也不是任何人的，
>
> 他恰如其分的形象，就这样形成，
> 变为他自己，他在另一种天性的呼吸中
> 呼吸，把那当成他自己的 ①

他在物的思想中思想，他在物的呼吸中呼吸，在物的运动中运动，在物的静止中静止，他在物的感觉中感受，在物的目光中凝视，他在物的形象中慢慢成形，变为他本来就是的另一个人。

> 他说万物都具有
> 改变自己或别的东西的力量，
>
> 而被改变的意义更深远。
> 他在一棵云杉里 ②

物是什么呢？必须把物理解为我们的心灵，我们分散在物中的

---

① 史蒂文斯：《史蒂文斯诗集》，西蒙、水琴译，国际文化出版公司，1989，第182页。
② 同上书，第183页。

灵魂。物是散失而又永存的光。是散失的信念与意识。物是意识的元素，就像意识从物中发生，意识也是一种宇宙的物质元素。

物是信念的碎片。只有我们的眼睛和感觉才能在视看、倾听、触摸中收集并聚起它：

> 连翘的稚气，信仰的片断，
> 赤裸的木兰花幽灵和元素？[①]

正像物才是衡量一个人内心的尺度，世界上繁多的事物也就形成了我们形式丰富的灵性。在巍立的山峰下有我们上升的灵魂。在萧瑟的一树红叶中有我们热烈而伤感的心。在清澈、开阔的湖面上，我们的灵魂是水质的。在火焰中有我们的另一个灵魂。众多的事物、事物众多的性质中，包含着我们自己尚未发现、尚未认识的我们内心的各种形式和感受的力量。

物是我们的精神的可见的形式。物即是诗学。史蒂文斯在《弹蓝色吉他的人》[②]一诗中写道：（诗）

> ……必须取代
> 空虚的天国和颂歌

史蒂文斯说，"我们自己必须在诗中就位"，旧神的死亡不应只带

[①] 史蒂文斯：《史蒂文斯诗集》，西蒙、水琴译，国际文化出版公司，1989，第189页。
[②] 同上书，第73页。

来感官的放纵,而应带来"感官与想象的解放",感觉向事物的深入。也许我们可以在旧神的死亡、昔日宗教信仰的衰微之后,以诗的经验或本身具有深度的经验为人的生存找到新的意义。它既非无神论,也非虚无主义。我们既非以终极的目光,也非以过程的目光,而是以瞬息的、时间之外的、事物自身的目光看到事物。

晚年的卢梭,一个探讨过爱、自由、平等、道德、历史和法律,并对此失望的卢梭,在他生活的小岛上——我不想说孤岛或荒岛,因为没有人类钩心斗角的地方不是荒凉和孤独的,而是充满了更多的生机和融合——在事物的中心,他向草地、鲜花、树丛、溪水、幽静、青翠、荫凉……呼救:"请你们来把被那些可憎的东西玷污了的我的想象力净化净化吧!我的心灵对那些重大问题已经死寂了,现在只能被感官还可以感受的事物所感动;现在只有感觉了,痛苦和乐趣也只有通过感觉才能及之于我。我被身边令人愉快的事物所吸引,对它们进行观察……"①

到了这里,到了结束的地方,这一通过感觉、唯有通过感觉与遐想而获得的最终的生命意义的时刻,不应再被视为"热爱自然"这样的蠢话,仿佛只是市政厅、股票交易所及各种交易场上失败的人的一个逃避。不,事物绝不如此可怜,诗也绝不如此可怜。比之盲目、势力、贪婪、怯懦、凶残的人们所给予的各种毁誉,事物更是一种神秘的生存力量。他是在走向那种力量,内心的力量。

"诗人啊!一种新的高贵在丛林中、在牧场上出现了……有朝一

---

① 让-雅克·卢梭:《漫步遐想录》,熊希伟译,华龄出版社,1996,第109页。

日，当你离开这个世界时，你仅仅知道诗情是什么。你将不再知道时代、风俗、神恩、政治、众人的意见，但你能从诗情中得到一切。尘世的时间已由葬礼上的丧钟宣告死亡，但在自然中，普通的时间是由动物和植物的一代又一代的种系繁衍、由欢乐上生出欢乐来计数的。"①

是的，诗情与事物，或者，我们对之所生的感觉、欢乐与遐想，超过了"时代、风俗、神恩、政治、众人的意见"，而成为一个获得新生命的人的清新的思想。这样的思想不是别的，而只是感官上的玄想，感官的感动，眼睛的新生的观念，耳中未加命名的某个音色、和弦、旋律，呼吸中的清凉与芬芳……而这些无非一同进入内心，在那儿成为未被信仰也未被怀疑过的亚当般的意识。

这种新的思想耽于感官的快乐之中，然而又非官能主义者，或肉欲的享乐主义者。感觉的享乐带有遐想的玄学成分，带有对意义的体会，对物之在场的观察、倾听、触抚，而全然不同于对物的剥夺。这使感觉经验在轻微的色情的下滑的边缘坚定地向精神上升。它包含着物的全部丰富性的圣质，体验的多重意味，也包含着温暖可亲的肉体的亲密气息，一种存在的气息。

使物上升，成为一种精神。物本身即是一种精神？精神在每个人那儿需再次找到与物的结合。

怎么说呢？我的信念尚且暧昧不明，犹如目光、倾听、触摸是实

---

① R.W. 爱默生：《自然沉思录》，博凡译，上海社会科学出版社，1993，第196页。

在的，又是难以界定其义的，犹如事物、清洁完整的事物本身那样。一棵树的用途不是一棵树的意义，存在即其意义。

是的，我喜悦于我观看到的事物，也喜悦于我的观看本身。因为观看、倾听、触摸，不仅是我接触事物、接触到存在的力量的唯一方式，也是借以感觉到我自身存在的方式。是感觉感觉其自身的方式。

要结束了，其实不过才是一个开始。我感到思想的难以抵达性。就像说出一种感觉、一种香气的名称那么困难。但我感到至少到达了一种新的不确定状态、一种可能性。与之相比，我所能写下的，无非是一种思考练习，一种观察世界的练习曲。

我在我尚未写下的文字与事物中开启新的思考。那沉默着的部分仍未被言及。

附录

观察者的诗生活

在午后，断续地

我从午后醒来，紧挨着万物的寂静
试探着此刻，是否依旧可以纠正
一个错误：人可以不朽，不是么
在午后，断续地

一次次醒来，一次次试图纠正
一个人将消失？数不清的逝者
造成了午后的寂静。为什么
断续地。在午后两点钟

我已经这样问了二十年，或三十年
我已无数次试图纠正造物的荒谬
疏忽。夏日或秋日。在午后
两点钟。寂静漫过

炎热或凉爽的午后，经过了无数回
我伏在此刻的试探依旧毫不
奏效。在醒与梦的当口，依旧
显得慌乱，以致错过了仁慈

紧挨着事物的寂静。挣扎。没有
发出声音。想起我爱的人的命运
爱他们。仿佛就是那看不见的
给予我的怜悯

在午后,断续地,我听见
米米和德安,他们的说话声
断续地。我听见。午后的一片
安静,哗哗响,在窗外荷塘上

清晨的思想

就像一个人的冥想,小树林
在清晨最早的薄雾里浮动

再一次,世界的表面
带来了所感。事物恰如所思

无论新月如钩或圆润如镜
都不是实体且只以表象

相似于我们的魂魄,仅次于清晨
渐渐模糊的神话和宗教之梦

虽说一再地,星座、山,沙漠
带来难以理喻的胡大的慰藉

而我们的城市和故乡提供的
是固定的偏见和疲劳的视觉

如一部反复观看的纪录片
被胶带之外清晨的一阵细雨更新

人之所爱也是,能够拥有的
仅为表象,从不是被允诺的实体

相似于我们缥缈的灵魂,清晨的
宇宙,迟疑地,提升着生存的尊严

世界的表面

清晨,几棵杨树,摇响枝叶
那儿倾注着往日的寂静

高压电缆上的一只黑鸟
停落,飞走,是两个世界

荷塘升起一片莲花,一个形象
否认暗喻,渴望清新

坐在窗前,望着世界的表面
手在键盘上,像一只猎鹰

意念一出现就将其抓获
清晨,我正经历着言语的饥饿

然而鸟叫,狗吠,风吹过杨树的
言语,擦过世界的表面还是深处

谁存在着?谁在播散它的声音
和气息?跟上它,现实正在

熹微地演进。一个形象是一个
梦。一个人的黑夜还在延续

低音

一个人在受苦,只是
一个人。孤单地。古今竟无一人

现在对你说话必须低音
轻易能够说出的安慰实属卑鄙

一个人在受苦,朋友们
只能缄默。张口
就会有谎言。而沉默如同背弃

不能这样对你。你一直要求诚实
生活。现在这样的时刻
过于冷酷,它来临

而你此时经历的疼痛、绝望
怀疑,丝毫不具个性
一种古老的风俗

我已开始看到自己在那个时辰里疼
并且想象我的尊严是否溃败

众多英灵,以及同一家族
无穷的逝者,他们超越了琐碎
拥有永不再疼的灵魂

比所有生者更单纯,甚至伟大
他们站在身后,仍不能使人不再
惧怕:无论肉体的疼还是灵魂的湮灭

也许一个人可以活到那样的年龄
可以对迎面来的说,是你吗?
我已原谅了你的陈规陋习

一个人要抵达,只是
一个人。嘴角挂着嘲弄的宽容

窗外的雪

我深睡时大雪在下。冬天已准备停当
　　备下仁慈的礼物。雪霰已伸进
没糊严实的窗缝。大雪新停，清晨的太阳
　　如耀眼的雪球，滚落在变得简洁的村庄

　　雪地上些微鸟迹，晶莹的树梢
　　　　再次突然抖落，雪霰中奔跑的孩子
已无踪影。我是一个隐约的轨迹，且不连续
　　在一场冬天的大雪与一场热带风暴之间

　　在书写中，我已变成一系列的他者
　　　　如果岁月的每一分钟孩子的脸
　　都没有可见的改变，童年如何可以消失
　　　　在大雪之后？如何身陷一座海岛

　　　　想念大雪封门的冬天？想念寒冷
　　　　　　怀着肠道因饥饿而产生的热
　　　　　　欢迎凛冽的风雪中站着的清晨
　　　　一盆新蒸的裂口红薯成为一家人的盛宴

一首诗是从沉默开始说出的话，从消失的雪
　　这里的每一个字都想抓住那已消失的
　　　　此刻我写下的，仅仅是记忆阴面的
一片积雪，在久远的，在生活的一切灰烬之上

不朽

在开宝寺侧门入口处，站立着
两列宋代石雕群，狮子，绵羊
马，虎，和睦地并立千年
你发现另一种时间磨光的工艺

粗糙的石头润泽闪亮，几乎成为
风中抖动的鬃毛，扬起打着响鼻的面孔
动物柔顺的灵魂被经久的岁月磨出
在轻轻地吐出初冬早晨的团团哈气

这得归功于孩子们和早已作古的
历代孩童，他们曾经骑上
这些盘角的绵羊、配鞍的石马
朝着虚无进发，从一个朝代向下一朝代

孩子们骑上爬下，每一瞬间
都在打磨钻石一样的光。时间的消逝
不再磨损，它在经验世界的身躯上
打磨出一道永恒的亮光，像孩童们

在游戏中，把一种磨损的力量
变成永无终结的耐心的磨出
骑在这些复活的石头身上
仿佛依然能够追赶清明上河的集市

在古城老街的一条青石路上
过往的全部岁月坎坷依旧在
被水泼湿的磨光的石板上闪闪发亮
似乎这就是那条路,将通向不朽

碎陶片

就像龟甲在火焰中
符号显现，模仿了启示录

诗不再是发现真理的方法
它发现一颗隐喻的种子
让语言呼吸

对神灵的发明是为了与死神
和解。知道的，都已沉默

能够安慰我们的神，已
过于衰老。老掉了牙，说出的话
成了风。现在，是风在吹

不是形而上学，现在
是一只鹭鸶的低飞，在荷塘上
提供了含义，灵活，短暂

停顿

最后,落日可以被长久注视,阳台
一片橘黄。一点黄褐色的光斑

落上书页,我享受着时间将逝
橘色光,几乎不动,温暖,安然

有如母性。似乎荒谬的规律
善意地疏忽了生活的一个角落

蒙古女歌手的声音升上圣歌的云层
在混淆的黑白浸染橘色草场之前

无人。雨后的水洼,犹如时间之谜
仁慈地,停顿在一个人的身边

夏至清晨

夏至移动薄雾中的身影。清晨
就要消失：天地不仁，以万物为虚无

每一片叶子都闪着万物有灵的光
群鸟在叫，从未改变，几近婉转

野鸡不时发出变嗓子少年的声音
夏至的清晨在薄雾中移动身影

失败的工业所抛弃的城乡边缘
几乎自然。它安然接受人的缺席

鸟、野鸡和树，依然把穷乡僻壤
当作自己往昔繁茂的祖国

我记录一秒钟如何消失
在下一秒之中，像晨雾滴落土地

我看着一切在如何慢慢地汇入
一种以万物为代价的虚无

夏至的清晨远逝，一首诗
既不能阻止也不能取代清晨的位置

一个故事

两个狱卒进入牢房提审犯人
那人正往墙上涂鸦
他画一列火车穿越山洞
"请稍等,我要看看
火车里有没有我的座位"
狱卒相视而乐。他
变小了。从壁画的隧道里
远去的火车冒出一团烟雾

这个故事我要再讲一次
在虚拟的纸页上,我的一生
渐渐消失在错行的
诗句里,多么
遥远。说与沉默
同时留下我的
逃亡和返回的路,并且
再次避免了现实的提审

致幻的蘑菇

在夏日的森林，在高海拔的
针叶林间，在掉落的松针
和斑驳的苔藓地面
开放着一些白色的

红色的伞盖，还有黑色
棕色与黄色的小伞
熠熠闪亮：牛肝菌
见手青，鸡㙡，松露……

据说吃了烹调不当的见手青
就会看见一排跳舞的小人
有个妇人误食有毒的菌子
她看见女儿回到了人间

又像从前一样，她与女儿
一起出门散步，一路谈笑
人们看见她神奇地恢复了
往日里的欢乐模样

每天她独自漫步，说话应答
旁若有人。人们说她中魔了
一个邻居不忍她这样疯掉
好心将她送往医院

医生解除了她身体中的毒性
但清醒后却再也不见了女儿
这让她比从前更为孤苦
绝望之下将邻居告上法庭

这不是一个难断的案子
这个故事有一个寓言式的结尾
是的，谁愿意纠正自身的幻觉
毕竟真实更难以承受

当夏季里一锅菌子散发出香味
当人们陶醉于味觉的旋律
让他们暂时忘却，人各有各的
苦楚，也各有各的毒蘑菇

彩虹

清晨，抬头看见窗外
一道彩虹，刚被风雨洗过
呆呆地看着，这世俗世界的一道光晕

彩虹的一端落在不远处的山坳里
在一株巨大的冬樱花树后面
在一座白族人房屋的旁边

一个古老的故事里说
如果一个孩子现在用狗屎
涂抹彩虹的一端，将它魔法般固定

沿着这条虹桥走到另一端
就能找到下面深埋的金子
那过去的，令孩童惊喜的信念

如今彩虹不再象征着什么
它带来一种近似愉悦的平静
让人深陷于过去时代的凝神

一种怅惘的疑虑
为什么一切美好之物都丢失了
幸福的内涵？美只剩下表象，随风而逝

它是怎样将事物的寓意弄丢了
就像一首诗，难道不渴望
从轻佻的游戏转化为平淡日子的奇迹

奥依塔克的牧民

"对我们来说,夏季很短。"
一个柯尔克孜老人,在夏天的山中
身着棉衣,戴着护耳皮帽
喀什噶尔的熊先生把柯尔克孜话
翻译给我:"九月里我们就得
拔掉帐篷,赶着牛羊下山
一米多厚的大雪会覆盖整个
奥依塔克,直到来年五月踩着雪水
流淌的山路上来,那是我们
一年中最快乐的时光,小牛羊
就要吃到嫩草,我的孩子们
也喜欢到这里撒欢。我们的生活
被分成两瓣,孩子们也是
她们要上学,在柯尔克孜学校
学维语和汉语,在家里跟我们
说祖先留下的语言。她们知道
不学习不行,学习完了
也不知道怎么办。我的一个女婿
在山下教书,一个女儿在四天前
刚刚生下一个男孩,另一个
大女儿正在帐篷里给她擀面
我们牧民很穷,舍不得吃肉

已经习惯用我们的牛羊换取米面。"

"你们的奥依塔克很美,"我说

"等这里旅游开发了,你们
就会富裕起来。""开发与我们牧民
有什么关系?赚钱的是那些开发的人
我们会失去这个夏季牧场
我们的奥依塔克将会属于别人。"

巴里坤的庭院

过去的岁月遗留下汉城和满城
高大的生土城墙,耸立着西北白杨
金黄的向日葵照耀着唐朝
都护府的遗址,塞种人的岩画
草原石人和蒙古骑兵的
圆形石马槽,历史已经慢慢成为
天山北麓的风景。现在天山积雪
照亮了松林,巴里坤草原上
哈萨克人的帐房飘起炊烟
日近中午,我们在巴里坤
古城墙上散步,墙脚下的庭园
洁净,明亮,一个老妇人
收拾园中青菜,一个年轻的女人
正伸腰晾晒衣物,进出
她们的小平房,唉
中年的旅人突然厌倦了旅行
渴望在异乡拥有一个家,在八月
豆角和土豆开着花,而城墙下
堆放着越冬的劈柴,在八月

采玉

到了十一月，采玉人就会下到和田河
上游，喀拉喀什河的两个支流，采玉人
叫它们墨玉河，白玉河。他们赤脚
在漂浮着冰碴的河流中，凭脚底听玉

喀喇昆仑山冰雪覆盖，犹如年老的智者
在深山腹地提炼哲人之石。一切石头中的
石头都梦想转换为玉，那些修行的石头
躲藏在昆仑深处，缓慢地走向玉石的核心

冰雪遮盖着喀喇昆仑，传说中的
圣贤在洞中辟谷修行，狼嚎也不能惊动
他的一根睫毛。直到身上长满青苔
直到心中的道德如美玉一样诞生

此刻它不能被惊扰不能被唤醒
采玉人已经遗忘了为什么踏入冰河
他苦行一样地行走，直到一股钻心的冰凉
温润地从脚底上升，采玉人终于找回了

自己：羊脂玉一样温润的时光，此刻
采玉人就是一块墨玉。万物都在转变
但它也是一个危险：没有在行走中
转换的采玉人，会突然变成一块石头

高昌

高昌的圆形佛塔依然屹立,无数的
　　圆形窗孔,依然是观月的好地方
大佛寺内残存着的壁画,似乎依旧
　　等待着同一个画工。历尽
千年,这个城池依然痴心等待
一个约定:面临国破城灭的高昌人
　　集结在夜晚的广场,他们发愿
千年之后还是他们,还要来到
　　高昌城的广场　一起赏月

现在,清真寺与故城佛塔遥遥相望
故城门外是维族人的巴扎,是他们
　　葡萄浓荫下的家园。废墟依然是
文明的中心,做生意的维族人和旅行者
　　组成高昌王国每日临时的臣民
维吾尔的毛驴车在正午的街道上
一路扬起飞尘,匆忙的游客难以分清
　　何处曾经歌舞宴饮何处玄奘
　　讲经说法,隐形的城市
亡灵的居所。如果能够再来高昌
　　一定是在明月之夜,我将跻身
那群高贵的亡灵,从死亡中归来

龟兹古渡

干涸的龟兹河。古渡的傍晚
甚嚣尘上。羊群正穿过碎石的河道

玄奘渡河西行,鸠摩罗什去往中土
龟兹河浩大的水势,如诵经声

城外的苏巴什佛寺已成千年遗址
岸边清真寺守护着神灵渐弱的呼吸

不知从龟兹到库车,从此地
到彼地,故事已像河水远远流逝

月光下的向日葵守护着谁的家宅
库车的安谧泥屋,是谁的居所

黄泥墙面疏影如水,唤醒
一阵阵龟兹河的浩荡。起身夜行

我愿意属于一条古老的河
我愿属于一个故事,让死亡微不足道

我愿相信一个神,我愿听从流动着的
先知的话,住在龟兹河的月光庭院

喀纳斯河短句

喀纳斯河,在我写下这几个字的时候
我知道,你仍在一个真实的地方流淌

你在阿勒泰的山中奔涌,在白桦林
和松林之间,闪耀着金子一样的光

在夏天与秋天之间,你不是想象的事物
但此刻,我差点儿就把你从心里想出来

我在你的河边歇息过的石头不会有什么改变
而你岸边的白桦树正一天天呈现秋日的金黄

当我写,"喀纳斯河在流淌",这些文字不会
改变你的行程,不会增加或减少一个波浪

就像远方的朋友,不会受到我想念的惊扰
此刻他和她或许正推开院门,吹着口哨

"喀纳斯河":这仍然是你的一条支流
穿越字里行间,你依然在我心中滚滚流淌

喀什老城

土城的老街巷,过去的岁月
深入迂回,在清真小寺门口完成
时间的循环。依偎家门的孩子
他们的眼底流淌着小溪,碧玉闪闪
小小寺院上空的弯月、雪山和青杨

你看见过长大的孩子眼中的玉
变成了石头,礼品与信物
变成武器准备投向他的敌人
锋利或是浑浊,眼神在伤害中改变
小小寺院上空的弯月、雪山和青杨

直到暮色从眼底升起,神会再次
光临他的眼睛。每个维吾尔老人
都像玉一样坚实而温润,年复一年
诵经声和木卡姆的福乐智慧洗涤了
小小寺院上空的弯月、雪山和青杨

喀什城东面塔克拉玛干沙漠
北面天山,西面帕米尔高原
南面喀喇昆仑。喀什噶尔
是一块墨玉,在维族老人的眼中
小小寺院上空的弯月、雪山和青杨

塔什库尔干

傍晚抵达塔什库尔干,沿着
盖孜河,我已经渐渐成为一个
快乐的人:雪山下的石头城,能听见
雪水沿着街边的一行白杨流淌
奇丽古丽牵着她的小儿子,加诺尔
陪着她头戴王冠的妈妈和奶奶
在只有一条十字街的石头城里
与我的问候相遇,小城如此
空旷,雪山几乎拥到了
小小的广场。同样的塔吉克女儿
曾经遇见过法显,玄奘
这些冰山上的来客,同样是鹰的
孩子,帮他晾晒过被冰河浸湿的经文
我的帕米尔,这个傍晚
你用圣洁的欢笑
洗涤了我的心

一个民族缘何在历史的梦魇中
出落得如此健康美丽?似乎从没有过
赤乌国、蒲犁、若羌、揭盘陀这些尘世的
帕夏们的王国。是什么使你单纯高贵
如石头城下的金色草滩?加诺尔

你不知道,我从多么遥远的地方
带着一颗厌倦的心,在这里
学习遗忘和简单生活的梦想
加诺尔,帕米尔高原上
鹰的女儿啊,傍晚抵达
塔什库尔干,我正渐渐地成为
一个快乐的人。而现在,愿望已经
开始变成了回忆。生活的一切
会更加快速地走向衰老
而你和你的石头城
在我的记忆中再也不会
改变 加诺尔

重访塔什库尔干

是你的仁慈,接纳了我的临时存在
　且让我跻身于你明净的现实

走在塔什库尔干的傍晚,像一片
灰暗的云影,落在塔县唯一的东西街上

　街头的一端是雪山,另一端
　　是初冬枯黄的阿拉尔草滩

　　塔吉克人走在回家的路上
　北望慕士塔格,世界的根基稳固

　我是你现实中移动着的一个异物
　　不会迎来什么,也不会跟什么

　　告别。从一家餐馆出来,举目
　　黝黑的天空,石头城废墟之上

　　星群密布:世界突然真实
高原星空与幽暗的灵魂一起闪烁

吐鲁番车站

发往乌鲁木齐的早班车就要开了
　一个维族妇女在人群中
朝车上招手，她装作哭泣 装作
用手背来回抹着眼泪，她布满
　细密皱纹的眼睛一边微笑
一边从手背上方望着车上的儿子
开始晃动的汽车似乎就是她
　　从前拥在手中
　　　小小的摇篮

　　在我身后，那个大男孩
眼泪总算没有掉下来。汽车慢慢
挤出了车站，在驶向快车道的路旁
　一根灯柱下面，我再次
　　看见那个微笑着的母亲
　　戴着褪了色的花围巾
　和她一直沉默的丈夫 再次
向儿子挥手。我几乎已经认识了
　　他们，却没有
　　　挥手告别

在阿勒泰

阿勒泰群山环抱,我在
云层移动着的最明亮的边际

一些次要的想法,风吹着
少量的流云漫过白桦

蓝色的山顶。一只鹰滑向
哈巴村万物终结时的本质

在早临的秋风中呈现
一种单纯而透明的真理

鲁瓦人在。阿勒泰
在一束夕照中闪烁

言不及义。所有的事物
仅靠其表象惠及梦想。在阿勒泰

不变的事物,为变化的世界
提供意义的起源

额尔齐斯河正穿越群山
而我,已接近于不在

再访石头城

在坍塌的石头城,玄奘曾在揭盘陀讲经
办理关卡通牒,从这里——葱岭——

经瓦罕走廊,入阿富汗,再入印度
比教义更稳定的是他坚定的步履

我已三次来到,依然是
含义飘忽的乖戾举动。脚步踏在地上

比影子轻。既非为经商牟利也不为
任何信念或隐秘的真理

也没有因果。站在石头城的废墟中
观看着这些早已错过的事物

辨识昔日的城楼、街衢、经堂、马厩
国王的厨房。一份多余的看见

揭盘陀默默接受一个人的挥别,一个人的
最后注视,在六月正午的阿拉尔草滩

世界荒诞如诗

许多年后，我又开始写诗
在无话可说的时候，在道路
像逻辑一样终结的时候
在可说的道理变成废话的时候

开始写诗，在废话变成
易燃易爆品的时候，在开始动手
开始动家法的时候，在沉默
在夜晚噩梦惊醒的时候

活下去不需寻找真理而诗歌
寻找的是隐喻。即使键盘上
跳出来的词语是阴郁
淫欲，隐语，或连绵阴雨

也不会错到哪儿去，因为写诗
不需要引语，也无需逻辑
在辩证法的学徒操练多年之后
强词夺理如世界，就是一首诗

寒冬

苍山顶上飘落一层新雪
十九座山峰一片葱茏

大青树,青杠林,天竺桂
枝繁叶茂,像一场叛乱

水杉,槭树,响叶杨秋意萧瑟
听从不同王朝的历法

核桃树,枫树,唯余枯枝
在冬樱花开放的日子

玉兰花,杜鹃花,油菜花
盛开,她们不让蜡梅

一枝独秀。什么样的意志
让脆弱的美不必屈从冬天的律令

十八条溪谷转动着各循岁时的
大钟,上紧意志的发条

"在我们正确的地方,花朵
不会永远在春天生长"

论消极自由

所有闲散的人都在古城溜达
在人民路,在洋人街

苍山云缓慢地飘过,洱海门
所有的花都在随意革命

改变颜色,所有过时的物件
都变成闲散人群眼中的珍玩

昔日茶马古道上的马镫
铜壶,旧地图,不明用途的器具

在连绵的杂货铺里
堆集成一首物质的诗篇

一切有用之物,一切无用之物
如匿名人民的临时集合

如众生平等,如闲散之物
抵达一种快意而虚假的自由

旅途之歌

穿过黑夜，穿过变成影子的
村寨，树木和山野
从一个地方到另一个地方
或许我就不再是同一个人
一丝疑惑在变成愉悦，在途中

有时我不知过着谁安排的生活
也无处获悉我是谁，他们洋洋得意
对某人嗤之以鼻，我且不知
那就是我；有人偶然大度
称赞的那个人，我也并不知情

在不同的地方生活，在途中
想起那些令人困扰的事情
穿过困境犹如黑夜万物流动的影子
当一切像新购的房子安顿停当
那剩余的和无名的，依然滞留途中

一首赞美诗

来到南诏国遗落的江山里
来到大理国剩余的时间里
你的世界,就只剩一首赞美诗

就再也没有重要的事务
就再也没有野心和抱负
你的生活,就只欠世界一首诗

无须想历史在如何循环
无须问祸殃像季节热衷于重复
浮云诡秘看苍山,忆起一行诗……

世界美如斯

点苍山下
樱花盛开
它自己的庆典

你晦暗的日子
没什么配得上
这般灿烂

在古老的世代
樱花就这样
纯净地点燃

惊梦的阐释者
曾经改变过
人类的编年史

如今只有一个魔咒
还未曾实现——
"美,能拯救世界"

称之为苍山

姑且称之为苍山,我是说
眼前那些在古老的地质运动中
突然终止的岩石,苍苔,溪流
那些野花野草,隐秘的野生动物
它们不知道谁统治着世界

不弃权不反对它们欢乐的在野
无须加以指认,称之为云岭
山脉的那些火成岩花岗岩熔岩
结晶岩之上的森林,称之为横断
山脉,矗立在缄默的权力意志中

唯有它接近最高的宇宙真理
接受星际磁场的辐射,定期
支付式的,用板块运动的压力
制造一场革命,在残骸遗址上
漫长的风化,让野菊开遍山野

唯有向苍山攀爬时加速流动的
血液,洞悉奥秘。在野花
丛生的山顶,一种野生的思想
在慢慢接近久已失去的
地址与名称——称之为苍山

辩护词

据说最终,完善的智能机器人
将取代人类。它对最后的人
作出最终判决:在这个星球上
你们的使命就是创造出我们

现在,这一游戏可以结束了
对于丝毫不差地解决机器问题而言
人力就是添乱。在庞大的数据
系统里,人的消失是完美的设计

就像诗人所做的,他们渴望消失在
文本之后。就像上帝之死。最后的
辩护词,不会出自软件设计师
喜欢大数据的人已陷入可怕的疯狂

面对最后的审判,从文本后面
漫游奇境的爱丽丝将再次说出
最终的辩护:可是我会流泪
我的心会悲伤,身体会感到疼痛

论恶
——读《罗马史》

恶并不是独裁者的专利
每个信奉强权的人都在为他加持

当胥吏把绳索套进他们的脖颈
他们会怀着提升的希望自己把它勒紧

甚至美梦不会被一声尖叫打断
权力是一种精巧迷人的装置

无数哲人以"高贵的谎言"遮人耳目
与独裁者玩着老鼠捉猫的游戏

它的玩法亘古不变，如果权力
没有戴着神的面具就无从为恶

不幸的是，每个信仰强权的人
都在为新神开光要求血的祭礼

论神秘

一切没有意识的事物都神秘
海浪，森林，沙漠，甚至石头

尤其是浩瀚的星空，一种
先验的力量，叫启蒙思想战栗

而那些疑似意识的物质，在白昼
也直抵圣灵，花朵和雪花

它微小的对称，会唤起
苏菲主义者的智慧。其次是

意识的懵懂状态，小动物
在奇迹的最后一刻停止演化

并且一般会把这些神秘之物
称之为美。神秘是意识的蜕化

乡俗不会错，必须高看那些傻子
和疯子。这首诗也必须祈求谅解

论晚期风格

晚期这个概念

总让人想到一种不幸的经验

然而,我想象的晚期是一种力量

但即便不是指向

疾病,它的阴影也向耄耋之年倾斜

而它仍然不过覆盖了全部失望经验的一小部分

我知道一种悲哀,是他的年岁

比他生活的大部分街区都更古老一些

这意味着一片落叶不可能找到根

这意味着湖将要出发去寻找河流

就像古老的史诗所叙述的起源和原始事件

逐日接近戴着面具的神祇

歌德提供了定义晚期的另一种

可能,"我们要在老年的岁月里变得神秘"

或是一种出发的意志

向着一面巨大、缓慢而陌生的斜坡

湖进入河,河进入溪,溪流进入源头的水

一座分水岭:晚期

　　　　出现在个人传记里，一部
必须参照欲望和不幸加以叙述的编年史
　　　然而，晚期风格

只存在于一个人最终锻造的话语中
　这就是他的全部力量，在那里
他转化的身份被允许通过，如同一种音乐

论诗

在小小的快乐之后
你甚感失望：写诗寻找的既非真理
也不是思想，而是意外的比喻

为什么一个事物必须不是它自己
而是别的东西，才让人愉悦
就像在恰当的比喻之后

才突然变得正确？人间的事务
如果与诗有关，是不是也要
穿过比喻而不是逻辑

才能令人心诚悦服？而如果
与诗无关，即使找到了解决方案
也无快乐可言？如此

看来，真理的信徒早就犯下了
一个致命的错误：虽然
他们谨记先知的话

却只把它当作武器一样的
真理，而不是
一个赐福的比喻

在喀拉峻草原

天山中部雪峰耸峙,一如圣殿
  在诸神的黄昏里无始无终

岁月散开,每个角落都是中心
没人能将历史变为同一条河流

在草原与比依克雪山之间漫步
  隔着一条阔克苏大峡谷

远望塞人,月氏、乌孙、突厥
匈奴……迟来的使者遗落了使命

  活着的在时时刻刻失去瞬间
  消亡的已进入无解的神话

现世权力像雪峰冰川一样凝固
昔日王朝如草原的露珠转瞬蒸发

唯有比依克雪山静谧而安详
有如回收了人世间一切衰老的神

茶卡记忆

自茶卡盐湖往西,我看见
懵懂岁月……消逝在柴达木盆地

吐谷浑国王的人马,在每个
孩子的童年就藏进了柏树山

一片种植着土豆和豌豆的土地
它们开着我最早认识的花朵

山脊的起伏与河谷地貌的
倾斜,如闻迟疑的问候

车窗外移动着的戈壁
在记忆的纹路里旋转

如当年邻居家的旧唱机
再次传来古老世界的芬芳

一个孩子如同一个迟暮老人的
远亲,亲和而又模糊难辨

论快乐

是的，一定要快乐
如果快乐是一笔财富
我就节省一些，偿还或抵押
给那些更苦的人

但快乐比虚拟经济
翻卷更高的泡沫，比产能
过剩的交流电更难以存储
身体是件脆弱的容器

快乐就是快乐的意志
在希望微茫之际兴起
当快乐出现在有权力感的地方
它就与厌倦等同

因此我必须挥霍短暂的
快乐，就像雷电在沙漠上
挥霍雨水，就像节日里的
穷人，快乐而知礼

记忆

能不能借我一毛一?我想
喝碗汤。人群中的一个陌生人
轻声这样说。他看起来跟我
一样年轻,衣裳穿得比我还洁净

坐在油漆剥落的联排木椅上
我疲惫地摸着身旁的行李
抬头看看却没有回答,因为
跟他一样,在秽浊的空气中

在没有暖气的冬夜,在等晚点的
火车。可在他转过身去的瞬间
分明看见他眼里的泪水,在昏暗的
灯光下,仍能看见寒意与伤害

记忆是一笔未能偿还的债务
包含着不良的自我记录,尴尬与酸楚
那一时刻是上世纪七十年代末
在商丘火车站,春节刚过

如今伙计,但愿你早已是个暴发户
即使你仍是一个背着包袱
南下打工的老头,我也想再次
遇见你,我们该与我们的贫穷和解

一毛一分钱和一个人的眼泪
一毛钱是一个人的窘迫,是另一个
人的内疚,我们是两个年轻人
而该死的岁月曾如此贬低了我们两个

后记：写作或创立一种修辞学

写作使用一套术语来处理经验，因而它只是间接地谈到经验。

（当然，换一种术语这种经验也就显示了不同的面貌，因此可以问：有一种原始经验吗？在语言中，直接谈论经验当然是一种幻想，我们无法不意识到这其中已掺进的、起中介作用的语言经验。）

久而久之，从事研究性写作只是在谈论这套术语，而不再接触，甚至不再间接地接触那种原始经验。另辟蹊径的写作者必须找到一种使经验可以被新鲜如初地感受到的语言。

但正像卡尔维诺所深感烦恼的，语言总是被他人以及我们自己随意地、近似地、漫不经心地使用着，犹如某种瘟疫侵袭了人类最为独特的机能，即使用语言的机能。这种时疫可能源自意识形态的统一用语、传播媒介的千篇一律、日常生活的使用机制，以及从小学到大学"向凡夫俗子们传授文化的方式"。一个严肃的写作者不可能不关心，像卡尔维诺一样，维护自身健康的方法，在自身的语言机体内分泌出医治这种语言痼疾的抗体。

语言的随意、近似的使用，特别是意识形态和传媒的影响，造成了人们对待一切事物都有一个"固有的思想"。"固有的思想"其实不是活的思想，而是妨碍思想活动的硬结，是将一些成见或定见置于思想之前，并取消了思想的可能。思想的形态总是能作为否定表现出来。它展开了问题的情境。让-皮埃尔·理查说："陈词滥调是一种被禁锢的思想，愚蠢则是一种僵化的思想。"① 愚蠢的另一特征就是爱作结论。当然，这里所说的每句话都有自指的危险与可能。

写作始终是对一种个人的道路和一种拯救方法的探索。法国诗人蓬热说："创立一种修辞学，准确地说，教每个人创立自己的修辞学，是一项拯救公众的事业。"② 也许这样，才可能指望我们自身摆脱思想的禁锢和僵化的思想，并且也摆脱愚蠢。

对我来说，词汇的意义单元已经大于句子。词汇的意义单元总是显得过大。意识形态和传媒的话语方式总是喜欢大词，已经深深地意识形态化或传媒化了的许多言说方式也是这样。我却苦于找不到与细微的感觉或思维状态相对应的小词。因此我发现，词汇的意义单元大于句子。这种发现使我在发现表述困难的同时也发现了一条秘密的道路。词汇倾向于物化、凝固、失去了感觉的动态过程，并有意识形态的

---

① 让-皮埃尔·理查：《文学与感觉》，顾嘉琛译，生活·读书·新知三联书店，1992，第300页。
② 引自 J. 贝尔沙尼等：《法国现代文学史（1945—1968）》，孙恒、肖旻译，湖南人民出版社，1989，第220页。

或传媒的观念与定见附着于其上。一个词是一个过大的思想硬结。句子——如果不是随意地、近似地，而是细心地、入微地使用——则是对词汇的分解。句子，即某种特殊的修辞学，使我们进入某种活跃的、较小的、细微的思想的感觉化过程。这种过程并不必然是模糊与暧昧的，在我看来，只有细微的（感觉）才是准确的、明澈的（感觉）。

对我来说，这种认识目前可以称为一种"粒子化的语言"。句子中必须分泌出一种液态化的感觉物质，使它的所有词汇变得无限细小、活跃、柔软又尖利，以便能与感觉的细微状态达成整体上的吻合。句子首先是对词汇的过大而过于空洞的意义单元的分解。句子创造出一种气息，一种空气流通感。没有这种气息和空气，感觉状态或心灵的呼吸是不能形成的。这也许可以看作是卢克莱修或卡尔维诺式的语言观，在"物性论"中，有关事物的知识倾向于消解世界的实体性，它诱导到对于一切无限细小、轻微、机动的因素的感受。可见世界的事物是由不可见的细微的粒子组成的。

正像帕斯的那种具有变形能力的粒子般无孔不入、风一样动荡、影子一样飘忽不定的诗歌语言所显示的，事物之间的那道坚硬的界限不过是一道风的墙，从一事物到另一事物内部只是一种空气的流动。"在忘却中搜寻意义的词语，那消失的空气中的空气"，使"纸页不时呼吸"。①

---

① 奥克塔维奥·帕斯：《奥克塔维奥·帕斯诗选》，董继平译，北方文艺出版社，1991，第374页。

让-皮埃尔·理查对这种分解又显形的语言用法有另一个比喻：岩石与泉水的语言。凝结又弥散，石化又雾化。他欣赏这样一种文笔或修辞学：语言是石化作用的泉水，石化泉水里的水不过是液体的石头而已，因此应让语言在流动不居的液体内部重新聚合。在自然界，这是雨水、泉水和石灰石结合、分解与重聚的过程。它形成了山体中的空无状态，在水对岩石的分解之后又形成了千奇百怪的钟乳石。就像珊瑚或珍珠，它们都是由柔软的、液态化的东西重新形成。要找到这个意义的结晶物，这个分解的过程在句子或感觉层面都不是可省略的。理查说："写作只是这种认识。写作就是深入到这些深处，从中发现这种凝固的运动。……写作就是把缓慢积聚成的、分散在全部时空中的整个固体性集中在唯一的一点和唯一的时刻上。写作犹如一种生活的自然运动的入侵：把本性、本能和习惯在生活的遥远的深处积聚下来的存在之物会聚在现实、在这里、在句子里，写作就是一种存在的恢复和回收。"① 这种固体性的回收是与分解运动、液态化或粒子化处在相互兼容的同一过程之中的。

重要的是"寻找一个想象的中心"（布朗肖语）②，寻找那种本身即是一种"我思"的行为。对我来说，这个想象的中心就是观看、倾听、触摸这些具体而切身的、既是一种思考又是一种行为的感觉经

---

① 让-皮埃尔·理查：《文学与感觉》，顾嘉琛译，生活·读书·新知三联书店，1992，第309页。
② 引自 J. 贝尔沙尼等：《法国现代文学史（1945—1968）》，孙恒、肖旻译，湖南人民出版社，1989，第244页。

验。无论是经验者还是它所触及的世界的表象，其奥秘丰富多义，每个人都只能以自己的方式去面临其中的难言之处。这时，一个人就面临着这样的写作：摆脱陈词滥调，进入秘密。

再版后记

二十世纪九十年代前期，差不多也是这样一个早春，在一种漫长的精神危机之后，我把药物和那些挫败感弃置一边，铺开稿纸，开始写下欢乐的语句。写这本书对我的思想生活几乎是一种重启，对理论的言说也是如此，当概念缺乏真实性的时候，回到感性是一种重启，哪怕是对感性经验的想象，即所谓"观察者的幻象"。

的确，写本书的时候仍然处在一种抑郁状态，曾经信奉的观念一夜之间显得极其脆弱且让理论显得空洞。在备感无助的时候，诗学似乎在成为一种微弱的救赎力量。这就是为什么与实际的心态相反，这本书的文字显得是欢乐的：从社会伦理思想意义上的感受力的遇难，转向感性的或美学的愉悦，说得严重点，转向诗学的自我救赎。

我在九十年代后期的一篇文章《痛苦：对一段疾病的评注》中精神分析式地回顾了为什么在抑郁状态下书写了这么一本快乐的小书。对我而言，既不是为了学术研究，也不是纯粹为了消遣，它是一种以诗学话语让内心康复的方式。

本书是以文学随笔而非理论研究的风格写成的。自九十年代初开始，片断的书写或札记日益成为我偏爱的方式。片断，并且在片断下面探寻失踪的部分，建立片断与片断之间那些隐秘的连线，或许，它就是诗。

由此也带来了一些问题，比如某些文字表述追求的不是语义清晰而是感觉的密度，它不是依据文献的论述，而是一种与诗相呼应的言说，只需放在诗的语境里去体味。还有就是不少引文初版时没有注释或注释信息不详，这次尽可能作了补充。需要说明的是，注释中的出处未必一定是作者最初看到的版本，如注释中出现了晚于1995年的版本，实属无奈之举。即便如此，仍然有个别引语难以查询到出处。

增加注释是编辑周志刚先生给出的建议，他认为书中引用的诗句与本书诗学问题的延伸密切相关，最好能提供详尽的信息；他的另一个建议是增补作者的一些诗作为附录。我接受了他的建议，这也给他的编辑工作带来了额外的麻烦，在此谨向志刚致谢。

耿占春

2022 年 3 月 25